猫武士

① 第四学徒
The Fourth Apprentice

[英] 艾琳·亨特 ◎ 著
王春 ◎ 译

中国少年儿童新闻出版总社
中国少年儿童出版社
北京

特别感谢基立·鲍德卓

The Fourth Apprentice
Copyright © 2009 by Working Partners Limited
Series created by Working Partners Limited
Simplified Chinese edition Copyright © 2020 by
China Children's Press & Publication Group
All rights reserved.

图书在版编目（CIP）数据

猫武士四部曲 . 1, 第四学徒 /（英）艾琳·亨特著；王春译 . -- 北京：中国少年儿童出版社，2020.2（2023.10重印）
ISBN 978-7-5148-5841-9

Ⅰ . ①猫… Ⅱ . ①艾… ②王… Ⅲ . ①儿童小说 - 长篇小说 - 英国 - 现代 Ⅳ . ① I561.84

中国版本图书馆 CIP 数据核字（2019）第 266488 号

DI SI XUETU
（猫武士四部曲）

出 版 发 行：	中国少年儿童新闻出版总社 中国少年儿童出版社
出 版 人：	郭　峰
执行出版人：	马兴民

责任编辑：何强伟		责任校对：杨　雪	
执行编辑：赵　勇		美术编辑：缪　惟	
		责任印务：厉　静	

社　　址：北京市朝阳区建国门外大街丙 12 号		邮政编码：100022	
编 辑 部：010-57526271		总 编 室：010-57526070	
发 行 部：010-57526568		官方网址：www.ccppg.cn	
印　　刷：北京华宇信诺印刷有限公司			

开　本：880mm × 1230mm　　1/32		印　张：10.25	
版　次：2020 年 2 月第 1 版		印　次：2023 年 10 月北京第 16 次印刷	
字　数：210 千字			

ISBN 978-7-5148-5841-9	定价：32.00 元

图书出版质量投诉电话 010-57526069，电子邮箱：cbzlts@ccppg.com.cn

目　录

猫视界……………………………………2
两脚兽视界………………………………4
猫族成员…………………………………8
引　子……………………………………1
第一章……………………………………6
第二章……………………………………24
第三章……………………………………36
第四章……………………………………50
第五章……………………………………62
第六章……………………………………73
第七章……………………………………80
第八章……………………………………89
第九章……………………………………96
第十章……………………………………107
第十一章…………………………………118
第十二章…………………………………125
第十三章…………………………………133
第十四章…………………………………150
第十五章…………………………………163
第十六章…………………………………176
第十七章…………………………………191
第十八章…………………………………205
第十九章…………………………………226
第二十章…………………………………241
第二十一章………………………………251
第二十二章………………………………266
第二十三章………………………………278
第二十四章………………………………287
第二十五章………………………………294
第二十六章………………………………306

两脚兽巢穴

绿叶季两脚兽地盘

两脚兽小道

两脚兽小道

空地

影族营地

小雷鬼路

半桥

绿叶季两脚兽地盘

半桥

猫视界

湖岛

河族营地

小溪

马场

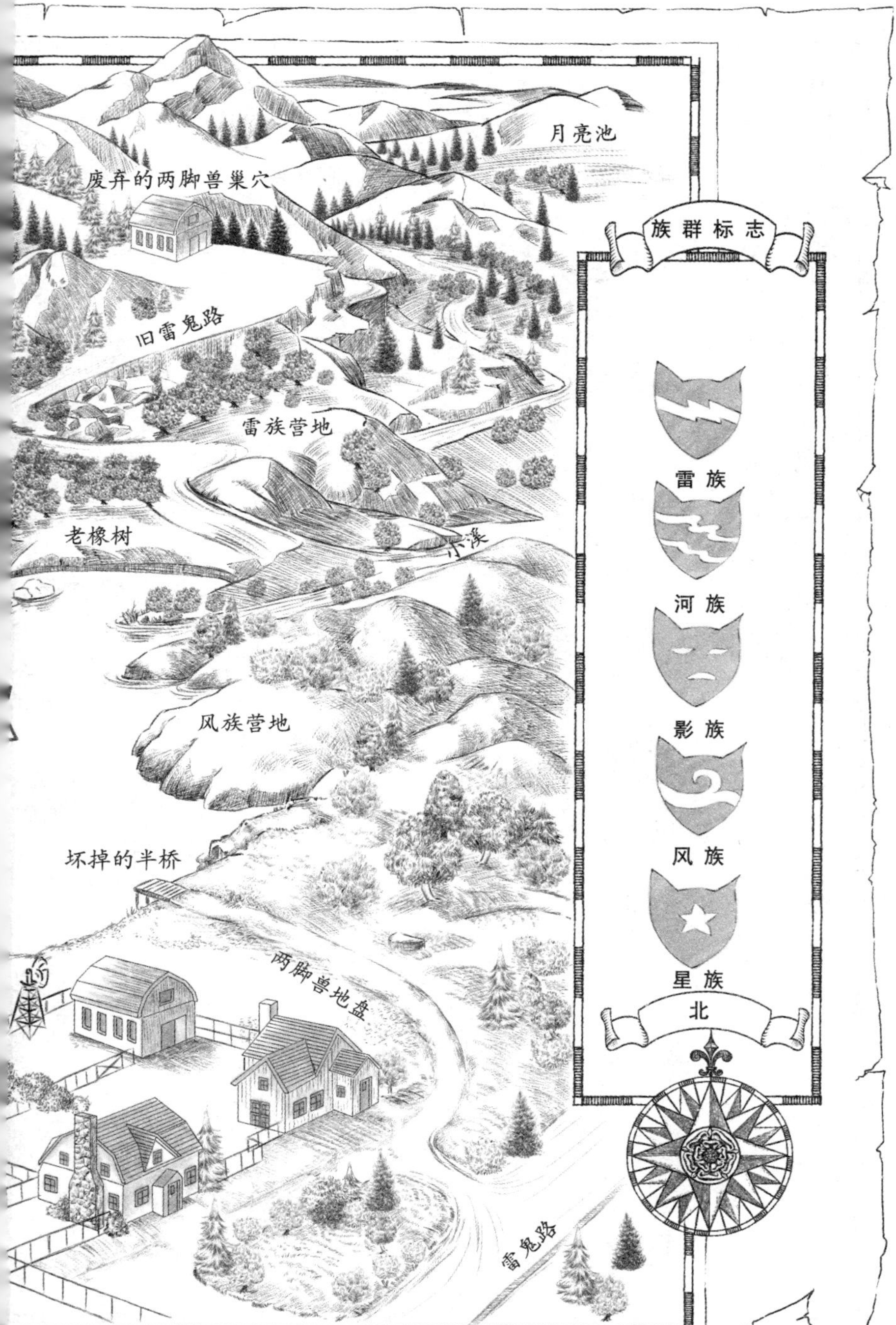
月亮池
废弃的两脚兽巢穴
旧雷鬼路
雷族营地
老橡树
小溪
风族营地
坏掉的半桥
两脚兽地盘
雷鬼路
族群标志
雷族
河族
影族
风族
星族
北

观兔露营地

圣城农场

赛德勒森林

小松帆船中心

小松路

两脚兽视界

小松岛

阿尔巴河

白教堂路

地图

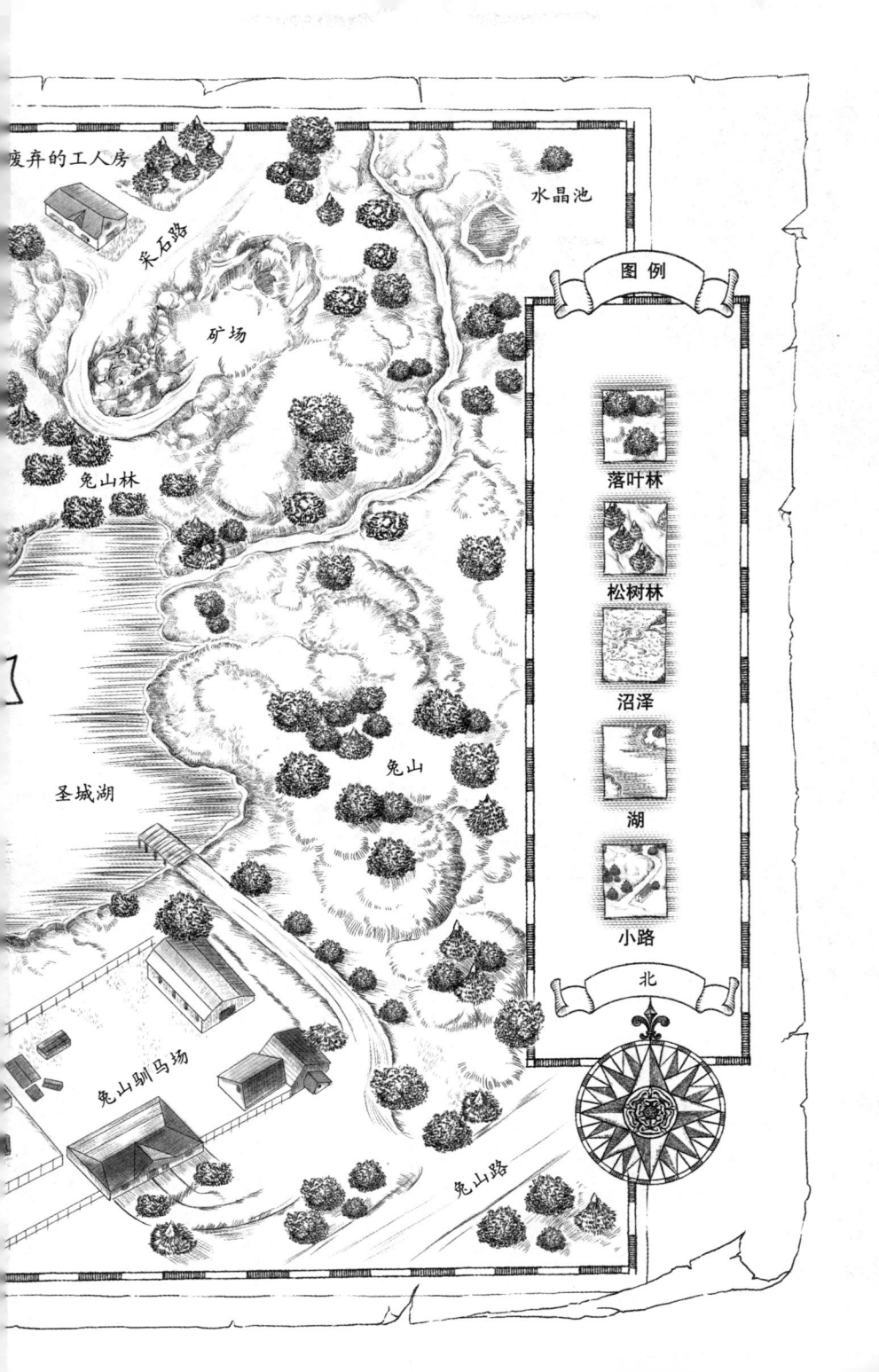

- 废弃的工人房
- 采石路
- 水晶池
- 矿场
- 兔山林
- 圣城湖
- 兔山
- 兔山驯马场
- 兔山路

图例
- 落叶林
- 松树林
- 沼泽
- 湖
- 小路

北

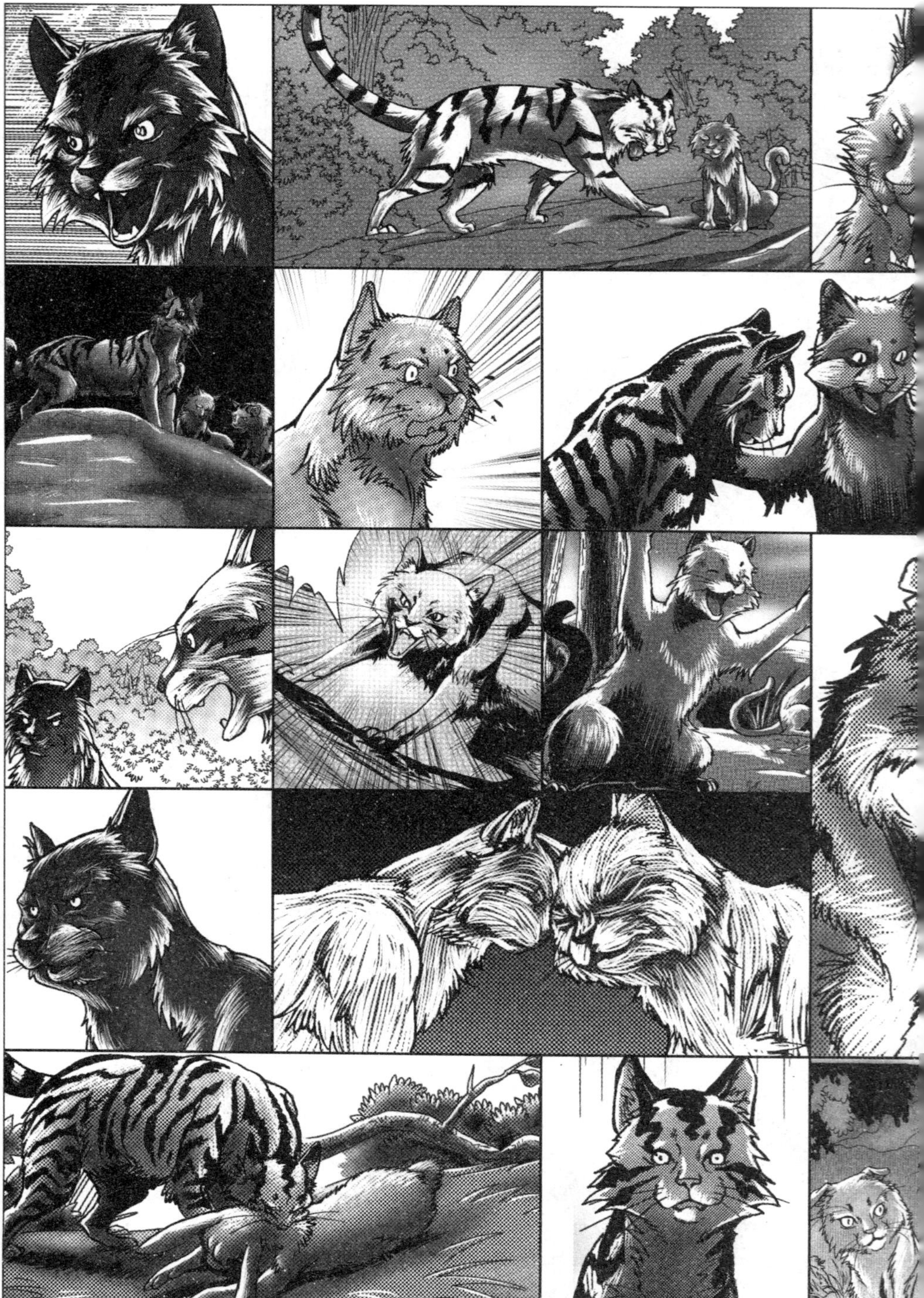

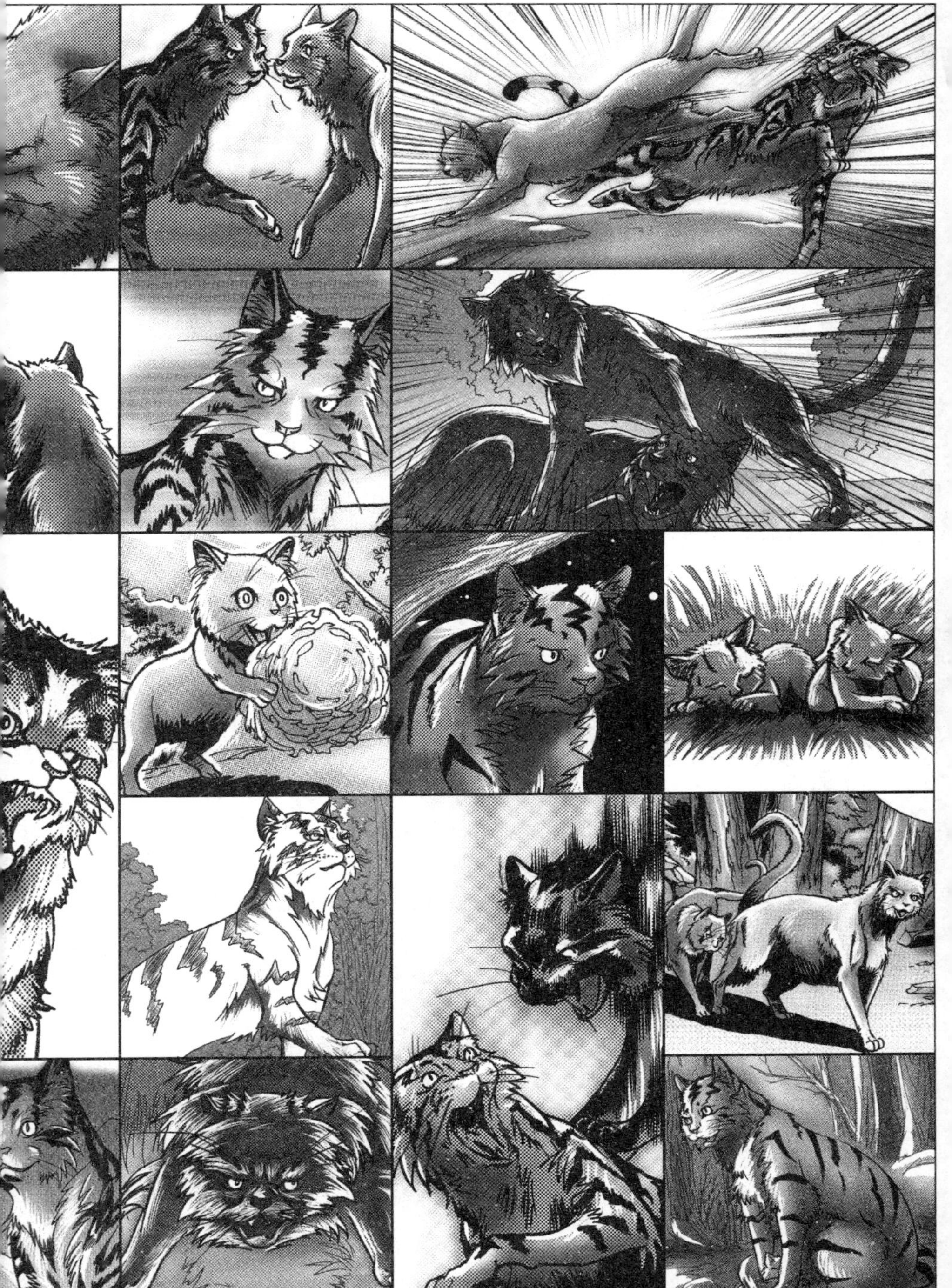

猫族成员

雷 族

族长
火星——姜黄色虎斑短毛公猫,火焰般的皮毛,腹部为浅橙色

副族长
黑莓掌——大个头的暗棕色虎斑公猫,琥珀色眼睛

巫医
松鸦羽——浅灰色虎斑公猫,蓝色眼睛,双目失明

武士(公猫和不在育婴期的母猫)
灰条——灰色长毛公猫
尘毛——暗棕色虎斑公猫
沙风——姜黄色母猫,浅绿色眼睛
蕨毛——金棕色虎斑公猫
栗尾——玳瑁色母猫,琥珀色眼睛
云尾——白色长毛公猫,蓝色眼睛
亮心——白色母猫,背上有姜黄色斑块,一只蓝色独眼
刺掌——金棕色虎斑公猫
 (所指导的学徒是荆棘爪)
松鼠飞——暗姜黄色母猫,绿色眼睛
叶池——浅棕色虎斑母猫,琥珀色眼睛,曾是巫医
蛛足——四肢修长的黑色公猫,下腹部是棕色,琥珀色眼睛
桦落——浅棕色虎斑公猫,琥珀色眼睛
莓鼻——奶油色公猫
榛尾——浅灰色和白色相间的母猫,体形娇小,绿色眼睛
 (所指导的学徒是梅花爪)

鼠须——灰白相间的公猫，大个头，绿色眼睛
　　（所指导的学徒是黄蜂爪）
炭心——灰色虎斑母猫，深蓝色眼睛
　　（所指导的学徒为藤爪）
狮焰——金色虎斑公猫，琥珀色眼睛
　　（所指导的学徒为鸽爪）
狐跃——棕色虎斑公猫，绿色眼睛
冰云——雪白色母猫，蓝色眼睛
罂粟霜——浅玳瑁色和白色相间的母猫
蟾步——黑白相间的公猫
玫瑰瓣——深奶油色母猫
米莉——带有条纹的灰色虎斑母猫，蓝色眼睛

学徒（六个月以上、正在接受武士训练的猫）
荆棘爪——深棕色母猫
梅花爪——玳瑁色和白色相间的母猫
黄蜂爪——淡灰色公猫，身上有黑色的条纹

猫后（怀孕待产或哺乳期的母猫）
香薇云——浅灰色母猫，皮毛上有深色斑点，绿色眼睛
黛西——奶油色长毛母猫，蓝色眼睛，来自马场
白翅——白色母猫，绿色眼睛。她和桦落的孩子是小鸽（浅灰色母猫）和小藤（白色虎斑母猫）

长老（退休的武士和猫后）
长尾——淡色黑纹虎斑公猫，因视力减退而提前退休
鼠毛——小个头深棕色母猫
波弟——胖胖的暗棕色虎斑公猫，口鼻发灰，曾为独行猫

影 族

族长
黑星——大个头白色公猫,脚掌硕大乌黑

副族长
黄毛——暗姜黄色母猫

巫医
小云——体形很小的棕色虎斑公猫
（所指导的学徒是焰尾。焰尾是一只姜黄色公猫）

武士
橡毛——小个头棕色公猫
（所指导的学徒是雪貂爪。雪貂爪是一只奶油色和灰色相间的公猫）
花楸掌——暗姜黄色公猫
烟足——黑色公猫
蟾足——深棕色公猫
苹果毛——毛色斑驳的棕色母猫
乌霜——黑白相间的公猫
鼠痕——棕色公猫,背上有长长的疤痕
（所指导的学徒是松树爪。松树爪是一只黑色母猫）
雪鸟——纯白色母猫
褐皮——玳瑁色母猫,绿色眼睛
（所指导的学徒是八哥爪。八哥爪是一只姜黄色公猫）
橄榄鼻——玳瑁色母猫
枭掌——浅棕色虎斑公猫
鼩鼱足——灰色母猫,脚掌是黑色的

焦毛——深灰色公猫
红柳——毛色斑驳的棕色和姜黄色相间的公猫
虎心——深棕色虎斑公猫
曙皮——奶油色母猫

猫后

杂毛——虎斑母猫,长长的毛发向各个方向支棱着
藤尾——黑色、白色和玳瑁色相间的母猫

长老

杉心——深灰色公猫
高罂——四肢修长的淡褐色虎斑母猫
蛇尾——深棕色公猫,尾巴上有虎斑纹
白水——白色长毛母猫,一只眼睛失明

风　族

族长

一星——棕色虎斑公猫

副族长

灰脚——灰色母猫

巫医

隼飞——毛色斑驳的灰色公猫

猫武士

武士

鸦羽——深灰色公猫

枭须——浅棕色虎斑公猫

（所指导的学徒是须爪。须爪是一只浅棕色公猫）

白尾——体形娇小的白色母猫

夜云——黑色母猫

金雀花尾——颜色极浅的灰白相间虎斑母猫，蓝色眼睛

鼬毛——姜黄色公猫，有白色的脚掌

兔泉——棕白相间的公猫

叶尾——暗姜黄色虎斑公猫，琥珀色眼睛

蚁皮——棕色公猫，一只耳朵是黑色的

烬足——灰色公猫，有两只黑色的脚掌

石楠尾——浅棕色虎斑母猫，蓝色眼睛

（所指导的学徒是荆豆爪。荆豆爪是一只灰白相间的母猫）

风皮——黑色公猫，琥珀色眼睛

（所指导的学徒是圆石爪。圆石爪是一只身形高大的浅灰色公猫）

莎草须——浅棕色虎斑母猫

燕尾——深灰色母猫

日击——玳瑁色母猫，额头上有一大块白色斑纹

长老

网脚——暗灰色虎斑公猫

裂耳——虎斑公猫

河 族

族长

豹星——金色虎斑母猫，身上有特别的暗金色斑点

副族长

雾脚——灰色母猫，蓝色眼睛

巫医

蛾翅——身上有斑点的金色虎斑母猫，琥珀色眼睛
　　（所指导的学徒是柳光。柳光是一只灰色虎斑母猫）

武士

芦苇须——黑色公猫
　　（所指导的学徒是空爪。空爪是一只深棕色虎斑公猫）
涟尾——深灰色虎斑公猫
灰雾——淡灰色虎斑母猫
　　（所指导的学徒是鳟爪。鳟爪是一只浅灰色虎斑母猫）
薄荷毛——浅灰色虎斑公猫
冰翅——纯白色母猫，蓝色眼睛
鱼尾——深灰色与白色相间的母猫
　　（所指导的学徒是苔爪。苔爪是一只棕白相间的母猫）
卵石足——毛色斑驳的灰色公猫
　　（所指导的学徒是冲爪。冲爪是一只浅棕色虎斑公猫）
锦葵鼻——浅棕色虎斑公猫
知更翅——浅玳瑁色和白色相间的公猫
甲虫须——棕白相间的虎斑公猫
花瓣毛——灰白相间的母猫，琥珀色眼睛
草皮——浅棕色公猫
獭心——深棕色母猫
　　（所指导的学徒是喷嚏爪。喷嚏爪是一只灰白相间的公猫）
雨暴——毛色斑驳的蓝灰色公猫

猫后
暮毛——棕色虎斑母猫
藓毛——玳瑁色和白色相间的母猫,蓝色眼睛

长老
黑掌——烟黑色公猫
田鼠齿——小个头的棕色虎斑公猫
曙花——毛色极浅的灰色母猫
斑鼻——毛色斑驳的灰色母猫
扑尾——姜黄色和白色相间的公猫,有一条短短的尾巴

族群外的猫

小灰——灰白相间的公猫,肌肉强健,住在马场的谷仓中
丝儿——体形娇小的灰白相间的母猫,住在马场

其他动物

午夜——一只会占星的獾,住在海边

第四学徒

引 子

一弯流水顺着岩石边缘而下，打个旋儿，沿石缝呼啸着跌落下去，泛着泡沫，在深渊处汇聚成一洼水潭。落日的一缕缕余晖，在喷薄的水珠里，散射成翩翩起舞的彩虹。

三只猫蹲坐在瀑布上游的河畔，盯着正在走近的第四只猫。只见那只母猫轻快地穿过覆满河岸的蓬乱苔藓，星光在她的脚掌间闪烁，雾气在她蓝灰色的皮毛上升腾。

新来者停住脚步，用冰蓝色的眼睛扫了一眼正等待着的三位。"看在所有族群的分上，你们怎么选了这么个鬼地方见面？"她质问道，烦躁地抖了抖一只前脚掌，"这儿又潮又吵的，我简直听不见自己说话。"

另一只邋遢的灰毛母猫站起身看向她："别抱怨了，蓝星。我选这儿就是因为这儿又潮又吵。我有事要和大家说，而且不想被偷听。"

一只金棕色虎斑公猫用尾巴示意她坐过去："来坐我旁边吧，就这块地是干的。"

蓝星踮着脚走到他身边坐下，轻蔑地打了个响鼻，说："狮

心,如果这儿是干的,那我就是老鼠。"说完她转向灰毛母猫的方向,问道:"喂,黄牙,说吧,什么事?"

"预言仍未实现,"黄牙说道,"那三只猫终于会合了,然而,其中两只好像还未意识到第三只的存在。"

"你确定这次我们没看走眼,他们仨就是被预言选中的猫?"蓝星尖锐地问道。

"你知道,这次我们非常确定。"说话的是一只漂亮的母猫,她拥有一身玳瑁色和白色相间的皮毛。她向前族长轻轻地低下了头:"我们不是在'那只猫'的诞生之日做了同样的梦吗?"

蓝星轻弹了一下尾尖:"也许你是对的,斑叶。但最近出了太多的乱子,真的很难再相信什么了。"

"她自然没错。"黄牙抽动着耳朵说道,"可如果松鸦羽和狮焰识别不出'那只猫',就会引发更多的麻烦。我想我们最好给他们传递一个信号。"

"什么?"蓝星再次站起身,威严地摇晃着尾巴,仿佛她仍有权指挥这只老巫医,"黄牙,你是不是忘了,这甚至不是星族猫预见到的预言。我们的贸然介入可能会引发十分危险的后果。要我说,我们最好还是别管了。"

斑叶疑惑地眨了眨眼:"什么危险?"

"你觉得让一只族群猫掌握比星族还要强大的力量,会是件好事吗?"蓝星带着挑衅的眼神,一只猫一只猫地看过去。"比

第四学徒

我们——他们的武士祖先还强大？"她扫了扫尾巴，那姿态仿佛君临天下，仿佛她那些藏身于满是猎物的美丽森林中的族猫都在场似的，"如果真是那样的话，我们的雷族会变成什么……"

"对他们有点儿信心，蓝星，"狮心平静地打断了她，"他们都是优秀而忠诚的猫。"

"当初我们看到冬青叶时，也以为她是只优秀忠诚的猫！"蓝星反驳道。

"我们不会一错再错了，"黄牙说道，"无论这个预言来自何方，我们都不得不相信它。我们要相信在湖边的族猫。"

斑叶张了张嘴正打算说什么，却猛地转向某个声响处。在上游几狐狸身长的地方，传来猫穿过灌木的声音。一只银毛母猫突然从枝叶间钻出，朝着他们跑了过来，一身星光闪闪发亮。

"羽尾！"蓝星喝道，"你怎么在这儿？你在监视我们吗！"

"我们现在是同族了，"这位前河族武士提醒道，"让我猜猜你们开会是为了什么……"

"这是我们雷族自己的事务，羽尾。"黄牙强调道，龇出一点儿又尖又黄的牙齿。

"不，才不是！"羽尾闪身背朝着黄牙。"别忘了，松鸦羽和狮焰都有一半风族的血统——他们是鸦羽的儿子。"说着，她蓝色的眼睛里布满了忧伤，"我担心他们俩，我得关注他们在做什么。说到冬青叶，我的悲痛丝毫不输于你。"

猫武士
MAOWUSHI

斑叶伸出尾巴碰了碰银毛母猫的肩头:"她说得没错,就让她待在这儿吧。"

黄牙耸耸肩。"他们不是你的儿子,羽尾,"她语气意外温柔地提醒道,"我们会警示他们,引导他们,但最终的路还得靠他们自己走。"

"所有的子女都要这样独立出去,黄牙。"蓝星评论道。

几个心跳过后,黄牙的表情暗淡下来,琥珀色的眼眸注视着远方,仿佛她一生的痛苦都被描摹在天空中。暮色四合,夕阳落到地平线下,一道道红色霞光浸染的云朵,也变成了靛青色。瀑布下方的那洼水潭中,翻滚的泡沫在阴影里闪烁着灰莹莹的光。

"我们现在该怎么办?"狮心追问道,"黄牙,你刚刚说要传递信号。"

"我仍旧认为我们不该过度干涉。"蓝星抢在黄牙回答之前,重申了自己的看法,"此时此刻,这第三只猫已经足够强壮,也足够聪慧了,虽然我们尚且不知道她的特殊力量是什么。假如她就是我们要找的那只猫,那么她一定有能力独自探明真相,不是吗?"

"那我们也不能袖手旁观!"羽尾抗议道,爪子深深嵌入潮湿的土地里,"这些猫太年轻,需要我们的帮助。"

"我同意羽尾的意见。"狮心朝银毛母猫点头表示赞同。"如果当初我们多干涉一些,"他瞥了一眼蓝星,"或许我们就不会失去冬青叶了。"

第四学徒

蓝星闻言，颈毛竖起："冬青叶做出了自己的选择。路都是要自己来走的，没有谁能代替谁做出选择。"

"起码，我们可以引导他们。"斑叶说道，"我赞同黄牙的看法，我们该给他们发个信号。"

"看来，你们的决心已定。"蓝星叹了口气，颈毛慢慢地平顺下来，"很好，你们爱怎样就怎样吧。"

"我要发送一个预言。"黄牙低下头，此时，透过她打结的皮毛和疾言厉色的态度，其他猫仿佛看到了老巫医曾经的睿智，"一个来自星族的预言。"

"你要把这个预言发送给哪只猫？"蓝星问道，"狮焰还是松鸦羽？"

黄牙琥珀色的瞳仁在余晖中闪闪发亮，她转头看着她的前族长。"不是他们俩，"她说道，"我要发送给第三只猫。"

第一章

一轮满月悬挂在没有一丝云彩的夜空中,在整个小岛投下浓重的阴影。大橡树的叶子在热风中沙沙作响。狮焰蹲坐在栗尾和灰条之间,感到有些喘不过气。

"我还以为晚上会凉爽些呢。"他咕哝着埋怨道。

"我当然知道。"灰条叹了口气,在干燥得扬尘的地面上不爽地挪了挪身子,"这个季节只会越来越热。我甚至想不起上次下雨是什么时候了。"

狮焰伸展着身子,目光越过其他猫的头顶,落在弟弟松鸦羽的身上。此时,松鸦羽正和巫医们坐在一起。就在刚才,一星向大家宣告了青面的死讯。风族仅存的巫医隼飞看起来相当紧张,毕竟这是他第一次独自代表自己的族群。

"松鸦羽说,星族没跟他说起过旱灾的事儿,"狮焰对灰条低声说道,"不知道其他巫医是否……"

这时,蹲坐在树上的雷族族长火星站起了身,狮焰忙住了口。蹲伏在下方枝条上的河族族长豹星,朝上翻了翻眼睛;而风族族长一星,则坐在几尾高的一根粗树杈上;枝杈上方的一簇树

第四学徒

叶间，影族族长黑星的一双眼睛熠熠发光。

"我们雷族和其他族群一样，也深受高温的困扰。"火星开口说道，"不过，我们尚能应对自如。我族有两位学徒成为武士，他们的武士名号是蟾步和玫瑰瓣。"

狮焰闻言，弹跳了起来，高呼道："蟾步！玫瑰瓣！"其他的雷族猫也一道高呼，甚至，风族和影族的一部分猫也跟着齐声呐喊起来。在这喊声中间，狮焰觉察到唯有河族的猫沉默不语，眼中似乎透着敌意。

谁把他们惹毛了？狮焰有些困惑不解。要知道，在森林大会上，若有哪个族群拒绝向新晋武士表示祝贺的话，那无疑是一种很不符合武士精神的行径。狮焰的耳朵抽搐了几下。等下次豹星宣布河族有新武士晋升的时候，他一定会把这份不礼貌加倍奉还。

两只雷族的新晋武士在祝贺声中窘迫地低下了头。即便如此，他们的眼神依然如同刚才接受族群祝贺时一般明亮。蟾步的老师云尾一脸傲气，而玫瑰瓣的老师松鼠飞则用热切的眼神看着两位年轻武士。

"我还是想不通火星怎么就选择了松鼠飞当老师。"狮焰自言自语道，"她四处撒谎，声称我们是她的孩子。"

"火星很清楚他在干什么。"灰条回应道。狮焰不禁皱了皱眉头，意识到自己不够小心，让这只灰毛武士偶然间听到了责难的话。灰条说："火星信任松鼠飞，想借这件事让大家知道她是

位优秀的武士,是雷族的重要一员。"

"权当你说得没错吧。"狮焰悲痛地眨了眨眼睛。他曾视松鼠飞为母亲,曾那样地敬爱她。然而现在,当他凝视着她时,只觉得冷漠而空虚。她背弃了他和他的同窝手足,这种伤害太深了,根本无法原谅。难道不是吗?

"如果大家说得差不多了……"河族族长豹星的声音盖过了最后几声欢呼,她站起身,瞪着火星说,"我们河族还有事要宣布。"

火星朝河族族长很礼貌地点了点头,退后了几步,再次坐下,尾巴盘在脚掌上,说道:"豹星,你继续说吧。"

河族族长在森林大会做最后的发言。狮焰观察到,在其他族长发言的时候,豹星一直不耐烦地摆动尾巴。现在轮到她说话了,就见她的颈毛暴怒地耸起,目光锐利地扫射着聚集在空地的猫群。

"偷猎贼!"她嘶声骂道。

"什么?"狮焰一跃而起。一瞬间,雷族喧嚷声四起,淹没了狮焰惊愕的号叫。风、影两族众猫也跳脚抗议。

豹星用凌厉的目光向下扫视着众猫,龇着牙,似乎并不打算平息这场骚乱。狮焰本能地仰头望天,云彩没有遮蔽月亮。对这个可怕的指控,星族居然没表示出半点儿的愤怒。好像有哪族猫愿意偷那黏糊而发臭的鱼似的!

狮焰这时才发觉,这位河族族长竟是如此的瘦削。她斑驳的

第四学徒

皮毛下，骨头像燧石般突兀出来。狮焰环视了一周，意识到河族的其他武士也是这般瘦削。和雷族、影族，甚至饱食终日仍瘦得皮包骨的风族相比，河族猫的确显得更羸弱不堪。

"他们在挨饿……"他喃喃道。

"所有的猫都在挨饿。"灰条反驳道。

狮焰发出了一声叹息。这只灰毛武士说得并没错。他们雷族也不得不躲开炎热的白昼，而选择在清晨和黄昏进行狩猎和训练。日高时分的那几个钟头里，他们蜷缩在石头山谷墙脚的宝贵阴凉处睡觉。各个族群之所以能和平相处，在狮焰看来，只是因为他们过于虚弱而无力战斗，况且也没有猎物值得为之一战。

这时，火星站了起来，他竖起尾巴示意大家安静。喧嚷声渐渐平息，众猫再次坐下，怒气冲冲地盯着河族族长。

火星等会场安静下来后，质问道："我相信你这么控告我们一定是有充足的理由，你能解释解释吗？"

豹星的尾巴狠狠地抽动着。"你们一直在从湖里捕鱼，"她怒吼道，"你们知道所有的鱼属于河族。"

"你这么说不对。"黑星从树叶中探出头来，反对道，"我们各族的领地都毗邻湖泊，和你们河族一样，大家都有资格捕鱼。"

"尤其是眼下这段时间，"一星补充道，"大家同样遭受着旱灾，领地上的猎物很少。不吃鱼的话，我们就会饿死。"

狮焰震惊地注视着两位族长。影族和风族真的饥饿到把鱼都

猫武士

囊括到猎物堆里了吗?看来情势一定非常糟。

"可这对我们来说,就更糟。"豹星坚持道,"我们河族不吃别的猎物,理所当然,鱼都该归我们河族。"

"你真是鼠脑子!"松鼠飞跳了起来,抽动着她皮毛浓密的尾巴,"你是在说你们吃不到别的猎物?难不成,你在承认你们河族武士连只老鼠都抓不到?"

"松鼠飞,"雷族副族长黑莓掌站起来说道,他与其他几位副族长坐在大橡树根下,他的声音威严,礼貌中透着冷漠,"这不是你该说话的地方。"他抬头看了看豹星,补充道:"不过,她说得在理。"

狮焰为黑莓掌说话的语气感到震惊。看到松鼠飞又重新坐了回去,低着头,就像一位在公开场合被老师训斥的学徒似的,他的心中不由得生出一丝怜悯。看来,即便经过了六个月,整整两季的时光,黑莓掌仍然无法原谅他的前伴侣松鼠飞,因为她声称姐姐叶池的孩子是她的——当然也就是她和黑莓掌的。而事实是,狮焰和他的弟弟松鸦羽是雷族前巫医叶池和风族武士鸦羽的儿子。每每想到黑莓掌和松鼠飞不是自己的亲生父母,狮焰都会怅然若失。在真相大白后,黑莓掌与松鼠飞就几乎再也没有说过话。虽说黑莓掌并没有因此而惩罚松鼠飞,如派她做最艰难的任务或最危险的巡逻,但黑莓掌坚信,他们需承担各自的责任,此外不会再有交集。

松鼠飞的谎言就已经够糟了,在她坦承了所做的一切之后,

第四学徒

更是乱子频出。在狮焰和他的同窝手足出生前，蜡毛对松鼠飞爱上黑莓掌心生怨恨。为了从狂怒的蜡毛爪下救下狮焰他们，松鼠飞说出了真相。狮焰和松鸦羽的姐妹冬青叶为了阻止蜡毛在森林大会揭露这个秘密，杀死了蜡毛。接着，冬青叶冲进隧道，打算逃向新的生活时，却永远消失在了塌方的土石之下。眼下，狮焰两兄弟不得不面对他们一半雷族血统、一半风族血统的现实，父亲鸦羽又弃他们于不顾，而最让他们无法容忍的是来自同族猜忌的目光，让狮焰想起来就气得皮毛滚烫。

仿佛一夜间我们就变得不忠诚了，仅仅因为我们发现生父是风族武士！谁会想着加入那些骨瘦如柴、嘴里嚼着兔子肉的一群家伙！

狮焰盯着松鸦羽，想知道弟弟是否也在想同样的事。松鸦羽那双蓝色盲眼转向黑莓掌，耳朵保持着警惕，但很难看出他在想什么。让狮焰感到宽慰的是，大家都在专注地听着豹星讲话，并未留意到黑莓掌与松鼠飞之间的不和。

"湖里的鱼都属于河族。"豹星继续说道，她的声音像穿过苇丛的风，又尖又细，"有哪只猫胆敢碰鱼，就请尝尝我们河族爪子的厉害。从现在起，我将通知边界巡逻队，来保卫湖区周边的每一寸土地。"

"你不能这样做！"黑星从树叶间挤身出来，跳到下面的树枝上，威胁地瞪着豹星，"任何族群的领地都不得延伸到湖中。"

狮焰在脑海中描绘着湖区以前的景致。水波荡漾,轻轻拍打着碧绿的湖畔,一道道沙砾和鹅卵石铺成的狭长小道通向岸边。可如今,水位退到了湖区中央,裸露出一大片龟裂的泥地,暴露在绿叶季太阳无情的炙烤之下。难不成豹星还想宣称这些贫瘠的土地也归他们河族所有?

"倘若你们河族的巡逻队胆敢踏进我们风族领地一步,"一星龇牙怒吼道,"他们一定会后悔的。"

"听着,豹星。"狮焰看得出来,火星在拼命地克制着自己的怒气,尽管他的脖颈儿和肩膀的毛都蓬松了起来,"如果你执意这么做,就是在挑起族群间的战争,必将伤及彼此。你是嫌我们遇到的麻烦还不够多吗?"

"火星说得对,"栗尾在狮焰耳边小声嘀咕道,"我们应该试着相互帮助,渡过难关,而不是怒气冲冲准备开战。"

豹星蹲伏下来,仿佛要跃起扑向众族长,她发出了一声低吼,滑出利爪。

这是休战期!狮焰心想,沮丧地瞪大了眼睛,族长公然在森林大会上攻击其他猫?这绝不能发生!

火星戒备起来,绷紧身子,以防豹星向他扑来。没想到,豹星跳到了地面上,发出怒不可遏的嘶嘶声,挥动着尾巴,示意她的族猫朝她聚拢。

"离我们的鱼远点儿!"她厉声喊完这一句,就领着族猫穿过空地周围的灌木丛,走向连接湖心小岛的树桥。在经过其他三

第四学徒

个族群身边的时候,河族猫一脸敌意地看着他们。河族离开之后,几个族群爆发了一阵猜疑和议论,但很快就被火星威严的声音给盖住了。

"森林大会到此结束!请大家回到各自的领地,森林大会将在下个满月再度召开。愿星族照亮我们的道路!"

雷族猫沿着湖边朝领地走去,狮焰跟在族长身后。湖水在远处若隐若现,泛着银色的微光。脚下干燥的土路,也反射着浅白的月光。一路上,不时有烂鱼的腐臭味儿传过来,狮焰不禁抽了抽鼻子。

假如河族的猎物这么恶臭,他们还是自己留着好了!

走在狮焰前面的黑莓掌,脚步沉重地与火星并肩而行,尘毛和香薇云则走在火星另一侧。

"我们接下来怎么办?"副族长问道,"豹星打算派出巡逻队了,要是真在我们的领地发现了这些家伙怎么办?"

火星的耳朵抽动了几下。"我们须格外小心处理这事。"他说道,"湖底算不算我们的领土?湖水满盈的时候,我们从不曾想过占有这块地域。"

尘毛哼了一声:"如果领地是以陆地为界,那么现在这块地就是我们的了。河族没有权利在那儿狩猎或巡逻。"

"他们看起来真是饿坏了。"香薇云温和地说道,"再说了,我们雷族也从不在湖里捕鱼吃。我们就不能让给他们吗?"

尘毛用鼻子轻轻碰了碰伴侣的耳朵。"眼下,猎物对我们来说也相当稀缺。"他提醒她。

"我们不要主动攻击河族武士。"火星决定道,"除非他们进入有气味标记的雷族领地——距湖边三尾长的距离,那儿是早已经达成共识的地界。黑莓掌,你明天派出巡逻队时,要确保让每位队员明白这一点。"

"是的,火星。"副族长摇摇尾巴示意明白。

狮焰浑身一阵阵刺痛。尽管他尊重族长火星的决定,但这次,狮焰有些不确信火星的决定是否正确。就这么允许河族进入湖区的这一侧,难道河族不会觉得我们软弱可欺吗?

狮焰感觉有只尾巴弹了一下他的胯部,他跳了起来,扭头一看,原来是松鸦羽追了上来。

"豹星一定是脑子里进蜜蜂了。"他的弟弟发表着看法,"看她将来怎么办,大家早晚会发生冲突的。"

"我知道。"狮焰好奇地问,"在森林大会上,我听某些影族猫说,豹星近来丢掉了两条命,这是真的吗?"

松鸦羽点了点头:"是的。"

"这事她可从没公布过。"狮焰说道。

松鸦羽停了下来,敏锐而聪慧地"盯"着他的哥哥。狮焰真的很难相信,松鸦羽这双明亮的蓝色眼睛竟然什么都看不到。"有没有搞错啊,狮焰。你什么时候听到过哪位族长宣布过自己丢了一条命?这只会让他们听起来羸弱不堪。族猫没必要知道他

第四学徒

们的族长还有几条命。"

"也是。"狮焰承认道,继续朝前走。

"豹星是丢过一条命,她被荆棘刺伤,感染了伤口。"松鸦羽接着做了解释,"不久之后,她得了某种病,这令她口渴不已,而且十分虚弱,甚至都没法儿走到溪边饮水。"

"是蛾翅和柳光告诉你的?"狮焰知道巫医之间会毫无戒备地分享信息,他们不大在意族群之间的竞争,因而不像武士那样出言谨慎。

"别管我是怎么知道的。"松鸦羽反驳道,"我就是知道。"

狮焰抑制住突然涌上的一阵寒意。虽然他知道松鸦羽有来自预言的超力量,但狮焰有时仍感到胆寒。弟弟走上的这条路,以前没有哪只猫走过,就算是巫医也没有。松鸦羽无须被告知——甚至无须被星族告知,就能知晓一些事情。他甚至能走进其他猫的梦里,了解他们灵魂深处的某些秘密。

"我猜,这就是豹星扯出鱼的事的原因所在了。"狮焰喃喃道,暂且搁置下内心的不安,"她想向她的族猫证明,她依旧强大无敌。"

"恐怕她要失望了。"松鸦羽斩钉截铁地说道,"她本该明白,不会有哪个族群服从她的。要是河族能像我们一样,待在自己的领地熬过眼下的旱灾,那他们的下场肯定比现在这么做强。"

他们正走近位于风族和雷族交界处的小溪。这里曾经有潺潺流水奔涌不息，然而在上个新叶季，这股水流已然细小成一缕绿色涓流，轻轻一跳就能跃过。狮焰纵身跳入远处的灌木。处在自己领地那熟悉的树木下，他长长舒了口气。

"也许，一切终将过去。"他充满希冀地自言自语道，"当豹星想到其他族长在森林大会上对她说的话时，她可能会明白其中的道理的。"

松鸦羽轻蔑地哼了一声："除非刺猬会飞，否则豹星都不会打退堂鼓的。她不可能明白。狮焰，解决问题的唯一办法就是让湖里重新填满水。"

狮焰穿过绵长而茂密的草地，他每踏下一步，脚掌都沉浸在水中。凉爽的风拂过他的皮毛。他现在可以低头就喝到水，想喝多少就喝多少，缓解喉咙因干渴引起的荆棘刺痛般的灼烧感。这时，一只田鼠蹿出芦苇地跑到了他面前，还没等他扑上去，就被谁突然戳了一下。他醒了过来，发现自己正躺在武士巢穴的窝里，而云尾站在他的身旁。狮焰觉察到自己的皮毛黏糊糊的，空气里也弥漫着尘土的气息。

"醒醒，"白毛武士说着，又戳了狮焰一下，"你这家伙，是睡鼠吗？"

"你干吗要吵醒我啊？"狮焰抱怨道，"我正做着一个真正的美梦……"

第四学徒

"哦，那好，现在你该和真正伟大的取水巡逻队一起出发了。"云尾的语气里听不到一丝怜悯。自从流入湖泊的小溪干涸之后，湖床中央那里的又咸又脏的浅水就成了唯一的水源地。巡逻队除了肩负往常的狩猎巡逻任务，一天还要跑几趟浅滩给族群取水。绿叶季的夜晚似乎更短了，每只猫都因为额外的任务而疲惫不堪。

狮焰张开下巴打了个巨大的哈欠："好吧，我就来。"

他跟着云尾走出巢穴，抖落沾在皮毛上的苔藓。天空灰蒙蒙的，第一缕曙光已经出现在天边。尽管太阳还没有升起来，但空气已经变得沉闷。一想到今天又是干燥炙热的一天，狮焰只好暗自叫苦。

榛尾及学徒梅花爪、莓鼻、冰云正坐在巢穴外，见到云尾和狮焰，立刻站了起来。虽说他们都没参加昨晚的森林大会，狮焰还是从他们紧张的神情中看出，他们已经知道了豹星发出的威胁。

"我们走。"云尾挥了下尾巴朝荆棘通道走去。

狮焰跟在白毛武士身后，穿过了森林，无意间听见莓鼻正在向冰云吹嘘："我们到湖边时，河族最好不要招惹我们，否则看我不给他们点儿颜色看看！"

狮焰没有听清楚冰云的低声回应。莓鼻的自我感觉可真是良好极了。狮焰心想，眼下，大家都无力应战，只有鼠脑子才会自找麻烦。

猫武士

让狮焰稍感宽慰的是,云尾将他们这支取水队带到了一棵巨大的橡树脚下,指导他们如何在湖边将一捆捆苔藓浸湿。莓鼻嘴里塞满了软软的茎秆,再也没法儿告诉冰云他这位武士有多么了不起了。

巡逻队抵达湖区后,云尾在湖畔逗留了一小会儿,凝视着湖底。靠近湖岸的地方很干燥,地面满是粉尘,参差不齐的裂痕延伸到湖底。只在更远处的淡淡曙光下,才闪着星星点点的光芒。狮焰试图找到泥浆与湖水交界的地方,突然发现在泥浆另一边远远的地方,有四个微小的身影。他放下嘴里那捆苔藓,嗅了嗅空气,有河族微弱的气味飘了过来,混杂着熟悉的死鱼的恶臭。

"听着,"云尾放下他那捆苔藓,说道,"河族不能反对我们取水,火星已经说了不想开战。你听清楚了吗,莓鼻?"说着,他严厉地盯着年轻武士。

莓鼻满脸不情愿地点点头。"好。"他含着一嘴苔藓含糊地应道。

"记在心上。"云尾盯着他说完,领着巡逻队穿过泥地,往远处的水域走去。

一开始,脚掌下的泥地很干,但随着巡逻队一点点靠近水域,狮焰发觉每走一步他的脚掌都会陷进泥里。"真恶心。"他咕哝道,因为嘴里满是苔藓,声音有些听不清楚。他试图甩掉黏糊糊的浅棕色泥点:"我再也没法儿变干净了。"

就在巡逻队接近水边时,狮焰看见那几只河族猫聚在那里等

第四学徒

着他们。挡住他们去路的几只猫是芦苇须、灰雾、獭心和她的学徒喷嚏爪。他们看上去又瘦又饿,眼中闪烁着敌意,皮毛竖着,看起来哪怕是为了区区几根老鼠尾巴,也打算大打一架似的。

芦苇须上前几步。"你们忘了豹星在森林大会是怎么说的了?"他挑衅道,"湖里的鱼属于河族。"

"我们来这里不是为了捕鱼。"云尾放下嘴里的苔藓,冷静地回答道,"我们只想取水。这你可没法儿反对,是不是?"

"你们的领地里没有小溪吗?"灰雾质问道。

"小溪都干涸了。别说得好像你们不知道似的。"狮焰看见云尾回答时尾巴尖暴躁地摇晃着,这位急性子的白毛武士好像有些难以压住怒火,"我们需要湖里的水。"

"不管你们愿不愿意,反正我们要取水。"莓鼻扔下苔藓,补充了一句,气势汹汹地朝前迈了几步。

霎时,四只河族猫亮出爪子。"湖水都是我们的。"獭心嘶嘶地叫道。

梅花爪惊慌地瞪大了眼睛,榛尾朝前几步将她的学徒挡在身后。狮焰弓起身子,露出爪锋,做好了攻击的准备。

云尾转过身面向他的巡逻队,命令莓鼻:"你给我把嘴闭好了!"

"你就让他们这么和我们说话?"莓鼻挑衅道,"不管你怕不怕他们,反正我不怕。"

云尾向前几步,直到自己鼻尖和年轻武士鼻尖相对,他的眼

接近水边时,狮焰看见那几只河族猫等着他们。

我们来这里不是为了捕鱼。我们只想取水。这你可没法儿反对,是不是?

你们忘了豹星在森林大会是怎么说的了?湖里的鱼属于河族。

湖水都是我们的。

我替我的武士道歉。他一定是被太阳晒蒙了。如果你们肯行个方便让我们取水的话,我会感激不尽。

我们需要湖里的水。

你们的领地里没有小溪吗?

小溪都干涸了。别说得好像你们不知道似的。

狮焰觉得自己的脚掌有些痒痒，心头升起迫切想要开战的冲动。但他牢记着云尾的警告，他们太过虚弱，不能轻易应战。

你们取水可以，但别碰鱼。

多谢。

终于，芦苇须退后了几步，用尾巴示意河族的巡逻队退后。

猫武士

神如冰:"再多说一个字,下个月除了给长老抓虱子你就什么也不用干了!明白了吗?"

狮焰蓦地感到皮毛下一阵刺痛。虽说云尾向来言辞刻薄,但狮焰还从未见他对哪只族猫发这么大火。似乎对云尾来说,眼下全世界最重要的事莫过于取水——而且这大概确实是事实,毕竟他的族群正因干渴而越来越虚弱。狮焰不知道,这时候要是河族成功地阻拦其他族群靠近水域,事态会如何发展?四个族群中会有三个灭绝吗?

云尾不等莓鼻回应,就转回身子,对河族猫说道:"我替我的武士道歉。"他的声音紧绷,狮焰知道他在竭力保持着礼貌。"他一定是被太阳晒蒙了。如果你们肯行个方便让我们取水的话,我会感激不尽。"

芦苇须犹豫了一个心跳的时间。狮焰觉得自己的脚掌有些痒痒,心头升起迫切想要开战的冲动。但他牢记着云尾的警告,他们太过虚弱,不能轻易应战。当然,云尾还不知道狮焰是"三只猫"中的一只,他拥有在最残酷的战斗中也毫发无伤的特殊力量。但我知道,即便不与其他族群开战,我们的麻烦也够多了。

终于,芦苇须退后了几步,用尾巴示意河族的巡逻队退后。"你们取水可以,但别碰鱼。"他吼道。

我们就不是为鱼而来的。真不知道要和你们说多少次!狮焰心想。

"多谢。"云尾点头道谢,轻跃一步到了水边。狮焰赶紧跟

第四学徒
DISIXUETU

　　了上去，他还是能觉察到河族猫敌视的目光穿透他的后背，盯着他的一举一动。他的毛再次竖起。他们真是够蠢的！难不成他们认为我能在皮毛下藏条鱼吗？

　　狮焰看得出来，他的族猫也都强忍着怒火。云尾不停地抽动着尾巴尖，莓鼻则眼里闪着怒火，努力让自己保持平静，另一只母猫也毛发竖立。当河族猫从他们面前招摇而过的时候，雷族猫都会转头怒视他们。

　　狮焰在湖水里浸湿了苔藓，喝了几口水。温热的湖水中带有一股子泥土和杂草的味道，难以解渴。但他强迫自己吞咽几口下去，满是泥沙的液体流过喉咙，惹得他眉头紧皱。这时候，太阳已经升起，刺目的光线掠过树梢，从地平线一端到另一端的天空中没有一丝云彩。

　　这样下去，我们还能坚持多久？

第二章

松鸦羽在巢穴后面的贮藏洞穴里挑拣着草药。这些草药的茎叶又干又枯,脆得咔咔响,闻起来还有股霉味。我应当为落叶季多囤积一些草药。他想,可是眼下根本没有新长出的植物,我有什么办法?

作为雷族唯一的巫医,松鸦羽的压力如大石块般压在他的心头。他不禁回想起当初叶池教导他时,他总是抱怨个不停。如今,他多么希望叶池不曾辞去巫医一职,也未曾搬到武士巢穴去住啊。她生了孩子又有什么关系呢?她依旧熟悉每一种草药,依旧知道怎么处理伤口的啊。

几天前的痛苦回忆让松鸦羽的皮毛一阵刺痛。当时,荆棘爪飞奔回营地,到松鸦羽的巢穴前猛地停了下来。

"松鸦羽!"她气喘吁吁地喊道,"快点儿!火星受伤了!"

"什么?在哪儿?"

"一只狐狸袭击了他!"年轻学徒的声音害怕得颤抖,"就在影族边界的那棵枯树附近。"

第四学徒

"好好，我马上赶过去。"松鸦羽闻言，内心惴惴不安，但他努力让自己的声音听起来很有把握，"你快去找叶池，把情况汇报给她。"

荆棘爪震惊得倒吸了一大口气，但松鸦羽并没有停下来问她原因。他拿起几根马尾草冲进荆棘通道，直奔影族边界。跑到半路他才猛然想起来，叶池已经不再是巫医了。

松鸦羽跑到离枯树不远处时，一股血腥味引导着他奔向了他的族长。火星侧身躺卧在一簇蕨叶上，呼吸急促微弱。沙风和灰条蹲守在他的身旁，刺掌则踞守在树墩上放哨。

"感谢星族！"沙风看见松鸦羽跑来，大喊道，"火星，松鸦羽来了。你要坚持住啊。"

"怎么回事？"松鸦羽边问边快步跑到火星的一侧。他发现火星的腹部有一条长长的伤口，鲜血正往出流着，不由心中一紧。

"当时我们正在巡逻，一只狐狸跳了出来，袭击了我们。"灰条回答道，"我们把它赶走了，但……"他的声音哽咽了。

"快找些蛛丝来。"松鸦羽命令道，同时开始嚼碎马尾草，制作敷伤口的药糊。叶池在哪儿？他痛苦地问自己，我不知道我这么处理对不对？

松鸦羽将嚼碎的药糊轻轻地拍在族长那道很深的伤口上，接过灰条塞进他爪中的蛛丝为火星包扎。但伤口还没包扎完，火星的呼吸就变得越来越微弱，最后停止了。

猫武士

"他失去了一条命。"沙风低语道。

松鸦羽并未停下,他继续在火星毫无知觉的伤口上涂抹药糊,以确保当火星苏醒过来的时候,血能够止住。时间似乎停止了,松鸦羽的大脑在飞速运转,努力计算着族长还剩下几条命。

这不会是他的最后一条命吧?不可能是!

就在松鸦羽快要放弃希望时,火星咳嗽了一声,重新恢复了呼吸。他抬起头,虚弱地说道:"谢谢你,松鸦羽。不必这么忧心忡忡,要不了几个心跳,我就会恢复正常的。"

话虽这么说,但在火星挣扎着启程回营地的路上,他仍需要依靠着灰条的肩膀借力。沙风焦躁不安地走在另一边,刺掌则守在后面。松鸦羽不停地自责着。我需要叶池,但她却不在。一直走到能瞧见石头山谷的地方,才看到从前的老师叶池迎了过来。叶池一直在风族边界狩猎,荆棘爪费了好一番工夫才找到她。

等松鸦羽告诉叶池事情的整个经过后,叶池安慰道:"你已经尽力了,总有些事是力不能及的。"

但这也不能说服松鸦羽让他心安,因为他知道,假如老师叶池在,她肯定能挽救火星一条性命的。

我的族长是因我而丢了一条命,他痛苦地自责着,我还算什么巫医?

回忆渐远。松鸦羽将草药分好类后,就叼着千里光走向了长老巢穴。他低头钻进外面的榛树丛,发现鼠毛正在树干旁蜷缩着,轻轻地打着呼噜,长尾和年老的独行猫波弟则肩并肩地蹲坐

第四学徒

在石墙的暗影里。

"所以,这只獾跑到外面自找麻烦,我就跟了过去……"发现松鸦羽来了,波弟突然停了下来,"嘿,小年轻!有什么事吗?"

"把这些草药吃了。"松鸦羽松口放下草药,仔细地分成三份,"这是千里光,能增强你们的体力。"

松鸦羽听到年老的独行猫波弟喘着粗气,走上前来,伸出一只脚掌戳了戳草药:"这是什么玩意儿?看起来真滑稽。"

"别管它长什么样儿。"松鸦羽咬紧牙齿,嘶嘶道,"吃就是了。还有你也是,长尾。"

"好。"盲眼长老走了过去,舔舐起了草药。"来,波弟。"他一边咀嚼一边劝道,"你知道的,吃药对你有好处。"他的声音沙哑,步伐不稳。松鸦羽感到自己的每一根毛都焦灼不安。整个族群都处于饥渴之中,但长尾看起来尤其糟糕。松鸦羽甚至怀疑他把属于自己的那份水和食物都让给了鼠毛。

如果有机会,一会儿我得找波弟单独聊聊,问问情况。

波弟又狐疑地嘟囔了几句,好在松鸦羽听见他正在嚼千里光。"尝起来真是恶心呢。"老独行猫仍在不停地抱怨着。

松鸦羽叼起剩下的草药朝鼠毛走过去,这位长老已经被他们的说话声吵醒了。"你来干什么?"她责问道,"还让不让睡觉了?"

听起来,她和从前一样暴躁,这倒让松鸦羽多少感到心安,

因为至少看得出她在努力抵御炎热。假若鼠毛听起来又和善又体贴，那我就真的该担心了！

"这是千里光，"松鸦羽说道，"你得吃点儿这个。"

鼠毛叹了口气："我猜，你会唠叨到我吃为止吧。那在我吃的时候，你给我说说昨晚的森林大会上发生了什么。"

松鸦羽稍等了片刻，直到听见这只老猫开始咀嚼草药后，才开始讲述起前夜的森林大会。

"什么？"在松鸦羽讲到豹星声称对湖区和鱼要求拥有所有权时，鼠毛差点儿被千里光叶噎到，"她没权利这样做！"

松鸦羽耸耸肩道："她已经这样做了。她说河族理应享有所有的湖鱼，因为他们不吃别的猎物。"

"星族就这么由着她？"鼠毛发出嘶嘶的声音，"当时的云难道没把月亮遮住吗？"

"如果真是那样的话，森林大会恐怕就会当场解散了。"

"我们的武士祖先是怎么想的？"鼠毛龇牙低吼道，"他们怎么能坐视不理，就放任那只癞皮母猫阻止其他族群使用湖区？"

松鸦羽没法儿作答。打从天气开始热起来后，他至今也没收到来自星族的任何预言。如果是叶池的话，她此时或许已经收到星族的消息了。他想，他们想必会告诉她该如何帮助族群。

松鸦羽挤出长老巢穴，朝空地走去，留下鼠毛一边嚼着最后一根千里光，一边恶狠狠地嘀咕着。在经过学徒巢穴时，松鸦

第四学徒

羽意外地闻出了两股不该出现在此处的气息。"这又是在搞什么?"他烦躁地念叨了一句。

这样想着,松鸦羽快步走向巢穴,一头拱开遮住入口的蕨丛。他听见巢穴里编织床铺的苔藓和蕨叶堆中发出了沙沙的爬动声和隐隐约约的低语声。

"小鸽!小藤!"他怒吼道,"你们俩给我出来。你们还不是学徒。"

两只幼崽嬉笑着跑出巢穴,在松鸦羽身边刹住脚步,强忍着才没笑出声,并抖掉沾在皮毛上的苔藓。

"我们只是看看而已!"小鸽抗议道,"我们马上就要当学徒了,所以想为以后的新窝选个好地方啊。"

"我们俩要在一起,"小藤补充道,"要一起完成所有的训练。"

"没错,"小鸽说道,"我们才不要和其他猫一起出去巡逻呢。"

松鸦羽哼了一声,不知是该发笑还是该生气:"做梦吧,幼崽们。到时候,自会有学徒告诉你们去哪儿睡的。你们的老师也会告诉你们该在什么时候、和谁一起去巡逻。"

两只幼崽安静了几个心跳。过了一会儿,小鸽突然说:"我们才不在乎!走,小藤,去告诉白翅我们看过学徒巢穴了!"

松鸦羽在原地站了一会儿,两只幼崽蹦跳着朝育婴室跑去。他感觉胸口一阵疼痛,不禁回忆起自己还是幼崽的时候,他也曾

坚信拥有一个可以让自己在她面前进行吹嘘的母亲。而现在，他只有叶池。

仿佛是他的这个念想将叶池召唤了过来，松鸦羽感觉到自己生母的气息在周围飘浮着。此时，叶池和巡逻队员们从荆棘通道中钻了出来。松鸦羽嗅了嗅空气，便分辨出尘毛、蕨毛，甚至连学徒黄蜂爪都带回了猎物。但是叶池却空手而归。

松鸦羽的嘴角微微咧开，心中不由一阵冷笑。她能抓到的只有跳蚤！她是位巫医，又不是武士。她本该留下来帮我，而不是在真相大白那天，假装她的一切过往都消失不见。

他听见叶池朝他走来，可他并不想和她说话。于是，他转过头去，但还是感受到了她走过他身边时的悲伤。虽然叶池没有搭话，松鸦羽还是敏锐地感觉到她的孤独和挫败感，仿佛这些感受也是他的一样。她现在连当初那点儿战斗意志都丢光了！

松鸦羽也察觉到了其他巡逻队成员的尴尬，他们似乎找不到合适的方法来面对叶池。长期以来，她都是他们信任的巫医，他们并不愿因她爱上风族武士而惩罚她。但眼下的情形似乎让他们不能再视她为友爱而忠诚的族猫了。

归来的狩猎巡逻队陆续将猎物放到猎物堆上。亮心跟在巡逻队后，正在穿过荆棘通道时，松鸦羽闻到她身上带着强烈的蓍草气味。

"干得漂亮，亮心。"他扬声打了个招呼，"真不敢相信你竟然还能找到蓍草，我们的蓍草全用光了。"

第四学徒

"两脚兽巢穴那儿还有一些。"亮心一边嘴里含着茎秆含糊地说,一边朝巫医巢穴走去。

几个季节之前,前巫医炭毛教授了亮心草药的基本用法,以及小病小伤的治疗窍门。自松鸦羽成为雷族中唯一的巫医以来,亮心便一心一意地帮他收集草药,协助他处理些轻微的伤口。松鸦羽知道她并不会成为自己真正的学徒——她比他年长,又肩负着成为武士的使命——但他很感激她的援助。

况且,我还没到收学徒的时候。年长些的巫医才会收学徒。一瞬间,松鸦羽感觉无数个岁月在他眼前延伸,脚掌下的地面砰砰地颤动起来,仿佛他正踩在月亮池边那些古老的脚掌印中。显然,在他成为星族成员前,还有预言等着他去实现。有三只猫……他们星权在握。

现在,太阳已经高过树冠了,晒得松鸦羽的皮毛如着火般灼热。我都快闻到烤焦的烟味了!

松鸦羽抽动了一下鼻子。惹得他的鼻孔痒痒的刺鼻的气味真的是烟。他突然恐惧得皮毛竖了起来,不由得在空气中嗅了好一会儿,想确认气味的位置。他嗅出了气味源自山谷的边缘,就在靠近长老巢穴的地方。

"着火了!"松鸦羽大叫道,直奔烧焦气味的源头。

几乎在小鸽冲过他身旁的同时,松鸦羽跌倒了。小鸽擦过他的皮毛冲到空地中心,尖叫道:"着火了!族群起火了!"

松鸦羽感到很惊讶,小鸽居然能如此迅速地觉察到烟味。我

猫武士

一直认为我的鼻子才是族群里最灵的！不过现在没有时间去想这些。他必须马上找到火源，趁火势蔓延开来之前扑灭它。

松鸦羽朝榛树灌木丛跑去时，身后传来更多的吼叫声。他嗅到蕨毛冲到他身旁，便厉声命令："快把长老带出巢穴！"

金棕色皮毛的武士转头冲向入口，松鸦羽则跑过巢穴，循着烟味追去。在靠近石墙的地方，松鸦羽听见噼里啪啦的火焰声。一股热浪逼停了他。眼盲带来的挫败感蔓延开来，松鸦羽不禁感到愤怒不已。我都不知道该从哪儿下手扑灭它！

随即有猫用肩膀将松鸦羽拱到一旁，松鸦羽闻到了灰条的气味，火星和松鼠飞紧跟在他身后。

"赶快打水来救火。"族长发出了清晰简洁的命令，"松鸦羽，快找些猫去湖区。"

"打水已经来不及了。"灰条尖叫道，"快将沙土踢到火上，快！"

松鸦羽听见猛烈的扑打声，但浓烟和火焰并未熄灭。他听见更多的猫朝火源冲来，便转过身，打算遵从火星的命令去湖边打水。

"云尾！狮焰！"火星喊道，"感谢星族！"

当他的哥哥和其他猫从他身边冲过时，松鸦羽闻到了潮湿苔藓的气味。巨大的嘶嘶声不停作响，刺鼻的气味突然变得更强了。浓烟进入了他的喉咙，松鸦羽不由得退了几步，咳嗽起来。

狮焰这时走近松鸦羽。"太危险了！"他气喘吁吁地说道，

第四学徒

"要不是我们都及时赶过来,整个营地都会烧掉的。"

"你确定火已经灭了?"松鸦羽问道,烟熏得他的眼睛刺痛,他边问边拼命眨眼。

"火星正在检查。"狮焰长叹一声,"现在,我看我们得赶快多多取水才行。希望河族猫已经走了。"

"河族猫?"松鸦羽感到他的颈毛竖立起来了。

"我们到那儿的时候,碰到了一支河族的巡逻队。"狮焰解释道。"双方差点儿就为了几口水打起来。如果河族猫还在那儿,肯定不乐意我们又去取水。"他的声音因恼怒变得低沉起来,"他们简直就是在一滴滴地数着水。"

松鸦羽垂下尾巴,站在哥哥身旁,周围满是余烬。大家开始将灰烬清理出营地,刺鼻的气味使松鸦羽又咳了起来。

族群难道就将这样迎来末日吗?他心里想道,就像不断缩小的湖泊一样,如此寻常,如此绝望,而且如此缓慢,缓慢得像永无止境的煎熬?

狮焰用鼻子碰了碰松鸦羽的肩膀,试图安慰他。"记住,三力量终将重聚。"他说道,"白翅的孩子也是火星的至亲。"

松鸦羽耸耸肩说:"可我们要如何确定第三只猫是谁呢?为什么星族不肯给我们一个信号?"

"我们一开始也并不知道预言来自星族。"他的哥哥说道。

"但星族……"

一声高亢的呼唤穿过空地,打断了松鸦羽的话:"嘿,松鸦

羽！"

松鸦羽听出是族群里那位最吵闹的家伙，不由得抖了抖胡须。"又怎么了，莓鼻？"他叹息着朝莓鼻走过去。

莓鼻迎了过来。松鸦羽察觉到了跟在莓鼻身后的罂粟霜的气息。

"罂粟霜有了幼崽。"年轻的武士郑重地宣布道，"我的幼崽。"

"那恭喜了。"松鸦羽低声说。

"你要劝她多休息，照顾好自己。"莓鼻接着说，"怀幼崽是很危险的，不是吗？"

"嗯……也不全是。"松鸦羽承认道。

"就是，我听说幼崽有可能早产，也有可能很虚弱，还有可能会……"

"莓鼻，住嘴。"罂粟霜打断了他。松鸦羽真切地体会到了她的窘迫，这简直像是在整个族群面前大声宣传一样。"我确信我会没事的。"

"也可能怀的幼崽久久不能出生。"莓鼻继续说完，仿佛没听到他的伴侣的话似的。

"风险是有的，但……"松鸦羽朝罂粟霜走近几步，希望能好好嗅一嗅再判断。"她很健康，"松鸦羽继续说，"目前，没有理由担心罂粟霜不能履行日常职责。"

"什么？"莓鼻的声音听起来很愤怒，"她的健康状况根本

第四学徒

不够好！罂粟霜，你现在立即去育婴室，让香薇云和黛西照顾你。"

"真的，没必要的……"罂粟霜说话间，已被莓鼻轻轻推着穿过空地，朝育婴室入口走去。

松鸦羽站在原地，听见他们的脚步声渐渐远了。说了你又不听，干吗还来问巫医，真是鼠脑子！

突然，一阵挫败感如洪流般将松鸦羽淹没。连族猫也不愿听他的，就算掌中拥有群星的力量又如何？"我不知道单凭我们自己能否解决问题，"他自顾自地嘀咕道，"不管是两个还是三个……"

第三章

白翅用舌头舔着小鸽的耳朵和脖子,小鸽兴奋地扭动着。

"安静点儿吧,"小鸽的母亲斥责道,"你看看你,就好像刚刚从荆棘通道给拖回来似的。你这个样子,怎么去参加学徒仪式啊!"

小藤蜷伏在育婴室门口,扭头看着小鸽和白翅。"族猫们已经聚集在外面了。"她汇报道,声音因为期待而微微颤抖着,"我觉得整个族群都会来观看我们成为学徒的仪式!"

小鸽一扭身躲开了母亲的舔舐,蹦跳着跑过育婴室的苔藓地面,来到姐妹小藤身边。"我们走!"小鸽催促道。

"急什么,还没到时间呢。"妈妈提醒着小鸽,"我们得等火星召集好了族猫再出去。"

"要不了多久就该开始了。"这时,一个温柔的声音传来,是来自马场的黛西。小鸽心里清楚,黛西是永远都不会成为武士的。黛西和香薇云的任务是待在育婴室里辅助每一只新来的猫后照料幼崽。

黛西来到罂粟霜身旁蜷缩下身子。罂粟霜于两天前搬进了育

第四学徒
DISIXUETU

婴室,她怀着莓鼻的幼崽,肚子眼见着大了起来。莓鼻是黛西的儿子,因此,这些新生的幼崽也是黛西的至亲。

"你们会来观看我们的学徒仪式吗?"小鸽问母猫们。

"那是自然。"罂粟霜艰难地站了起来,快速梳理了一下皮毛,抖落沾在皮毛上的苔藓碎屑,"我们怎么会错过你们俩的学徒仪式呢?"

小鸽肩膀又是一阵颤抖,感觉自己的脚掌已经连一个心跳的时间也安静不了了。她兴奋得连口干舌燥也顾不得了。"我想知道谁会成为我们的老师。"她说道。

小藤尚未应声,就看到火星那火焰色的身影出现在高石台上,他的声音回荡在整个营地上空:"请所有能独立狩猎的猫到高石台下集合,参加族群会议。"

小鸽一跃而起,准备冲向空地,但被母亲的尾巴强行给拉了回来。"还没到时间。"白翅小声道,"你得像个合格的学徒那样走出去,而不是一只不识礼数的小幼崽。"

"知道啦,知道啦。"小鸽嘟囔道,努力压抑住自己的焦躁不安。

小藤附和着小鸽:"我感觉我好像要生病了。"

"噢,不!"小鸽大叫道。如果小藤在学徒仪式上病倒了,那族群会怎么看我们呀?

"别担心,你不会生病的。"白翅平静地说道,"你们俩做好自己就行,要让我为你们感到自豪。看,你们的父亲来接你们

了。"

说话间，桦落出现在育婴室入口，他低头看着自己的一双女儿，眼神炽热。"走吧，整个族群都等着你们呢。"他提醒道。

小藤跳了起来，小鸽活动了几下脚掌，白翅也迅速地理顺自己的皮毛，来到她们身边。此时，雷族的全部成员都聚集在了高石台下的空地上。小鸽和小藤并肩走出育婴室，她们的父母紧随其后。小鸽感到有无数双眼睛朝她们看来。黛西、香薇云和罂粟霜最后走出育婴室，在育婴室外坐了下来。小鸽的心脏紧张得怦怦直跳，仿佛就要跳出胸口了。但她努力高仰着脑袋，尾巴也翘得高高的。

"我知道我一会儿肯定会忘了该怎么做的。"小藤在小鸽耳边低声说道。

小鸽蹭了蹭姐妹的皮毛："你一定行的。"

白翅领着她们走向围成一圈的族猫，从猫群预留出的缺口处进入了空地。小鸽发觉自己站在了姐妹小藤和松鼠飞中间，松鼠飞正朝她点头以示鼓励。

"我召集大家齐聚于此，来见证这个族群最重要的时刻之一。"火星开始说道，"小鸽和小藤已经六个月大了，是时候成为学徒了。"他用尾巴示意小鸽和小藤："你们俩上前面来。"

小鸽本打算一个大跳落到猫群围成的圆圈中心。但是在最后一刻，她想起母亲叮嘱过她，要和姐妹慢慢走上前去。

"小鸽，"火星说道，"从今日起，在你获得武士名号之

第四学徒

前,你的名字为鸽爪。"

"鸽爪!鸽爪!"族猫们祝贺的喊声在她周围响起。第一次听见自己的学徒新名,她感觉皮毛不禁一阵刺疼。

"星族,我请求你们指引这位新学徒,"火星凝望着石头山谷上方那炎热的蓝天,继续说道,"引领她走向未来的武士之路。"

鸽爪突然想到星族猫以及她的武士祖先或许正在火星讲话时低头看着自己,不禁感到战栗,但她努力控制住了自己。

"狮焰。"火星突然朝这只金毛虎斑武士摇动尾巴,狮焰正站在通向高石台的落石堆附近,"你来担任鸽爪的老师。你是一位忠诚的武士,拥有杰出的战斗技巧。我相信你能将这些技巧传授给鸽爪。"

狮焰!鸽爪的目光越过空地,凝视着这只金色公猫,心怦怦直跳,他那么优秀——可要是他不喜欢我怎么办?

鸽爪蹦跳着跑向狮焰,紧张不安地抬头看着他琥珀色的眼睛。当狮焰低头碰了碰鸽爪的鼻尖时,鸽爪看见狮焰的眼神中流露出愉悦之情,她感到既惊讶又高兴。

"我会努力学习的。"她小声保证道。

"我也会努力教的。"狮焰回答道,"我们将成为默契的搭档。"

鸽爪骄傲地站在狮焰身旁,听着火星为小藤举行同样的学徒仪式。鸽爪的姐妹小藤站在猫群围成的圆圈中央,显得孤单紧

张，但她勇敢地高扬起头，凝视着火星。

"小藤，"火星说道，"从今天起，在你获得武士名号之前，你的名字是藤爪。愿星族庇佑你，指引你走向未来的武士之路。"在族群众猫欢呼"藤爪"的新名号时，火星停顿了一个心跳的时间，然后朝炭心摇尾示意道："炭心，你从学徒时期起就展现出了非凡的勇气和耐力，我相信你能教导藤爪追随你的道路。"

当藤爪蹦跳着穿过空地与炭心互碰鼻尖时，周围的族猫中传来轻声的赞许。而这位灰毛武士的蓝眼睛里也闪烁着欣喜，欢迎着她的新学徒。

"鸽爪！藤爪！"整个族群都欢呼起来。

环绕在族伴对她俩的祝贺声中，鸽爪内心充溢着满满的自豪和幸福。

"我们现在要做什么？"鸽爪急切地问老师狮焰。

"恐怕不是什么激动猫心的任务。"狮焰晃了晃耳朵，回答道，"族群需要水。我们必须收集些苔藓，然后去湖边浸湿它们。"

鸽爪激动地蹦了一下，说道："太棒啦！我能看到更多的领地了。"她朝姐妹那边瞥了一眼，又问了一句："藤爪和炭心能和我们一起去吗？"

"当然。"答话的是炭心，她正朝他们走来，身旁跟着蹦蹦跳跳的藤爪，"但我们必须小心河族猫。他们可能会惹是生

第四学徒

非。"

"我记得河族在湖泊的另一边,对吧?"藤爪脑袋歪向一边,问道。

"不再是了。"狮焰低吼道,"走吧,我会在路上解释给你们听。"

狮焰领着她们穿过荆棘通道,朝着湖泊的方向行进。鸽爪从未去过超出营地外几狐狸身长的地方,现在能去一个新鲜地,让她激动不已。但听了狮焰和炭心的话后,内心又升腾起些许愤怒。

"但河族不能就那样占有湖泊!"她反对道,"不是吗?"

"为什么火星不和他们开战?"藤爪说道。

"火星不想惹麻烦。"炭心解释道,"他一直在寻求一个除了战争以外的解决办法。这也是火星能成为一位伟大族长的原因之一。"

鸽爪、藤爪有些不太确定自己是否听懂了。即使她们还只是新学徒,也深知族群不能侵犯其他族群的领地。这是武士守则的一部分!

"跟紧我和炭心,"狮焰警告两姐妹,"不管发生什么事,都别招惹河族。"

只要他们别先招惹我和藤爪。鸽爪心想。

她们的老师带着藤爪她们来到了那棵大橡树脚下,在树根那儿收集了一些苔藓并滚成球状,然后叼在嘴里,朝着湖泊出发。

猫武士

他们走出树林来到湖岸时，鸽爪惊讶得张大了嘴巴，苔藓掉在了地上。

"我原以为湖泊很宽阔！"鸽爪喘着气说，"才不是眼前的这一丁点儿水。"鸽爪感到一阵失落。为什么武士们要为了这个比水坑大不了多少的地方小题大做？

"湖水通常是到我们现在站的地方。"狮焰向鸽爪解释道，他耳朵朝前一指，那儿有一条通向干泥地的鹅卵石道，"是干旱让湖泊缩成这么小的。"

"干旱也意味着森林附近不会有那么多两脚兽出现。"炭心说道，"所以也不全是坏事。"听起来，炭心在安慰学徒的同时，也在试图安慰自己。

"如果湖泊缩没了会怎么样呢？"藤爪问道。

"不会的。"炭心说道。尽管这样说，炭心与狮焰交换眼神的举动，仍让鸽爪明白炭心其实并不完全确定。"很快就会下雨的。"炭心说。

"既然来了这里，你们也应该学习一些关于领地的知识了。"狮焰说道。"当然，这里是雷族领地，而那里，"他用尾巴扫出一道弧线，"是风族的。"

鸽爪的目光随着狮焰的尾巴看去。只见荒原隆起，一直延绵到天际。荒原上长满了柔顺的长草。"那边没有多少树林可供狩猎啊。"她评论道。

"不是的，风族猫喜欢开阔地带，所以这片领地对他们来说

第四学徒

再合适不过了。"炭心告诉鸽爪,"而影族猫喜欢松树林,所以他们的领地选在了那一边。"

鸽爪和藤爪盯着紧邻着湖泊的黑色森林,那里位于雷族领地的另一边。"还好我不是影族猫。"藤爪说道。

鸽爪凝神观望了一会儿,试图记住她在这里所能感知到的一切事物。她看见在影族领地那边,有一群猫正在贫瘠的土地上艰难跋涉,朝远处的湖区行进。她深吸了一口气,嗅了嗅他们的气味。而在风族领地那边,猫儿们正回到湖岸。鸽爪也同样嗅了嗅他们的气味。

"藤爪。"鸽爪用尾巴轻轻弹了一下姐妹的耳朵,轻声说道,"你得记住那些猫的气味。这些都是我们要知道的。"

"什么?"藤爪满脸疑惑。但还没等鸽爪解释,鸽爪就被狮焰的高声惊叫打断了。

"发生什么事了?"

鸽爪的目光越过已经起皮的棕色泥地,认出了水域附近的雷族巡逻队。他们看起来十分吃力,背脊高高拱起,尾巴在空中剧烈地扑打着。几个心跳后,其中的一位武士开始飞奔回岸边,待他靠得更近一些,鸽爪才认出是刺掌。

"出了什么麻烦?"狮焰喊道。

"莓鼻和蛛足陷在泥浆里了。"刺掌气喘吁吁,顿了顿说道,"我需要一根树枝或别的什么,去把他们拉出来。"

"我们来帮忙。"炭心向刺掌说道,同时挥了一下尾巴召唤

两位学徒,"过来,你们俩。带上你们的苔藓,当心脚掌下的路。"

炭心领着她们走入泥地。鸽爪一回头,看到刺掌正在岸边的一株大灌木根部底下往外拽一根长长的棍子。刺掌还没拖出棍子,松鸦羽就突然在树根下出现了,嘴里叼着一捆草药。

"喂,那是我的!"松鸦羽抗议道,草药的叶子吐得到处都是,"把它放回去!"

"你是鼠脑子吧?"刺掌在棍子旁咕哝道,"我拿它有急用。不就是一根棍子嘛。"

"可这是我的。"松鸦羽怒气冲冲地说道。只见他的眼里闪烁着熊熊怒火,颈毛根根竖立,如临大敌一般,鸽爪不由大为震惊。"你要是不把它完完整整地还回去,我就……我就……"

"好好好,这么个破棍子,我用完就还给你,"刺掌吼道,"别那么生气。"

刺掌嘴里叼着棍子,疾驰而过。鸽爪和藤爪跟在老师身后,则慢很多。鸽爪在滚烫的地皮上踮着脚走路,生怕等她抵达水边时,掌垫会被烤焦。

"你说,松鸦羽是不是被晒糊涂了?"藤爪低声说道,"刺掌说得又没错,不就是根棍子嘛。"

鸽爪耸耸肩道:"这根棍子没准儿是巫医的信物呢。"

"好吧,但是如果我们的巫医脑子里进了蜜蜂,那可怎么办?"

第四学徒

鸽爪没有回答。他们正一步步地靠近湖边，她看见到处都是亮闪闪的死鱼尸体，臭味儿扑鼻而来，熏得她几乎窒息。这时，坚硬的地面突然消失了，取而代之的是光滑而温热的泥浆，吞没了她的脚掌。她每走一步，脚掌都深深地陷入。泥浆的表面颤抖着，仿佛饥渴地等着她的脚掌再次着地。

"待在原地。"狮焰警告道。棕灰色的淤泥溅到他的皮毛上，在肚皮上结成泥块。在他的前方，莓鼻和蛛足的后腿几乎全都陷入泥沼里了。

两位武士无助地猛烈扭动着，他们肚皮下的皮毛沾满了棕色的泥浆。尽管看起来暂时不会淹没到腹部，可他们的爪子抓不到东西，无法将自己拖曳出去。

"还好他们不和我们住同一个巢穴。"鸽爪对藤爪小声说，"他们身上的泥腥味和死鱼味一个月都洗不掉！"

藤爪点点头。"我敢打赌，这些臭味不消散的话，没有哪只猫会愿意和他们住一个窝儿。"说着，她走开去查看几狐狸身长之外的一条死鱼。鸽爪留在原地，看着刺掌小心翼翼地接近泥坑。刺掌握住棍子的一头，然后尽可能地把棍子另一头向前伸去，以便同伴能抓住。莓鼻伸爪钩住棍子，沿着棍子向上爬，等他碰到了坚实的地面，狮焰和炭心伸爪将他拉了出来。

"脏死了！"莓鼻大喊道，把泥浆从口中吐了出来，摇晃着身子，皮毛上的泥点甩得到处都是。

鸽爪往后一跳，以免被泥点溅到。这时，蛛足也沿着棍子爬

了出来，站在泥坑边缘大口喘着气。

"谢谢。"蛛足对刺掌说道，"我下次走路时会多加小心的。"

刺掌点点头道："客气了。你最好还是回营地把自己洗干净吧。"

蛛足和莓鼻耷拉着头和尾巴，步履沉重地走了，每走一步，皮毛上都会有泥浆落下。

"现在，我最好还是赶紧把棍子还给松鸦羽吧。"刺掌说道，"否则他会比生气的狐狸还疯狂！"

刺掌朝岸边走去。突然，从湖区的远处传来几声尖厉的猫叫，他停下了脚步。鸽爪警觉地张望着。一只毛色斑驳的蓝灰色公猫朝他们冲了过来，尾巴使劲儿地摇晃着。鸽爪抽动几下胡须，闻到的是一个不熟悉的气味，与躺在泥地上的鱼的气味有些相似。

他一定是河族猫。

刺掌再次扔下了棍子，喊道："喂，雨暴！你到底想怎样？"

河族武士没有理他和其他几只聚在离泥坑几尾远的猫。雨暴径直走向藤爪，而藤爪仍在好奇地嗅着死鱼。

"偷猎贼！"雨暴斥责道，"别动它！鱼是我们的！"

藤爪吓得猛回过身来。看见一只成年河族武士向她逼近，藤爪身上的皮毛竖了起来，惊恐得睁大了眼睛。

第四学徒

"老鼠屎!"炭心愤愤骂了一句,跳了出去,想在雨暴攻击她的学徒之前阻止。鸽爪和狮焰也冲了过来。

突然,狮焰大叫一声:"雨暴,当心!"

鸽爪意识到,这只河族猫此刻正直直冲向泥坑。由于所有注意力都放在了藤爪身上,雨暴并未听见狮焰的提醒,飞驰的脚掌滑入了深深的泥坑,泥浆很快淹没到他的腹部,他发出一声既恐惧又惊慌的尖叫。

"救命!"雨暴哀号着,"救我出去!"

"你真是活该。"炭心愤慨地说道,在泥坑边缘停了下来,俯视着这只拼命挣扎的武士,"你难道看不出她只是位学徒?这是她第一次走出营地。"

"抱歉。"藤爪一路小跑过来,脸色焦急,"我真的没打算吃那条鱼。"

"我想没有猫稀罕吃那臭玩意儿。"鸽爪走到姐妹身旁,补充道,"呸!"

雨暴没有回应。相比之前跌进泥坑的两位雷族武士,雨暴这次跌进了泥坑的更深处。泥浆很快淹到了他的肩膀,他越是胡乱地挣扎着试图爬出来,就陷得越深。

"别动,"狮焰说道,"我们会拉你出来的。"

刺掌叼着棍子跑了过来,将棍子推过泥浆表面,直到雨暴能用爪子够到。雨暴紧紧抓着棍子,但力气不够,没办法将自己拖出来,先前的挣扎似乎已经耗尽了他的力气。鸽爪朝藤爪身边靠

了靠,紧张地看着,腹部焦急地颤动着。虽说这位河族武士曾试图攻击她的姐妹,她也不愿看见他被淹死。

"救救……我……"雨暴尖声叫着,伸长了脖子,以免口鼻被泥浆淹没。

"噢,看在星族的分上……"狮焰咕哝道。他朝泥坑的边缘爬去,每前进一步就用脚掌探探地面,然后再放下整个身体的重心,趴在泥地上,这样他就可以用牙齿咬住雨暴的颈背了。狮焰猛地一拽,伴随着巨大的泥浆吮吸声,河族公猫从黏稠的泥浆中重获自由,瘫软在地面上,喘着粗气,胸口剧烈起伏着。

"你该感到庆幸。"刺掌毫不怜悯地说道,"现在你走吧。你压根儿就不该出现在湖区的这一边。"

雨暴脚掌乱蹬,试图站起来,但腿一软,又摔在泥地上。

"我们拿他怎么办?"炭心说道,"他这个样子,恐怕是没法儿自己回到河族了。"

狮焰叹了口气:"如果河族理智一点儿,根本就不会出现这种事。附近有没有他的族猫啊?"

"在那边。"刺掌用尾巴指了指。鸽爪发觉,靠近影族领地那儿有一群河族猫。他们碰上了一支影族巡逻队,正是鸽爪先前看见的那支前往水边的巡逻队。她的胡须一阵颤抖,感觉到他们发生了争执。

"我可不希望卷入这场口角。"刺掌下定决心道,"如果我们也掺和进去,就会和影族、河族打起来。走吧。"他伸出一只

第四学徒

脚掌戳了戳雨暴道："这儿离你们的领地太远了。你可以先回我们营地，直到你能够回去了再离开。"

"谢谢。"雨暴喘着气说道。他踉跄着站起身，试图保持直立。狮焰走到他身边，让他靠着自己的肩膀。"炭心，能不能拜托你照看一下学徒去取水？"狮焰喊道，"我帮刺掌把雨暴扶回营地。"

"没问题。"炭心回答。

鸽爪看着两位雷族武士起身穿过泥地，侧身扶着腿脚不稳的雨暴。鸽爪在他们身后叫道："喂！别忘了放回棍子！"

刺掌转身跑了回来，暴躁地甩动着尾巴。"也不知松鸦羽是怎么了。"他咆哮道，叼起棍子转身离去。

"你还好吗，藤爪？"炭心低下头用一双蓝眼睛关切地看着她的学徒。

"没事儿的。"藤爪回答道，"是我太傻了，鱼这件事，我很抱歉。如果我不靠近它，雨暴就不会掉入泥坑里了。"

"这不是你的错！"鸽爪怒火中烧，"是他先吓唬你。"

"鸽爪说得没错，"炭心说道，"他没必要那样冲过来。现在拿起你的苔藓，我们要去取水了。我想快点儿回到山谷，看看火星听到这个消息后会怎么办。"

第四章

狮焰在空地中央站住，让雨暴坐下来。雨暴侧卧在那里，四肢胡乱地盘在身下。这位河族武士看起来一团糟：身侧的皮毛上沾满了泥污，看上去瘦骨嶙峋的，好像一个月都没饱吃过一顿了。狮焰不禁对他心生同情。

河族猫居然为了一条死鱼而大动肝火，他们一定是遇到大麻烦了。

刺掌已经跃上落石堆，前往火星的巢穴找他。狮焰同雨暴和松鸦羽一道留下等着。松鸦羽是在湖边时加入队伍，和他们一起回到营地的。从湖边返回营地的漫长旅途中，狮焰一直撑着雨暴，导致他自己的肩膀都酸痛起来，口中也渴得厉害。现在已经接近日高时分了，山谷里的热气蒸腾着。雨暴身上的污泥已经都烤干了。

要是没有这件事，我们早已经带着水回来了。狮焰心想，这么热的天，我们应该好好休息才对。

雷族猫三三两两地从巢穴中走了出来，不无好奇地盯着这只落魄的河族武士。

第四学徒

"他来这里干什么？"梅花爪从长老巢穴探出头来，扔掉爪中的一大团铺垫，跳过空地，想瞧个仔细，"他是俘虏？"

"不，他发生了点儿意外。"狮焰解释道，"他休息好了就会回河族的。"

"我看不出他有什么必要在这儿休息。"鼠毛跟着学徒走了出来，尾尖搭在长尾的肩膀上给他领路，波弟紧跟在后面。鼠毛满腹狐疑地嗅了嗅雨暴，说道："噢！他闻起来就像条烂鱼。"

"我们的水呢？"波弟问道。

"雨暴受伤了吗？"亮心的言语中多了些关切，"松鸦羽，你要我去弄些草药来吗？"

"不用，他只是累了。"松鸦羽回答道。

狮焰开始向大家解释方才在湖边发生的一切。他有意略过了雨暴扑向藤爪的事实。他希望这位河族武士并不是真的要伤害这位年轻的学徒，因此没有必要激起更多的敌意。

"得安排只猫来盯着他。"狮焰叙述完，黑莓掌吩咐道，"我们不能任由他在营地随意走动。"

"他看起来也不像有力量四处晃悠的样子。"沙风晃了晃耳朵，说道。

火星和刺掌出现在众族猫的视野中，议论声渐渐低了下去。火星从聚集的猫群中挤了过去，站在河族武士的面前。雨暴挣扎着坐起来，面对着火星，但狮焰知道雨暴费了多大的劲。

火星礼貌但冷淡地朝河族猫点点头。"你好，雨暴。"他说

道,"刺掌已经汇报了事情的经过。"

"呃……我……"雨暴支支吾吾,如鲠在喉,然后补充了一句,"很感谢你族武士出手搭救。"

"我们会帮助任何处于困境的猫。"火星回应道,"你最好在这儿待到日落,等凉快些再回去。稍后狮焰会带你去个僻静地儿,你可以睡一觉。"

"我来看着他。"黑莓掌补充道。

"好主意。"火星说道,别的雷族猫也低声赞同。

"我们给他吃点儿猎物吧?"香薇云望着雨暴,温柔的眼神里透着怜悯。

"我们自己都不够吃。"不等族长发话,刺掌就厉声否定了,"火星,我带他回来的时候想到一个主意。既然我们救了他的贱命,为什么不索取点儿报酬呢?"

火星转过身看着他,一脸的疑惑:"你这么说是什么意思?"

"你看,我们有一位河族武士,为什么不捎信给豹星,想要回河族武士,就给我们一些鱼?"

"什么?"雨暴抗议道,"你们不能这么做!"

"我们想怎么做就怎么做,疥癣皮。"刺掌反驳道,伸出利爪,"我们救了你,不应该获得一些回报吗?"

"没错!"猫群后方,有几只猫大声附和道。

"你们都是鼠脑子吗?"松鸦羽怒吼道,脑袋转向刚刚说话

第四学徒
DISIXUETU

的族猫,"我们为什么要河族的鱼?那东西闻起来恶心死了。"

狮焰环顾四周,发觉刺掌的建议赢得了不少的赞同,松鸦羽的话倒没有猫听。为什么不呢?他心想,我们也是饿得厉害。然而,囚禁别族武士的想法还是让他的皮毛因不安而感到刺痛。

"你怎么看,火星?"沙风低声询问。

火星沉默了片刻。雨暴的目光从一只猫移向另一只猫,仿佛从那些眼神中能看出自己的命运。

"我赞同刺掌的说法。"蛛足挤到猫群前面说道,干泥巴仍旧粘在他的皮毛上,"也许,这能教会河族远离我们领地这一边的湖岸。"

"也教会他们少对别族的事情指手画脚。"云尾补充道,"豹星管得太宽了。"

"不,他们只是别无选择,"蕨毛说,"炎热……"

"我们这里也很热。"鼠毛恶声恶气地说。

黑莓掌竖起尾巴,示意争执不休的众猫安静下来:"火星,你想让我们怎么做?"

最终,火星摇了摇头:"抱歉,刺掌。我知道你是为族群着想。我也承认,我不想放弃这一获得额外食物的机会。但武士守则里,没有任何一条说我们可以用一只别族的猫来讨价还价。"

"说得对。"松鼠飞马上附和着,跳到父亲的身边,"这样做只会让事态恶化。"

刺掌张开嘴,好像还想争辩,接着就又闭上了嘴,耸了耸

肩。"听你的，火星。"他低声说。

"黑莓掌，带雨暴找个地方去休息，"火星命令道，"待凉爽一些的时候，你领一支巡逻队护送他回河族。"

狮焰爬进岩石的阴影处打了个盹儿。他的梦境阴郁混乱。醒来时，他仍感觉筋疲力尽，刚睡下时的疲惫一点儿也没有缓解。

狮焰走到小得可怜的猎物堆边。长长的阴影覆盖了空地，树冠上方的天空染上了道道绯红。日高时分的灼热已经消散，但空气仍旧沉闷。

或许我现在可以召集族猫组建一支狩猎巡逻队。

"嘿，狮焰。"

听到副族长黑莓掌的声音，狮焰忙转回身。黑莓掌正朝他走过来，雨暴慢慢地跟在后面。河族武士的步伐比早前稳健了些，但他依旧看起来疲惫不堪。

"我要带领一支巡逻队送雨暴回去。"黑莓掌走到狮焰身旁解释道，"希望你能加入。"

"没问题。我能带上鸽爪吗？这对她来说会是一次不错的历练。"

待黑莓掌点头同意后，狮焰忙四处搜寻他那位学徒的身影，最终在她的新巢穴外边发现了她，一起的还有藤爪和炭心。狮焰摇尾示意，三只猫都跑了过来。

与此同时，黑莓掌钻进了武士巢穴，然后跟蕨毛、栗尾一起

第四学徒

出来了。狮焰注意到,黑莓掌没有挑选那些希望拿雨暴来换取河族鱼的猫。

"我们一起送雨暴回河族。"鸽爪走过来的时候,狮焰告诉她。

"太好了!"鸽爪兴奋得轻轻蹦了一下,"我就要看见别族的领地啦。"

"我们也去行吗?"藤爪看着炭心问道,眼睛里满是失望。

"抱歉,不行。"炭心回答道,"你们俩得习惯承担不同的职责。"她又向这位垂头丧气的学徒补充了一句:"我们去空地进行训练,我会教你第一个战斗动作。"

"太好了!"藤爪立刻欢呼起来,眼睛里发着亮光,"鸽爪,你回来的时候看我怎么击败你!"

鸽爪用尾尖弹了弹姐妹的鼻子:"那你试试看。"

黑莓掌扫动尾巴招呼着巡逻队成员集合,然后率先走出了荆棘通道。刚进入森林,狮焰就感觉到他们正朝着影族领地方向行进。

"换条路不是更安全吗?比如风族那边的路。"狮焰提议道。

黑莓掌琥珀色的眼睛透着深思,瞥了狮焰一眼。"我们最近跟风族发生的冲突不比和影族之间的少。"他回答道,"再说了,走那边更远一些,雨暴的体力能否支持他走完全程还是个问题。如果我们抄近路,穿过泥地,也就是湖区左边和影族领地之

间的路，应该不会遇到麻烦。"

"但愿你说得没错。"狮焰低声说道。

他们从与影族交界的小溪附近的森林走了出来。看到小溪河床裸露着泥土，狮焰一脸的惊愕。待鸽爪爬上来站在他身边，好奇地看着下方干涸之处，狮焰向她解释道："这条溪流以前水面漫到岸边，水流源源不断地注入湖泊，但现在几乎没水了。"

"这就是湖泊会缩小的原因吗？"鸽爪歪着头问道。

"不全是。"狮焰回答。

"那水流为什么没有了呢？"

"没有猫知道。大概是炎热所致吧。"

鸽爪凝视着上游的水流，水流弯弯曲曲，隐没在一簇簇枯萎的蕨丛中。她的胡须颤抖着，脚爪伸缩着。

"我们对此无能为力，"狮焰告诉她，"继续前进吧。"

鸽爪似乎是被狮焰吓了一跳。不过狮焰不明白是什么让她如此入迷。

"你在想什么……"他刚要开口，就被一声大吼打断了："狮焰！你们跟上巡逻队了没有？"

是黑莓掌停下来回头叫他。此时，黑莓掌领着其他的巡逻队员已经来到了干涸的湖区。

"对不起！"狮焰回应道。狮焰飞速地跑过坚硬的褐色泥土，跟在队尾。鸽爪在他身后蹦蹦跳跳地跟着。"别掉队，"他提醒鸽爪，"如果我们遇上了影族猫，听黑莓掌的安排。"

第四学徒

"那他们攻击我们怎么办？"鸽爪说道，声音里的兴奋多于恐惧。

"他们不会攻击我们的。假如他们真的那么做，"狮焰警告鸽爪，"你要尽可能躲远一点儿。你还没受过专业训练，随便哪只影族武士都能一只脚掌把你打成鸦食。"

"不可能。"鸽爪气呼呼地小声说道，只有她的老师听见了。

狮焰没有斥责她。他回想起自己做学徒时的心境，那时他也整天渴望着能证明自己的实力，尽早掌握成为武士所需的全部技能。他很欣赏这只小猫：她很勇敢，也很有求知欲。狮焰觉得她学东西会很快。

你会是被选中的那只猫吗？看着鸽爪信心十足地穿过泥地，狮焰思索着。鸽爪左顾右盼，似乎正在检查是否有影族猫靠近。或者，那只猫是你姐妹？但愿星族能给个提示。

令狮焰稍感宽慰的是，雷族巡逻队穿过这片泥地时，没看到影族猫的踪影。不过，他还是情不自禁地觉得有无数双充满敌意的眼睛，正从湖岸中的灌木丛中盯着自己，但并没有一只猫出现。

夕阳的最后一缕余晖消散了，月亮攀上枝头，巡逻队抵达河族领地的边缘。

"现在你在前面走，"黑莓掌对雨暴说道，"带我们去你们的营地。"

"你们没必要靠近我们的营地。"雨暴反驳道，靠近河族领

地的他，语气里多了些挑衅的意味，"我能自己走回去。"

"我希望豹星听听我们雷族对这件事的说法。"黑莓掌回答道，尾尖轻快地弹动一下，狮焰意识到他动怒了，"而且如果豹星要送我们一些鱼作为回报，我们是不会拒绝的。"

"我们可没有多余的猎物分给别的族群。"雨暴嘶嘶地叫道，说着转身带路沿着岸边向河族领地走去。

河族猫将营地建在两条溪流之间的楔形地块上。通常情形下，水岸线是很高的，但眼下，河床彻底干涸裸露，小溪两岸曾经郁郁葱葱的植物已经枯萎，裸露的泥土被烈日炙烤，杂草的腐味和死鱼的臭味弥漫在空气中。

狮焰皮毛一阵刺痛。他们正擅入别族领地，就算他们有着充足的理由，河族猫也只会感觉受到了侵犯。

"他们会驱逐我们吗？"鸽爪低声问。

狮焰打了个激灵。尽管他竭力在学徒面前掩饰自己的担忧，但没料到鸽爪竟会如此的敏锐。"有可能，"他轻声回应道，"如果有什么麻烦，一定跟紧我。睁大眼睛，竖起耳朵，保持警惕。"

雨暴引领着雷族巡逻队穿过干涸的河床，爬上了对岸，这时，一只灰毛母猫从灌木丛中出现了。狮焰认出是河族副族长雾脚，稍稍松了口气。雾脚一向处事理智，对雷族也一向友好。

然而，雾脚蓝色的眼睛扫过整个巡逻队，语气中没有丝毫的善意。"你们来这里干什么？"她质问道，"雨暴怎么了？"

第四学徒

"这些猫把我困在他们的营地……"雨暴开始说道。

"是我们允许他待在我们营地休息,"黑莓掌打断了他,"狮焰和刺掌将雨暴从湖边的泥坑中救起。要不是他们,恐怕雨暴现在已经和星族一起狩猎了。"

"是真的吗?"雾脚向雨暴确认。

河族武士低下了头:"没错,我很感谢他们。不过,他们之后却说除非豹星用鱼来交换,否则,不会放我回来。"

"真的?"雾脚抖抖耳朵,一脸怀疑地盯着黑莓掌。

"我们是讨论过。"黑莓掌承认道,"但族长火星说这么做违背了武士守则。所以,我们只是让雨暴在最炎热的那段时间里留下休息,现在送他回来了。我们能和豹星说两句吗?"他礼貌地补充了一句。

"豹星很忙。"雾脚口气有些异乎寻常地无礼,狮焰怀疑她在掩饰什么。"感谢你们的帮助,"她继续说道,"假如我们有足够多的鱼,分给你们一些没有问题。只是,我们也不够吃。"

两位副族长静静地站了几个心跳的时间,眼睛紧紧地盯着对方。狮焰猜测黑莓掌在考虑是否要坚持见到豹星。算了吧,黑莓掌。在河族的营地内,你是吵不赢也打不赢他们的!

鸽爪静静地站在他身旁,耳朵竖起,胡须抖动,机灵的瞳孔似乎能穿透灌木丛看到河族营地里面。

要是她真的能看到河族里面的事情就好了,狮焰心想,显然,河族对我们有所隐瞒。

终于，黑莓掌点了点头："那么再见吧，雾脚。请向豹星转达火星的问候。愿星族照亮你们脚下的路。"

雾脚看上去松了口气。"愿星族照亮你们脚下的路，黑莓掌。"她回应道，"感谢你们帮助我们的武士。"说着，她用尾巴示意雨暴，然后转身消失在灌木丛中，朝河族营地中心走去。雨暴尴尬地朝雷族猫点点头，咕哝道："谢谢你们。"然后跟上了雾脚。

"哼！"栗尾大声叫嚷道，"他道谢的时候就不能稍微真诚一点儿吗？任谁听了都会以为我们是拽着他的尾巴把他拖出来的吧！"

黑莓掌耸耸肩。"没有猫乐意承认自己需要其他族群的帮助。算了吧。"他跳着又越过干涸的小溪，快速向河族领地边走去。蕨毛和栗尾紧紧跟着，狮焰和鸽爪断后。他们不时回头张望，确保河族猫没有跟踪他们。

"狮焰，"鸽爪吃力地用小短腿跟着，喘着粗气说道，"刚才那只灰色皮毛的猫是河族副族长？"

"没错，她叫雾脚，是只很好的猫。"

"她忧心忡忡，对吗？"

听到学徒的评论，狮焰微微一惊。他猜到雾脚心里有所隐瞒，但还没看出她很忧虑。"每只猫都在为眼下的干旱和猎物匮乏而忧虑。"他说道。

鸽爪摇了摇头："嗯，我觉得不仅仅如此，你觉得呢？我觉

第四学徒

得她应该是在担忧某只生了病的猫。"

狮焰在湖底的泥床边上停了下来,盯着鸽爪:"你在说什么?什么病猫?"

"河族营地有只猫病得很重,"鸽爪说道,她那淡淡的蓝色眼睛惊讶地瞪大了,"难道你看不出来吗?"

第五章

鸽爪被一只扑棱她耳朵的脚掌给弄醒了,但她不肯睁眼,生气地一脚掌拍了回去。"走开,藤爪!我要睡觉。"学徒仪式差不多过去一个月了。就在昨天,在领地深处,老师们对各自的学徒进行了首次测评。鸽爪从没有这么疲惫过。她没想到在老师们看不见的眼睛的注视下,自己的每一个腾挪闪躲都令她紧张不安!

那只脚掌又轻轻拍了拍她,不过,稍稍用了些力。

鸽爪一下子睁开了眼睛:"藤爪,如果你再不停下来,我就……"

她突然不说话了,怔怔地看着。她的眼前站着一只她没见过的猫:灰色的皮毛乱蓬蓬的,一双琥珀色的眼睛,嘴巴半张着,露出两排参差不齐的牙齿,似乎马上就要发出咆哮。

鸽爪一个翻跃,蹲伏下身子,准备制伏这只偷偷溜进雷族营地的陌生家伙。"你是谁?你想要什么?"鸽爪咆哮道,努力让自己的声音不颤抖。

"你。"入侵者回答。

第四学徒

鸽爪竭力克制住自己内心的恐慌,迅速扫了学徒巢穴一眼。月光正从覆盖着巢穴入口的蕨丛缝隙洒进来,她看到藤爪和其他同巢猫蜷缩着,正在酣睡。

"藤爪!"鸽爪使劲推着姐妹,"快醒醒!救我!"

藤爪没有动。鸽爪抬头瞪着入侵者,恐惧刹那变成了愤怒:"你对她做了什么?"

"我什么也没做。"这只母猫回答道,琥珀色的眼睛里冒出怒火,"从现在起,照我说的做,跟我走。"

鸽爪本想争辩几句,问为什么必须听她的,却不知为何,仿佛有某种力量迫使她乖乖地站起身,爬出了学徒巢穴。空地静悄悄的,沐浴在月光之中,黑暗的树影投射在一片银白色的围墙上。守卫在荆棘通道入口的是蟾步,也安静得如同一只石头做的猫,鸽爪被这只神秘的母猫带往森林时,蟾步的胡须都没抖一下。

这不对劲,鸽爪心想,我这是怎么了?连森林也看起来那么陌生。本该稀疏枯黄的灌木,此时却是郁郁葱葱,脚掌底下的草地既清凉又新鲜。

"我们要去哪儿?"鸽爪叫道,被一根阴影里的黑莓灌木枝绊了一跤,"我不该在半夜里偷摸溜出来。我会有麻烦的……"

"别抱怨了,"灰毛母猫不耐烦地说道,"你很快就知道了。"

灰毛母猫领着鸽爪穿过树林,灌木渐渐变得稀疏起来,更多的月光透了进来。一阵清新的微风拂过,带来了水的气息。鸽爪

停下脚步，任微风轻抚着皮毛，享受着旷日持久的炎热之后难得的凉爽。

"过来。"母猫在几狐狸身长前的一棵树下停了下来，"过来看看这个。"

鸽爪跳到她的身旁，震惊地看着前方。树林不见了，眼前是一条起伏的草地，草地的尽头，开阔的水面一眼望不到头，月光下，水面出现了一道道银波。她的耳边响起了水波轻拍的声音，平稳的节拍如同育婴室的猫后正在舔舐幼崽。

"这……这是湖！"鸽爪结结巴巴地说道，"这湖是满的！我从未见过那么多水。我是在做梦吧？"

"你可算是开窍了！"母猫挖苦道，"现在的学徒脑子里都塞满了蓟花毛毛吗？你当然是在做梦。"

鸽爪这才发现，母猫的脚掌周边闪着微弱的星光。"你来自星族？"她怯怯地问道。

"没错，"这只母猫回答道，"我也曾经是你的同族猫。"

"那你就不能做点儿什么帮帮雷族吗？"鸽爪问道，害怕和兴奋使得她的声音有些颤抖，"我们过得十分艰难。"

"每个季节每个族群都会遭遇艰难的时光。"这只老灰猫回答道，"武士守则并没有许诺说让族群过舒适的生活，还会有更多的争吵和战斗……"

"战斗？"鸽爪打断道，心生恐惧，接着唰的一下用尾巴堵住了嘴。"对不起。"她咕哝道。

第四学徒

"每个时代都有猫流血牺牲。"母猫继续说道,琥珀色的眼眸变得柔和起来。鸽爪察觉到母猫丑陋外表下的那份强烈的善意。"不过,希望永存,就像太阳每天照常升起。"

她的身影渐渐模糊,鸽爪甚至透过她灰色的皮毛看见了银色的湖水。

"别走!"她恳求道。

灰毛母猫的身影越发模糊了,最后变成了一缕轻烟,彻底消散了。随着她残留的最后一点儿踪迹消逝,鸽爪仿佛又听见了她的声音,轻轻地传到耳边:

在目光敏锐的松鸦和咆哮的狮子之后,鸽子温柔的羽翼将带来和平。

鸽爪猛地惊醒,心怦怦直跳,一个激灵跳了起来。我还在自己的巢穴里!那么,这确实是一个梦……晨曦从入口处的蕨丛缝隙里钻了进来,鸽爪听见空地上族猫们正在相互打着招呼,为新的一天做着准备。

在她的旁边,藤爪抖了抖一只耳朵,眨巴眨巴眼睛醒了过来。"怎么了?"她小声问道,声音含含糊糊地仍旧带着睡意,"你干吗这样子跳来跳去的?"

鸽爪身后又传来黄蜂爪不满的声音:"你知不知道,你刚刚把苔藓踢得我满身都是。"

"对不起!"鸽爪喘着说道。她搬进学徒巢穴差不多一个月

了，但仍对这里拥挤的空间很不适应。

梦已彻底醒了，如落叶季的叶子般四散飘落，鸽爪努力要捕捉一些记忆碎片：一只老灰猫……她是星族武士；还有再次盈满了水的湖泊。鸽爪感觉疲惫得四肢沉重，脚掌酸痛得好像她真的在夜里去了趟湖区，又返了回来。真是鼠脑子！不过是个梦罢了。

但是，梦里有一些重要的信息。星族武士向鸽爪传递了一个信息。她的爪尖深深地扎入苔藓铺垫中，努力回想着那只猫说过的话，但一句也想不起来了。鸽爪不禁哼了一下，又好笑又好气。你以为你是谁？巫医吗？星族武士凭什么要把信息传给你？

鸽爪张开嘴打了个大大的哈欠，将梦境抛诸脑后，钻出蕨丛来到空地中。太阳升了起来，天色更亮了。早班的巡逻队已经离开，不过几下心跳的工夫，鸽爪就飞快地追上了蕨毛和栗尾，他们俩正在影族边界的小溪旁追踪猎物。鸽爪支棱起耳朵，听到栗尾扑过去，按住了一只正往树上逃的松鼠，蕨毛跑过去用鼻尖碰了碰栗尾的耳朵以示祝贺。"干得漂亮。"他压低了声音说道。

最好还是别偷听了。鸽爪心想。屏蔽掉栗尾爱意融融的轻声细语之后，鸽爪转耳去听枯木枝间正叽叽喳喳地吵得热闹的几只八哥。鸽爪将自己的感知范围覆盖到了整个领地。突然，她听到从风族边界那边传来黎明巡逻队的一声痛苦号叫，接着听到了莓鼻的声音："我被蓟刺扎了！"

鸽爪眼前出现了奶油色武士正愤怒地三只脚掌跳着，试图用

第四学徒
DISIXUETU

牙齿拔出蓟刺的窘迫画面，不禁发出了笑声。根据她对莓鼻的了解，他现在一定在诅咒这根刺。

"伟大的星族啊！"尘毛的声音听起来既愤怒又沮丧，"你能不能安静地坐会儿，让别的猫来帮你？玫瑰瓣，你帮他拔出来，拜托了，否则我们一整天都只能在这儿待着了。"

"只是雷族里的又一个普通日子而已……"鸽爪悄声地自言自语道。

你的梦呢？她的脑海里似乎有一个声音在对她说。

"那究竟是什么？"鸽爪嘀咕道，决心不再去想这些。

鸽爪回到了巢穴，用力戳了一下藤爪的身子："醒醒，懒骨头！我们去找炭心和狮焰，看他们会不会带我们去狩猎。"

当鸽爪衔着猎物——一只老鼠和一只乌鸫——朝猎物堆走去时，自豪感从她的耳尖一直传到了尾尖。她将猎物放到猎物堆附近的武士们面前。

"干得漂亮。"灰条正与伴侣米莉分享一只田鼠，抬眼称赞了一句，"照这样子，你很快就能成为族群最佳猎手之一。"

"她成为学徒还不到一个月呢。"狮焰走上前将他的猎物放在猎物堆上，补充道，"她似乎未卜先知，知道猎物接下来会做什么。"

一旁正和桦落分享着舌抚的白翅，也发出一声柔和的赞许："很好。听到你这么努力，我很高兴。"

鸽爪开始有些不好意思了。"我还没有那么好。"她说道。她不希望大家当着藤爪的面那么夸赞自己，因为藤爪使出浑身解数才只猎杀到小小的一只鼩鼱。"我不过是有一位伟大的老师。"

鸽爪刚说完就觉得浑身发烫，万一大家误以为她在批评炭心就糟了。不过，当炭心和藤爪放下猎物时，这只灰毛母猫看起来没有任何异样，倒是藤爪朝姐妹嫉妒地看了一眼。

"别沮丧，"鸽爪低声说，"你不过是运气不好才错过那只松鼠的。"

藤爪生气地耸耸肩："坏运气可填不饱肚子。"

"你们俩可以分别拿一块猎物吃，"炭心朝两位学徒说道，"你们俩今天上午都很辛苦。"

"谢谢！"鸽爪从猎物堆里挑了一只田鼠，藤爪犹豫了一下，拿走了她自己捕的鼩鼱。鸽爪能感觉到藤爪有多么饥饿，但她的姐妹不想多拿。

鸽爪的肚子也在咕咕叫，但当她蹲卧下来开始吃时，强迫自己不要两三口就吞掉田鼠。太阳已经高过树冠了，阳光无情地照射下来，恐怕要等到日落才有猎物可捕。

"真不知道这干旱还会持续多久。"米莉吃完她的那份田鼠，用舌头扫了扫胡须，叹息道，"还要多久才会下雨啊？"

"只有星族知道。"灰条用尾巴拍了拍伴侣的肩膀，安慰道。

第四学徒

"星族也该为此做点儿什么吧！"蛛足和榛尾、鼠须坐在猎物堆的另一侧，抬头说道，"他们不会想着我们没有水也能活下去吧？"

"湖里几乎没什么水了。"榛尾悲伤地补充道，"我们和影族间的那条小溪也彻底干了。"

"那水都去哪儿了？"鼠须暴躁地弹了弹耳朵，问道。

正在吃田鼠的鸽爪停了下来，一脸的疑惑。"你们不知道小溪为什么会干涸吗？"她问道，"不是因为那些棕色动物把水拦住了吗？"

蛛足盯着她："什么棕色动物？"

鸽爪忙吞下嘴里的东西："那些家伙将树干和树枝拖到了小溪当中。"

环顾四周，鸽爪这才注意到猎物堆旁的每一只猫都在盯着她。刚咽下肚的田鼠突然一沉。为什么他们看起来如此疑惑？

沉寂似乎持续了一个季度那么久。最后，狮焰平静地开口问道："鸽爪，你究竟说的是什么？"

"庞……庞大的棕色动物。"鸽爪结巴起来，"它们在水流中设置屏障，就像我们拦在营地入口的荆棘屏障。那些屏障截断了水流。有两脚兽看着它们。"

"两脚兽！"鼠须笑出了声，"它们是不是长了翅膀，还会飞？"

"别那么傻了！"鸽爪大声说道，"它们看着那些动物，指

指点点的……有些两脚兽在指挥它们。也许,动物们拦截水流是受两脚兽指使的。"

"那样的话,没准儿刺猬也能上天了。"蛛足叹了口气,"狮焰,你真该教育你的学徒别编瞎话。这一点儿也不好笑,尤其是在我们饱受煎熬的时候。"

"说得是。"白翅的眼神由赞许转为恼怒和难堪,"鸽爪,你是怎么了?和姐妹当笑话说说就算了,你怎么能当着族猫的面说这么荒唐的话呢?"

鸽爪跳了起来,气得顾不得剩下的田鼠:"这不是笑话!我也不是在瞎编!你们肯定知道我没有编瞎话。"

"你说的那些场景才是闻所未闻呢。"蛛足驳斥道,"两脚兽和庞大的棕色动物?怎么听怎么像哄幼崽的故事。"

"难道你们都听不见它们吗?"鸽爪问道。看到其他猫都不自在地看着她,鸽爪没有勇气与他们对视。

"别对她太苛刻。"灰条用尾巴轻轻弹了一下蛛足,"我们当学徒的时候都爱玩游戏。"

"或许她糊涂了,"米莉和蔼地补充道,"可能是热的。你做梦了吗?"她问鸽爪。

"这不是我的梦,而且这也不是游戏!"鸽爪的愤怒变成了伤心,她的前爪抓进了营地的地面。为什么他们全装作不知道小溪为什么会干涸?

"好了。"榛尾站起身舒展了一下身子,"我们去找个阴凉

第四学徒

地方睡觉吧。说不定我们也会梦到那些庞大的棕色动物。"说着她朝空地边缘走去,身后跟着蛛足和鼠须。桦落绕过猎物堆,来到鸽爪面前,一脸的严肃。

"如果你是为了好玩儿才编这些话,那就别再胡闹了,然后给大家道个歉。"桦落说道,"要是你觉得不舒服,就去找松鸦羽要些草药。别再打扰武士们了,他们还有正经事要做,没空听这种育婴室的故事。"

"这不是育婴室的故事!"鸽爪真想像只迷路的幼崽那样号啕大哭。连我自己的父亲也这么说我!

桦落和狮焰相互看了一眼,和白翅一同离开了。灰条和米莉也朝武士巢穴走去。炭心站起身来,说道:"去休息一会儿吧,藤爪。等凉爽些,我教你一些格斗技巧。"

"谢谢。"藤爪说道,目送她的老师跟随其他武士离开。她狠狠推了鸽爪一下:"别再哗众取宠了。"

鸽爪盯着她,难以置信地说道:"藤爪,连你也……"

"你不过是想引起其他猫的注意。"藤爪嘶嘶地叫道。说完,不等鸽爪回应,藤爪就迅速跳开,消失进了学徒巢穴。

鸽爪蜷缩在猎物堆旁,垂着头,感觉彻底崩溃了。族群里的每一只猫都视她如怪物,就因为她知道棕色动物。为什么他们要装作不知道?至少,狮焰应该听说过它们。她看到这些棕色动物的时候,狮焰就在她身旁啊,就在与影族交界的小溪上游那个地方啊!或许,这是一个学徒不该知道的大秘密?如果真是那样,

他就不该带我去那个没水的小溪边!

过了一会儿,鸽爪感觉到一个鼻子轻轻碰了碰她的耳朵。她抬起头,看见她的老师正低头看着她。他琥珀色的眼眸让鸽爪捉摸不透。

"跟我来。"狮焰说道。

第六章

鸽爪跟在狮焰身后,穿过荆棘通道来到营地外的空地中。他也对我生气了吗?她暗自琢磨着。

在空地边缘的一棵榛树丛的阴影中,狮焰停了下来,转过身看着自己的学徒。"告诉我,你听见了什么。"他说道。

鸽爪吓了一跳。这是对她的惩罚吗?"水浪拍打着湖岸,"她回答道,"黎明巡逻队正在往回走。"这时候天色又亮了一点儿,她补充道:"莓鼻早些时候踩到了蓟刺,他试图用牙齿拔出刺,只好用三只脚掌保持平衡。"

"那他现在呢?"狮焰压低声音问,"这些事情发生在什么地方?"

"在风族的边界,靠近越过小溪踏脚石的地方。"

在鸽爪说话的时候,空地另一侧的蕨丛被分开了,尘毛带领着巡逻队走进这块开阔地。在尘毛的身后,跟着玫瑰瓣、狐跃和莓鼻,这位奶油色武士一瘸一拐的。

"嘿,莓鼻!"狮焰喊道,"你怎么了?"

莓鼻没有回答,只是长长地叹息了一声。

"他踩到了一根蓟刺。"尘毛不耐烦地说道,"看了他的反应,你肯定会以为自古以来从没有哪只猫的脚掌里扎过刺。"

直至巡逻队消失在通道中,狮焰都一直没有说话。然后,他转身看着鸽爪。他锐利的目光让鸽爪觉得皮毛一阵刺痛。

"在这里等着。"狮焰命令道。

鸽爪听话地蹲伏在原地。狮焰穿过空地,跟着巡逻队进入了荆棘通道。她的肚子难受地翻滚着。我不明白这到底是怎么一回事!

几个心跳过后,狮焰回来了。看到松鸦羽跟他在一起,鸽爪身子一僵。难道狮焰也认为我病了?难道他认为我需要看巫医吗?

"你最好确实有重要的事。"穿过空地时,松鸦羽在狮焰身旁抱怨道,"我正在做蓍草药糊呢。"

"非常重要。"狮焰向松鸦羽保证道,他们在鸽爪面前停了下来,"我认为她就是那只猫。"

"我是哪只猫?"鸽爪紧张得声音变得尖厉起来,"别说得好像我不在场似的行吗?"

狮焰没理她。"她能听见一些东西,"狮焰向松鸦羽解释道,"不是听见星族的预言。我是说,她是字面上的能听到远处发生的真实的事情。"他转向鸽爪,补充道:"给松鸦羽讲讲棕色动物拦截小溪的事。"

于是,鸽爪极不情愿地重复了一遍她在猎物堆旁说给族猫的

第四学徒

话。说完后,她等着松鸦羽也像大家一样取笑她。为什么狮焰要让我再经历一次屈辱?

松鸦羽沉默了一会儿,张口问狮焰:"你认为她说的是真的?"

鸽爪沮丧得无以复加。没等狮焰回答,她跳起来,直面松鸦羽,说道:"我不明白为什么每只猫都认为我在说谎!的确有动物在拦截小溪。你不会告诉我你也没听见吧?"

松鸦羽却问她另一个问题:"你只是能听见它们而已吗?"

鸽爪摇摇头,然后突然意识到松鸦羽根本看不见她。"不,我不仅能听见声音,还知道它们长什么样子。"鸽爪有些疑惑,"我是说,我并非真的看见了它们,不是像它们真的站在我面前一样,而是……我就是知道它们的样子。它们是棕色的,硬硬的皮毛,扁平的尾巴。噢,它们还长着很大的门牙,用来切断树木,咬碎树枝。"

"她还看见莓鼻踩到蓟刺了。"狮焰补充道,"当时他的巡逻队正走在靠近风族边界的那一侧。"

松鸦羽的胡须抖动了一下。"所以,你看见了他,也听见了他。"他沉思着,"还有什么?你感受到他的疼痛了吗?"

"没有。"鸽爪回答道,"但我看见他摔了一跤,还听见他抱怨脚掌上扎的刺。我还知道他试图用牙齿把刺给拔出来。"

"这听起来不像是来自星族的信息。"松鸦羽评论道,转向哥哥,"这更像是她能看见和听见别的猫所看不见和听不见的事

情。"

"我们有必要测试一下她的力量。"狮焰说道。

"你是说我和别的猫不一样?"鸽爪问道,大脑在飞速运转。难道所有的猫都无法知道领地周边发生的事吗?那么,他们怎么知道麻烦什么时候会来?她感觉自己的皮毛惊慌得蓬松起来。"我是有什么毛病吗?"

"不。"狮焰安慰着鸽爪,用尾尖轻触她的肩膀,让她平静下来,"这……这意味着你很特别。"

"藤爪也能感觉到同样的事情吗?"松鸦羽问道。

鸽爪耸耸肩。"我们没有聊过这些。但……恐怕不能。"现在回想起来,一直以来都是她在谈论那些发生在很远地方的事情,而不是她的姐妹藤爪。某种恐惧悄悄爬进了她的肚子。我还以为每只猫都像我一样,能听见和看见很远地方发生的事情。我不想成为特例。

"我们得测试一下她。"狮焰重复道。"可以吗?"看到鸽爪有些发毛,狮焰赶紧补充了一句。

鸽爪迎着他那琥珀色的目光,意识到,在刚才短短的一瞬,某些事发生了变化。狮焰不再只是那位教她东西、告诉她如何去做的老师,相反,他的眼神里多了些敬意,甚至是敬畏。

真奇怪。她想。"没问题,我接受测试。"她说道。赶紧搞清楚这件事吧,这样的话,生活可能就能恢复如初了。

"我马上会到别的地方去做些事情,"狮焰告诉她,"等我

第四学徒

回来后，我要你告诉我，我在这期间都做了些什么。"

鸽爪又耸了耸肩："好吧。"

狮焰没再多说一句话，直接冲进了树林，朝着风族边界的方向跑去。被单独留下来和松鸦羽一起待在空地里，鸽爪感觉有点儿怪怪的。她对巫医的了解远不如对武士的了解，不过她可是听说过这位巫医说话是出了名的刻薄。但是看起来巫医并不打算说话，他只是蹲卧下来，将脚掌藏在身下。于是，鸽爪的注意力又集中于森林中了。

慢慢地，鸽爪感到从树林那边传来混乱的嘈杂声：是一支影族的巡逻队，在边界附近调查狐狸的气息；在水面不断缩小的湖边，河族武士对黏糊糊的淤泥大惊小怪，雾脚正在训斥一位学徒；更远处，几乎在她感知范围的边缘，一群庞大的棕色动物中的一只，正在给堵塞的小溪添上另一根木头。

松鸦羽开口说话时，鸽爪吓了一跳："你能说说狮焰在干什么吗？"

鸽爪朝风族边界狮焰离开的方向转动着耳朵。但她没有发现老师的踪迹。他能去哪儿呢？她又查看了一番废弃的两脚兽巢穴和用来训练的空地，在那儿听到了炭心和藤爪练习战斗动作的声音。仍旧没有狮焰的踪影。

鸽爪将自己的感知集中到湖边。发现了！他在这里！她能听见他的声音，也能闻到他的气息。狮焰正沿着岸边走向满是鹅卵石的湖滨。他难道以为原路折返就能骗过我吗？

狮焰的脚掌印落在变干的泥浆上。他停下来，环顾四望，然后跳过一块破烂的木头，开始把它拖拽到鹅卵石上。鸽爪能听见木头被拖向高处时发出的刮擦声和滚动声。狮焰一直将木头拖到高处的草地上，从附近的灌木丛中扯了一根荆棘的藤蔓，盖在木头上。

"狮焰，你在干什么？"鸽爪听见沙风的声音，看到姜黄色的母猫出现在灌木丛附近，她的身后，跟着叶池、荆棘爪和黄蜂爪。这四只猫正忙着搬运几捆苔藓。

"噢！你好，沙风。"狮焰听起来有些吃惊，"我……我只是在做个实验。"

"好吧，那就不打搅你了。"沙风看起来有些疑惑，但她只是摆摆尾巴，领着两位学徒离开了泥地，朝远方的水域走去。

等沙风离开后，狮焰穿过森林，往回跑。没过多久，他就气喘吁吁地跑了回来。"怎么样？"他喘着粗气问，"我去了哪儿，做了什么？"

"你试图骗我，是不是？"鸽爪开口道，自信得浑身上下每一根皮毛都在发痒，"你朝风族领地跑去，但接着你就下到了湖边。然后你发现了一根木头……"

鸽爪说话时，她看见松鸦羽歪着头，侧耳倾听着。等鸽爪说完了，松鸦羽才问道："她说得对吗？"

"对，丝毫不差。"狮焰回答。

突然，三只猫周围的空气中似乎出现了无法言表的东西，犹

第四学徒
DISIXUETU

如一场绿叶季的暴风雨马上降临似的。鸽爪颤抖着吸了一口气。

"这没什么了不起。"她抗议道,"我认为每只猫都能说出发生了什么,即使那些事情不是发生在我们面前。我们不是一样拥有灵敏的听觉和敏锐的触须?"

"没有那么敏锐。"狮焰说道。

"听着。"松鸦羽身子前倾,蓝色的盲眼神情专注,"有这么一个预言,鸽爪。"他开始讲述:"在你的至亲中,有三只猫,他们星权在握。这个预言,是很久以前的一只其他族群的猫告诉火星的。所提及的三只猫,比族群里的其他猫都更强大——甚至比星族猫还强大。狮焰……"

"但这和我们又有什么关系?"鸽爪打断了松鸦羽的话。忽然,她觉得自己似乎不那么想知道答案。

"狮焰和我是预言中的两只猫。"松鸦羽一抖耳朵,说道,"我们相信,你就是那第三只猫。"

"什么?"恐惧和怀疑涌上了鸽爪的心头,她发出的声音像一只受惊的幼崽般短促而尖厉。"我?"她转了个圈,盯着自己的老师,"狮焰,这不是真的!请告诉我,这不是真的!"

第七章

知道自己与其他猫不一样,并且命里注定拥有甚至比星族还要强大的力量,鸽爪感到十分惊慌。见状,松鸦羽的心里也暗暗抽痛了一瞬。我们并不知道命运的安排……当鸽爪恳求狮焰告诉她这不是真的时,松鸦羽听见了狮焰的叹息。

"可惜我不能欺骗你,鸽爪。"他的哥哥说道,"因为这是真的。我也一直希望现实并非如此,相信我。"

"狮焰和我都拥有特殊的力量。"松鸦羽插话说,"他在战斗中不会被打败,而我……我也比其他巫医拥有更多的技能。"我不能告诉她这些力量是什么!无论如何,至少现在还不能告诉她。

"而你拥有着特别敏锐的感知力。"狮焰告诉她,"你能感知出极其遥远的地方发生的事情。我是从我们去河族的那天开始察觉的,当时你告诉我说河族营地里有一只病情严重的猫。而我并没有感知到这个情况。你只训练了不到一个月的时间,却已经掌握了大量的狩猎技能,远远超出你本应该具备的。除此之外,也没有哪只猫能感知到你所说的有动物在堵塞水道。你还能准确

第四学徒

地说出我刚才做了什么，这让我确信，你之前所说的一切可能都是真的。"

鸽爪沉默了几个心跳的时间。松鸦羽能听见她的爪子撕扯长草的声音。"这简直太鼠脑子了！"终于，鸽爪大叫道，"我一个字都不会相信你。我不想变得与众不同！"

"现实不是你想要什么就能……"松鸦羽刚要开口说话，但又突然停下了，他听见有几只猫穿过蕨丛的沙沙声。是沙风带着她的队伍过来了，他们的气味几乎淹没在阴湿的泥土味中。

"真是烦透了。"沙风抱怨道，她的声音沉闷，以至于松鸦羽能想象浸湿的苔藓塞在她嘴中的样子，"我们每次靠近水域，河族猫都会过来，就好像我们必须得征得他们同意似的。"

"而且弄得我满身都是泥浆。"荆棘爪抗议道。

"我们也都是。"叶池的声音里透着疲惫，"但为族猫们取完水，我们就能休息会儿，把泥浆舔干净了。"

"呸！"黄蜂爪叫喊道。

巡逻队的声音随着他们进入荆棘通道而渐渐消失了。

"我们不能在这儿说事情，"松鸦羽说道，"这和向整个族群公开一切没什么分别，然后咱们仨就完蛋了。"

"那我们去森林深处找个不会被偷听到的地方吧。"狮焰提议道。

松鸦羽带着他们，沿着旧两脚兽小道一直走到了那个废弃的巢穴。松鸦羽闻到了猫薄荷的气味，他的不安缓解了一些，并产

生了深深的满足感。有了猫薄荷,就算雷族再次染上绿咳症,我们也不怕了。

"你的猫薄荷长得真茂盛。"他们仨走进杂草丛生的两脚兽花园时,狮焰感叹道,"天这么旱它还能长这么好,真是不可思议。"

"如果它们真能不怕干旱,那才真是不可思议。"松鸦羽道,"我一直在拿浸湿的苔藓来让猫薄荷的根部保持湿润。我们可承受不起它枯死的代价。"

此时,松鸦羽的注意力已经从鸽爪的问题上转移开了,他自信地在一株株植物之间走来走去,猫薄荷强烈的气味指引着他,松鸦羽仔细地嗅了嗅每一株猫薄荷的根部,直到确认这些柔弱的根茎正在茁壮成长才放心。

"你肯定明白我为什么能够知道整个森林正在发生什么。"鸽爪走在松鸦羽身后说道,语气中带着挑衅的意味,"因为你知道每一株猫薄荷的具体位置,即便你看不见它们。"

松鸦羽竖起了耳朵,一副吃惊的样子。这时,狮焰开口说道:"鸽爪,这不是一回事……"

"没关系的。"松鸦羽打断了他。他已经很久都没有见过这样心直口快,敢于当着他的面指出他失明的事实的小猫了。"鸽爪说得很好。我知道,许多猫都惊讶于我凭感觉辨认物品的位置的能力。其实,这都是因为我的嗅觉和听觉非常好。"他继续对鸽爪解释道,"我想那是为了弥补我眼睛看不见的缺憾。但我无

第四学徒

法知道森林另一端正在发生什么事情。"他的脑海中闪过一丝烦躁:"你的力量远比我的知觉强大。"

"但我不明白!"松鸦羽能听得出,鸽爪在努力使自己的声音平稳下来,"为什么我会拥有这些力量?那个预言到底是什么意思?"

"我们也不确定,"狮焰回答道,"一开始,我们的感受和你一样,也拼命想理解预言的含义,但……"

"鸽爪,你为什么不高兴?"松鸦羽插话道,"比族猫更强大不好吗?去接受一个更为伟大的命运安排,去解决一个谜题不好吗?你为什么不想成为三力量之一?"

"但我们不是三只,是四只!"鸽爪转过身,面对着他,"那藤爪呢?她的特殊力量是什么?预言是怎么说她的?"

"什么也没说。"松鸦羽告诉她,"一开始我们并不知道预言中指的是你还是藤爪。但你的能力已经说明了一切:你就是那只猫。"

"你刚才也告诉我们,藤爪不能像你一样感知远处的事情。"狮焰指出。

"她现在是不能,但我们怎么知道她将来也不能呢?"听到鸽爪的语气如此固执,松鸦羽的爪子插进了地面,"再说了,她是我的姐妹。我做任何事都要和她一起。"

"你没得选。"松鸦羽不耐烦地说。

"你以为这是我们自己要求的吗?"狮焰长叹了一口气,

"每一天我都希望自己不过是位普普通通的武士,尽我所能去帮助族群。"

"但我们必须接受命运的安排。"松鸦羽说道。

松鸦羽听见鸽爪发出窸窸窣窣的声响,听得出这位小学徒正在用爪子刨着泥地。"我就是不想接受它。"她叛逆地小声嘀咕道。

"不,你必须接受。想想你今天的表现吧,"狮焰说道,"这事实已经确凿无疑,和你爬到高石台上把你的特殊力量大声宣布出去都没什么两样了。"松鸦羽能感觉到,狮焰对鸽爪充满了深深的同情。

鸽爪沉默着不肯说话,松鸦羽感觉到她的愤怒正在消退,犹豫和恐惧逐渐滋生。松鸦羽叹息了一声,他知道自己应该和她说些什么,虽然他希望最好没有说这些的必要。"你一定听说过我们曾经有个姐姐。"松鸦羽开口说道,"她叫冬青叶。我们——我们曾以为她是预言的一部分,三力量之一。"

"但她不是。"狮焰接着说了下去,这令松鸦羽感到稍微轻松一些,"她付出了很大的努力,想要弄清楚自己的特殊力量是什么,以及如何应用这个力量来帮助族群。"

"那你们是怎么意识到她不是三力量之一的呢?"鸽爪问道。

突然,悲痛和羞愧感淹没了松鸦羽,这种感觉强烈得就像他最初得知松鼠飞和黑莓掌不是自己的父母那样。他可以感觉到狮

第四学徒

焰此刻一定也和自己一样。可是如果不撕开那个曾差点儿让族群灭亡的伤口,他们又怎能说服鸽爪呢?

"你对冬青叶了解多少?"松鸦羽问鸽爪。

"不多。"鸽爪变得好奇起来,"我知道她是你们的姐姐,在一场隧道的事故中死了。我和藤爪曾听到大家谈起过她。可一旦发现我们在一旁时,他们总是转移话题。"

我并不感到惊讶。松鸦羽心想。

"我们也是不久前才知道她不是预言中的三力量之一。"狮焰直截了当地说,似乎在警告鸽爪不要再继续问了。

"也就是说,你们犯了一个错误!"鸽爪反驳道,"你们怎么知道这次不会再犯同样的错误呢?除了云尾和白翅外,火星在雷族还有很多至亲!"

"因为……"松鸦羽开口说。

"我不想听!"鸽爪愤怒地说。松鸦羽能想象到她颈毛竖立、瞪着自己的样子,能察觉到她企图用愤怒来掩饰的强烈恐惧。"我才不在乎什么特殊力量,除非它们能帮我成为一位忠诚的雷族武士。我不想成为预言的一部分,特别是那只连你们自己也无法确定的猫!"

"听着,你个傻毛球!"松鸦羽厉声说道。"你以为是我们想让事情变成这样的吗?"他的愤怒和懊恼全都迸发出来,如同席卷森林的暴风雨,而他甚至一点儿都不想去阻止,"我们并不想选择成为预言中的一部分!我们因为它失去了我们的姐姐!"

猫武士

松鸦羽的脚掌剧烈颤抖着，他不得不坐下来。是谁发出的预言？他再次问自己，预言带来了这么多的伤痛，为什么我们还要听它的？"我……我很抱歉。"鸽爪结结巴巴地说道，"但如果预言是这么难懂，为什么你们不问问火星呢？"

"火星从未和我们谈论过这个。"狮焰回答道，"他甚至都不知道我们早在一开始就知道他收到了预言。"

"那你是怎么……"鸽爪困惑地问道。

"我走进了他的梦境。"松鸦羽不情愿地解释道。他感受到自己的紧张情绪已经吓坏了这只年轻母猫，也知道她会多么难以接受他特殊力量中的黑暗面。但他的内心中有个声音在催促他继续说下去，警告他已经没时间等待鸽爪去理解了。"我们不清楚预言要我们做什么，"他尽力使声音保持平静，继续说道，"但我们需要为此做好准备。这意味着我们要有勇气去面对我们的特殊力量，无论它们是什么。"

鸽爪变得犹豫起来，松鸦羽可以感觉得到不安如潮水般向她袭来。"难道星族不想让我先学会成为一位武士吗？"她最终说道。

"我不知道。我甚至不确定这个预言是来自星族。"松鸦羽很讨厌承认这一点，但这就是事实。没有哪位星族武士向他证实过预言。

"但你是对的，鸽爪。"狮焰温和地赞许道，"眼下你能做的就是接受武士训练。在其他猫派出搜索队来寻找我们之前，让

第四学徒

我们去做些狩猎训练吧。"

"好的!"鸽爪的声音听起来瞬间变得愉悦了。松鸦羽知道,她在努力忘记预言的事情。

"去吧,"松鸦羽说道,"我要留在这儿照看我的植株。有些叶子枯了得扯掉。"他听见狮焰渐渐走远,鸽爪也跟着离开了。只是走到花园边时,鸽爪停了下来,转过身。

"松鸦羽,我做过一个梦。一只星族猫引领我下到湖边,那里再次注满了湖水。"

"那只猫长什么样?"狮焰问。

"很可怕!她长着凌乱的灰毛和黄色的眼睛,牙齿参差不齐。"

"那是黄牙。"松鸦羽告诉鸽爪,"当我们的族群还生活在旧森林时,她是雷族的巫医。"

"火星有时候会说起她。"狮焰安抚着他的学徒,"火星说,她不像她看起来那样可怕。"

"她有没有说为什么找你?"松鸦羽问道。

"没……"鸽爪的声音再次变得犹豫,"就算她说了,我也忘了。"

"你只做过这一个梦吗?"

"只有这个梦是来自星族的。你认为这个梦很重要吗?"鸽爪问道。

"很重要,但我还不知道这个梦意味着什么。"松鸦羽在散

发着湿气的泥土上来回摩擦脚掌,"如果你再做了这种梦,告诉我,好吗?对了,欢迎你加入三力量。"

第八章

狮焰挤出荆棘通道，跃过空地，朝武士巢穴走去。太阳刚一落下，黑莓掌就让狮焰趁着这稍微凉爽一点儿的傍晚，沿着影族边界去巡逻。可现在，狮焰感觉自己的脚掌似乎都站不住了。他太累了，甚至都不知道自己还有没有力气走回巢穴。

月光洒满了空地。狮焰抬头看向天空，看到月亮正在渐渐变圆，身子不由一震。明晚将召开森林大会，他心想，自豹星宣布湖里的鱼都属于河族后，已经过去了整整一个月。但情势并未好转，反而更糟了。

狮焰费了好大劲儿才摆脱困意，他转头朝落石堆跑去，直奔高石台。我得和火星谈谈。

狮焰在高石台上停了一会儿，确认自己已经理清了思绪，然后才低声呼唤，生怕族长还在睡觉："火星？"

"请进。"

火星的声音里透露着疲倦。狮焰踏入巢穴，却被族长瘦削而憔悴的样子给吓到了。火星蜷伏在苔藓和蕨叶铺成的窝里，绿色的眼眸直直地盯着自己的脚掌。当他抬起头看向狮焰时，眼睛缓

猫武士

缓地眨了眨。

"打扰了，火星。"狮焰结结巴巴地说道，内心再次打起了退堂鼓，"你看起来很累，我还是……"

"不，我没事儿。"火星宽慰狮焰道，"如果你想要和我谈谈，现在正是时候。"

受到鼓励，狮焰走进了巢穴，朝族长点头示意后，便在火星的窝旁坐下，用尾巴环绕着脚掌。

"鸽爪的训练进行得如何？"火星问道。

"嗯……还行。"狮焰很想知道火星是否把鸽爪与预言联系在了一起。他应该听过鸽爪之前说的棕色动物拦截水流的故事。可是，火星会相信她吗？即使他相信，他会把这个当作鸽爪拥有超力量的象征吗？"鸽爪很努力。她会成为族群里最优秀的狩猎者之一。"

火星点点头。"她有你这位好老师。"他说道。

狮焰紧张不安地说："我一定尽力。"

族长那双明亮的绿色眼睛里反射着月光，盯着狮焰说道："你和黑莓掌当初完全一样。当年他也是把你当作亲生的儿子来抚养的。"

狮焰屏住呼吸，感到有一股怒气在腹中凝聚、变热、升腾起来，仿佛他吞下了一颗燃烧的橡子。为什么火星现在又提起这件事？我不想谈论这个话题！

"我知道，你和松鸦羽因为被欺骗而愤怒。"火星平静地继

第四学徒

续说道,"我能理解。但你不要忘了,你找不到比松鼠飞和黑莓掌更好的父母了。如果不是他们,事情可能会变得完全不同。"

"我不生黑莓掌的气。"狮焰反驳道,"他是只高尚的猫。当我还把他认作父亲时,我一直为此感到骄傲自豪。他和我们一样,也遭受了谎言的伤害。"

"叶池和松鼠飞只是做了她们认为对你和松鸦羽最好的事情。"火星说道,"真相难道会更容易被接受吗?"

"无论怎样,现在我们都只能接受真相。"狮焰直接说道,努力克制着不抽打自己的尾巴。

"我知道。"火星叹了一口气,"秘密总有一天会暴露,但直面真相也需要很大的勇气。"他顿了顿,一副沉思的表情,似乎正在回想某些久远的回忆。"叶池已经受到了惩罚,不要再苛责她了。"火星继续说道,"她失去了曾经深爱着的一切,而松鼠飞也失去了伴侣。你觉得这些对叶池来说就容易吗?"

她们俩活该!狮焰努力控制住自己才没有大喊出这些话。内心的愤怒快要将他淹没,他可不想去考虑叶池会有什么样的感受。

"你跑我这里来,应该不是要来谈这个的吧?"火星歪着头问道。

狮焰赶紧抓住时机转换了话题,他很高兴可以以一位雷族武士,而不是族长深受血缘关系困扰的至亲的身份来和火星谈话:"你听说鸽爪说的那个故事了吗?就是有棕色动物拦截我们与影

族交界小溪水流的事儿。"

火星点点头。

"我相信她说的。"狮焰继续说道。

雷族族长惊异地眨了眨眼,正要开口说话,接着又似乎仔细地思索起这件事的可能性。"如果她说的是真的,我想知道她是怎么知道的。"他回答道。火星眯起了眼睛,在他锐利的绿色眼睛的直视下,狮焰努力克制着自己的颤动。火星到底知道多少我们的事情?

"我猜,星族可能托梦给她了。"过了片刻,火星说道,"但是她没这么告诉你,是吗?"

狮焰真希望自己能就这么承认下来,这毕竟是一个非常有说服力的解释。然而,欺骗族长只会引起更多的麻烦。"是的,她没说起过。"狮焰回答道。

"嗯……"火星胡须颤抖了一下,陷入深深的沉思。"她说的也有道理。"他最终继续说,"我不是说那些涉及棕色动物的部分,但一定是有什么东西在拦截水流,才使水流到不了我们这儿。"

"我也这么觉得。"这下狮焰终于有了一个很好的理由支撑鸽爪的故事,他松了口气。这样一来,他就不必暴露鸽爪拥有超常感知能力的事实。

"但我们的领地内的溪流里没有任何阻塞物。"火星有些含糊地嘟囔道,似乎是说给自己听,"影族的领地里肯定也没有,

第四学徒

否则他们早就疏通堵塞了。"

"拦截水流的东西应该位于上游更远的地方。"狮焰说道，"让我率领一支巡逻队去调查一下吧。或许我们能做点儿什么。"

"不行，这太危险了。"火星摇摇头，"我们并不知道是什么堵塞了河流。再说了，要去上游巡逻也需要过境影族的领地。就算黑星以此为借口扯掉我们的耳朵，我也不能责备他什么。"

"所以大家只能忍受没水的生活？"狮焰有些不服气，"就算松鸦羽正在尽力维护族群的正常，可是火星，巫医的能力终归是有限的。眼下比生病更严重的是，族猫会死于干渴。"

"我当然知道。"火星长长地叹了口气，在狮焰听来，火星的叹息比语言更加明显地表露他有多么绝望，"但到上游那么远的地方……只怕要付出太过沉重的代价，因为我们甚至不确定水流是否被拦截。"

"那我们该怎么办？坐等老天下雨吗？"狮焰的愤怒再次燃烧起来，他感觉自己的每一根毛似乎都要被烧焦了，"星族没有给我们传递任何信息，告诉我们干旱何时结束。是时候由我们自己来掌控命运了。"狮焰沮丧不已，他用爪子不停地划拉着巢穴的石头地面。那句话已经挂在他的嘴边了：你明知道我比星族更强大！当我告诉你我们自己就能解决问题时，为什么你不肯相信我？但狮焰忍住了，没有将这些话说出来。

"很好，"火星疲倦地回答，"既然你相信鸽爪所言，那么

我允许你开展调查。我们似乎也没有别的办法了。但是，我还是不能允许雷族巡逻队独自到上游去勘探，因为即使溪流真的被堵住了，你们也可能无法到达那儿。"

"但……"狮焰开口说道。

"我说的是'独自'。"火星打断了他，"如果影族愿意加入，这个任务的风险将大大降低。事实上，如果我们能组建一支由四族的猫共同构成的远征队就再好不过了。四个族群共同协作的力量，远比某一族群的巡逻队单独行动要强大得多。"

"可他们会同意吗？"狮焰怀疑地问道。

"大家都深受缺水之苦。"火星的声音听起来精神了些，似乎这个计划让他恢复了活力，"为什么我们大家不一起做些什么呢？"

狮焰耸了耸肩。他很难想象黑星、豹星、一星会同意派遣武士到一个未知之地进行冒险，因为湖区的生存状况已经很艰难了。但在这迫在眉睫的旱情之下，他们也许真的会考虑这样做。如果这是缓解旱情的唯一方法，他心里暗自决定，我绝对不会是唯一准备这么做的猫。

"我会在明天的森林大会上提出这个倡议。"火星果断地说道。

当狮焰爬下落石堆，来到空地时，他发现鸽爪和松鸦羽正一脸焦急地等着他。

"我听到你去找火星了！"鸽爪低声说，"他怎么说？"

第四学徒

"既然你能听到我们的谈话,那你还能不知道他是怎么说的?"狮焰反问道。想到学徒可能听见了他和火星的所有对话,他不禁感到惊惶不安。

"我又没有偷听!"鸽爪气得胡须直抖,"偷听是不对的。"

"所以火星到底怎么说?"松鸦羽问道。

"他打算向所有族群提议,共同派遣一支远征队到上游去,看看能否疏通水流。"狮焰回答道,"他会在明晚的森林大会上把这件事说出来。"

"所有族群?"鸽爪惊慌地睁大了眼睛,"但……但如果他们不相信我说的怎么办?"

"别担心。"狮焰将尾巴搭在学徒的肩膀上,"火星不会说这是你的主意。"

"他可能会告诉其他族群,我们应该到小溪的上游去探索一番,弄清楚水都流到哪里去了。"松鸦羽说这话时,眼睛炯炯有神,这让狮焰感到非常惊讶。

狮焰不明白弟弟为什么会这么积极。强迫各个族群进行合作,完全有可能引起远超意料的麻烦。"你似乎很期待这项行动。"狮焰评论道。

"那当然,"松鸦羽摇着尾巴,"所有的族群都在遭受干旱之苦,大家有什么理由不齐心协力解决困难呢?"

第九章

狮焰抬起头,望向空空如也的湖床上方高悬着的圆月。月光为风族猫勾勒出银色的轮廓,他们正沿湖岸前往森林大会。他们看起来比以前更瘦了,一个个低头垂尾,仿佛疲惫得踏出每一步都无比艰难。

狮焰四下观望,发觉族猫们也是筋疲力尽的样子,唯有鸽爪看起来有点儿活力。她的皮毛兴奋得竖了起来,不时往前疾跑几步,再停下来等炭心和狮焰赶上来。突然,她的耳朵竖立了起来,胡须也抖个不停。狮焰很好奇她到底能感知到多少东西,能否听到远处小岛上众猫的对话内容。

抵达湖区小岛已无须借助倒下的树了,因为狭窄的水道里没有残留一点儿水迹。湖底裸露在星空下,鹅卵石和木屑杂乱地散落在上面。火星带头走下湖床,优雅地跃过零零落落的碎枝,脚掌踏在石头上没发出一丁点儿声响。

"我不明白为什么要绕这么远的一个圈子。"狐跃小声嘀咕着,"我们本可以从领地径直穿过湖床。"

"就是。"炭心赞同道,"不过,一直以来我们都走的是这

第四学徒

条路。无故改变路线似乎不太好。"

狐跃耸耸肩,发出一声疲惫的叹息。

月色之下,湖泊失去了往昔的辉煌气势,空荡得只剩满地砂石。这样的湖区如一片满是鹅卵石的干旱荒漠,让狮焰感到陌生。曾几何时,湖水深深,涟漪阵阵,黑压压的湖水饥饿地在横木下拍打着,要小心地在横木上保持平衡才过得去。可现在,就连头顶那棵倒下来的横木,看起来也没那么高了。

小岛上,稀稀落落的棕色灌木丛一路延伸到岸边。雷族猫和风族猫静悄悄地穿过灌木丛走向空地,渐渐混成一群。狮焰认出走在鸦羽旁边的是风族副族长灰脚。他突然想起灰脚是鸦羽的母亲——这意味着他在风族的至亲可能比他以为的还要多——不禁吓了一跳。

狮焰退后几步,希望灰脚和鸦羽没注意到他,却发现自己这一退,恰好落到了松鼠飞和刺掌的身后,夹在炭心和桦落之间,身后又跟着藤爪和鸽爪。他们一起穿过围绕着空地的灌木丛,环坐在松树边,重新沐浴在清冷的星光下。影族早已经到了,他们朝雷族和风族缓缓点头示意。月光投射在地面上的影子犹如落叶般轻薄而脆弱。狮焰不知道那是自己的想象,还是猫儿们当真饿得半死,连脚掌落地都发不出太大声响。

狮焰看着火星和一星爬上巨树,来到黑星的身旁;松鸦羽轻轻地走向影族巫医小云,碰鼻问候;小云身边的学徒焰尾,正与同窝手足虎心和曙皮坐在一块儿。

猫武士

虎心一看见狮焰就跳了起来,喊道:"嘿!你还好吧?"

"还好,谢谢。"狮焰敷衍着回应。他转过身去,假装没看见这只年轻的猫的眼睛里流露出的受伤的神情。

几个月前,虎心和同窝手足们刚刚成为学徒时,他们的母亲褐皮领着他们来到了雷族,因为当时一只名为日神的独行猫夺取了影族的统治权。褐皮是在雷族出生、长大的,所以她和她的孩子们都受到了雷族的欢迎,尽管只是有限的欢迎。但是后来,日神被赶走了,于是他们母子又回到了影族。

我那时以为他们是我的至亲,狮焰悲伤地想着,黑莓掌是褐皮的哥哥……我喜欢他们,尤其是虎心,但如今……

狮焰对炭心嘀咕道:"我宁愿他们和我保持距离。他们明明知道我不是他们的至亲。"

炭心那蓝色的眼睛透出温柔的神情。"不是至亲也可以继续当朋友的,"她指出,"在别族有几个朋友也总好过有几个仇人,不是吗?"

炭心怎么会理解呢?她又不曾被父母背弃。狮焰的目光落在虎心和曙皮身上,不知道虎星是否来过他们的梦境中,就像他曾经来过我的梦境中一样。虎星是黑莓掌和褐皮的父亲,他曾是雷族武士,担任过雷族副族长,但因暗中策划杀死蓝星而被逐出族群,后来阴差阳错地成了影族族长。虎星活着的时候曾梦想统领四大族群,即便现在和那些被星族拒绝的猫一起游走在黑森林,他也没有放弃这个梦想。某天夜里,虎星找到狮焰,以他们血脉

第四学徒

相连为借口欺骗他,用残酷的格斗技巧和残暴的野心来训练他。当时狮焰的确迫切地渴望学会虎星教授的全部知识,但是,在他发现虎星并非自己的至亲的那一刻,他立即意识到这位死去的武士只想利用他实现某种邪恶目的。

狮焰强迫自己走向那些影族的年轻武士,他知道自己应当想办法掩饰之前的不友好,但还未走出几步,他就听见大橡树那边传来一星的喊声。

"有谁看到豹星和她的族群吗?"看到除了耸肩和摇头,并没有应答声,一星接着说道,"鼬毛,你能去看一下吗?"

风族武士鼬毛从灌木丛中走了出去,不一会儿工夫便回来了。"有一支巡逻队正在赶来,"他向族长一星报告道,"他们正径直穿过湖区而来。"

所有的猫都坐着等待,谈论声渐渐安静了下来。狮焰坐在炭心的身旁,目光掠过空地,愧疚地看了影族猫一眼。或许我离开前该和他们聊一聊。

没过几个心跳,狮焰就听到灌木丛中发出了沙沙声,接着豹星领着河族巡逻队出现了。看到眼前这位河族族长虚弱的样子,狮焰的皮毛震惊得竖立了起来。豹星皮毛稀疏,骨头清晰可见,目光也呆滞得如同湖底遗留下来的泥浆。

豹星一出现,鸽爪就迅速坐直了身子,吃惊地睁大了眼睛。鸽爪转动身体四处张望,看到了狮焰,就马上靠过去,在他耳边压低了声音说:"她就是河族营地里的那只生病的猫!"

"你确定？"狮焰吃了一惊。这意味着豹星已经病了快一个月了！

鸽爪点点头。狮焰没有再追问下去，他不想被其他猫偷听到他们的对话。

豹星高昂着头穿过空地，雾脚跟在她的身后。豹星在橡树的树根处停了下来，抬头凝视着树的上方，但并不打算跳上去，此时雾脚在她耳边嘀咕了几句。

"我猜雾脚在给豹星出主意。"炭心在狮焰耳边低语道，"豹星如果连树都跳不上去，那她一定是病得很严重了。"

但是在炭心说话的时候，只见豹星果断地摇了摇身子，然后压低腰臀，用力纵身一跃。她的前爪仅仅抓住了最低的树枝，深嵌进去，以笨拙的姿势将身体拉拽了上去。她蹲伏在枝干上，用黄色的瞳孔瞪着树底下的猫，眼神凶恶，好像在警告他们不准对她刚才笨拙的跳跃做出评价。

狮焰与站在身旁的狐跃对视了一眼。豹星看起来似乎随时都会从树枝上掉下来！狮焰又瞥了一眼正与其他巫医坐在树根处的松鸦羽，很想知道松鸦羽是否看得出豹星到底有多虚弱。

这时，火星站起身，发出一声长吼，示意森林大会开始。尽管火星也比以往消瘦不少，但他看起来仍旧比豹星要健壮得多。"在座的各族猫，"火星开始说道，"我们都深受炎热和缺水之苦。"

"这有什么新鲜的？"鸦羽站在风族武士中叫喊道。

第四学徒

火星没有理会他，继续说道："旱情越来越严重了，我们和影族的领地之间的那条小溪已经彻底干涸。我们认为可能有什么东西阻断了水流。我族的一些猫打算进行勘察，以确定是否真的有东西阻断了水流。"

火星说话时，绿色的眼睛停留在狮焰身上，似乎在让他放心，自己既不打算说出鸽爪的名字，也不会透露这一建议来自一位小学徒。但愿在猎物堆旁听了鸽爪那番话的几只雷族猫懂得闭嘴。

狮焰微微点点头，对族长做出回应。再转头看鸽爪，让他颇为宽慰的是，鸽爪像其他猫一样，在认真听火星讲话，并未表现出一副她知道更多内情的样子。

"你族的巡逻队如果要去上游勘察，势必会进入我们影族的领地。"黑星咆哮着回应火星的提议，"我是不会答应的。"

"我认为我们应当组建一支由四大族群共同参与的远征队。"火星解释道。空地上立即响起了一阵惊叹声，火星竖起尾巴示意大伙儿安静。"大家是否还记得，在旧森林时，两脚兽毁灭了我们的家园时发生了什么？"他继续说道，"那时，一支由六只猫组成的远征队代表所有族群踏上了探索新领地的征程。那次远征帮助四大族群生存了下来，今天，我们可能也需要通过合作找出对抗旱情的方案。"

狮焰感到空地上产生了某种兴奋的气氛。猫儿们激动地站起身来，皮毛竖起，尾巴摇摆着。

猫武士

"我要去！"虎心喊道。

"那我也去！"曙皮也说，眼睛闪闪发亮，"这才是真正的武士该参加的任务！"

"族群大迁徙时我还没出生，"狮焰听见狐跃对玫瑰瓣说，"但我敢打赌，那一定刺激极了。"

"真想知道我们会有什么发现。"玫瑰瓣低声颤抖道，"我赌一个月的黎明巡逻，这肯定又是两脚兽干的。"

"或者是獾。"狐跃回答道，"我不会放过那些獾的。"

"我也想参加巡逻队。"鸽爪小声对狮焰说，"你觉得火星会让学徒参与任务吗？"

"不用担心。"狮焰悄声回答道，"你是所有族群中唯一一只非去不可的猫。"

"你真的认为我们能让水回来吗？"一星问道。他的声音中透着谨慎，但眼神中充满了期待。

"我认为值得一试。"火星回答。

"那由谁来负责这支联合远征队？"黑星问道，语气中依旧充满了敌意，"你？"

火星摇摇头。"我认为族长们不必前往，"他说道，"我们的族群需要我们留下来。再说，大迁徙时，我们也并没有指派特定的某只猫担任领队。既然那时候我们能学会合作，那现在就更没有理由阻止我们再次联手，你们说对吧？"

黑星沉默不语，只有爪子刮擦树皮时发出阵阵声响。一星

第四学徒

和坐在树根旁的副族长灰脚交换了一下眼神,然后坚定地点了点头:"我同意。让所有族群都参与是合情合理的。火星,风族支持你的建议。"

"那么影族也支持。"黑星冷眼盯着火星说道,"你们可以从我们影族的领地上经过,但你们的一举一动都必须在影族猫的监视下进行。"

"谢谢你们两位的支持。"火星说道。狮焰认为火星是在掩饰他的惊喜,他肯定没想到这么容易就能得到两位族长的赞同。"豹星,你呢?"

河族族长眺望着空地,好像没听见她上方的族长们说的任何话。

一阵尴尬的沉默后,小云站了起来。"我能说两句吗?"他对族长们礼貌地点点头,开口说道,"我要说的是,这次的情形恐怕与上次的情形不完全相同。参与第一次探索的猫是被预言召集的。"他的目光在各个族群间来回扫视,最终停在黑莓掌、鸦羽和褐皮的身上。这三只猫都在点头,狮焰看得出他们的眼中闪过了阵阵回忆。

松鼠飞瞥了一眼黑莓掌,眼中怀有深深的歉意。狮焰知道松鼠飞当时没有被星族选中,但她执意要与其他猫一同前往。松鼠飞一定很怀念那段时光,那时她和伴侣黑莓掌之间还未出现谎言和背叛。

"那时,代表每个族群的猫是星族在深思熟虑后选出的。"

猫武士
MAOWUSHI

小云接着说,"现在该由谁来挑选这些猫呢?"他停了下来,环顾其他巫医,然后接着说道:"星族有没有给过什么暗示,说该选谁去?"

其他的巫医纷纷摇头,包括松鸦羽。狮焰感到腹部一紧。鸽爪知道有巨大的棕色动物拦截了水流,但星族没有告诉巫医任何消息。可是我们不能等着武士祖先来解救我们!他们知道的比我们还少!

一时间,狮焰很担心火星会答应先等待星族的预兆。但他看到雷族族长火星朝小云点点头。"你说的这一点是很重要。"他说道,"但如果星族这次打算给我们预兆,我估计他们早就传递了。每一位族长都有能力选出能够代表自己族群的猫。星族相信我们四位族长一定会为族猫做出最正确的选择,这也是我们拥有九条命的原因所在。"

空地上响起了赞同的低语声。狮焰看见一星和黑星也点了点头。

"要踏上探索征程的猫必须勇敢强壮。"火星补充道,"他们必须拥有探寻未知事物的能力,并愿意为了所有族猫的利益把族群间的竞争暂放一边。我相信每位族长都会做出正确的选择。"

狮焰舒了口气。事情进展得比他预想得还要顺利。水流将不再被阻拦!但这时,豹星抬起了头。

"火星,你总是这副德行,"豹星尖声叫道,"你总能率先

第四学徒

提出这样的计划。你以为我会不知道你脑子里真正想的是什么吗?"

火星低头看着豹星,绿色的眼眸里透着困惑。"我毫无隐瞒。"火星向她保证道。

"狐狸屎!"豹星厉声说道。她那稀疏的皮毛沿着瘦削的背脊根根怒立,"这就是个圈套!你就是想把我们河族手里的鱼骗走。你想支开一部分河族武士,好让我们没法儿巡逻整片水域。"

"这么说真是毫无道理。"火星听起来并没有生气,反而语气里充满了同情,"豹星,我看得出你不太舒服……"

"我可不是傻瓜,火星。"豹星以咆哮回绝了雷族族长的同情。她的脚掌下一通挣扎,在树枝上摇摇晃晃,似乎就要失去平衡摔下去了:"我知道,你就是想让河族挨饿,好让你那宝贵的族猫活下去。"

"不,他只是想帮助大家。"一星反对道,"我们也是。"

"你们都觊觎我们河族的鱼。"豹星咆哮道,"但你们都休想得逞。我们河族是不会加入这支远征队的。"

其他三位族长失望地彼此对视着,但在他们开口说话之前,雾脚跳上族长豹星所在的树枝,伏在她耳边轻声细语地说了些什么。

狮焰竭力想要听清雾脚说的话,他努力辨别着其中的些许要点:"如果他们都派出本族最强的武士,那么他们自己族群的力

猫武士

量也同样会被削弱……而如果湖泊里重新充满了水，我们一定会比其他族群受益更多。"

众猫等待着，空地中弥漫着紧张的气氛。狮焰感到皮毛刺痛，仿佛一场暴风雨将要来临。这期间，豹星呵斥了副族长雾脚一两次，但雾脚坚持己见，将尾尖轻轻搭在族长的肩膀上。

终于，雾脚站起身来，保持着用尾巴搭在豹星肩上的动作宣布道："河族也会派出武士加入这支队伍。"

河族武士中发出了几声反对的号叫。"这决定应该由豹星来做，轮不到你！"河族长老黑掌大声说道。

"而且豹星已经做出了决定。"锦葵鼻补充道，"你现在这样做，反而弄得像是她变弱了一样！"

坐在狮焰几尾远的桦落轻蔑地哼了一声，说道："豹星现在已经够弱的了，也就比当场去世好一点儿。"

雾脚并没有试图争辩，她只是等喧嚷声慢慢平息下来，然后朝豹星和其他族长点点头，跳回地面。

"谢谢，豹星。"火星说完向前走了几步，"我向你保证，你不会后悔这个决定的。"他停了一下，若有所思地舔了舔胸前的皮毛，然后继续说道："从现在算起，在第二次日出时，每个族群必须派两只猫前往干涸的小溪口，族群副族长可以陪着他们一起前来。"火星绿色的眼睛在月光下闪闪发亮，他的声音响彻空地："我们一定会把湖水找回来！族群一定能继续生存下去！"

第四学徒

第十章

　　森林大会的第二天清晨，松鸦羽刚睁开眼，就感觉营地到处都是兴奋的嗡嗡声，像被捅了老窝的蜜蜂一样。他打了个哈欠，试图甩掉惊扰他一夜的噩梦，然后费力地爬起身来，用脚掌扫掉贴在鼻梁上的蕨叶。

　　难道大家没想过踏上征途的猫可能有去无回吗？

　　松鸦羽昏昏欲睡地来到空地中，接着便嗅到火星正从巢穴里出来，来到了高石台上。不等族长大声召唤开会，族猫们已汇聚在一起，准备聆听族长的讲话了。松鸦羽感到鼠须擦着他的皮毛从一旁路过，又听到梅花爪、荆棘爪和黄蜂爪急匆匆从他身旁跑过。松鸦羽朝前走了几步，找了个靠近狮焰和鸽爪的地方坐下。

　　"雷族众猫们，"等兴奋的嗡嗡声安静了下来，火星开口说道，"在昨夜的森林大会上，四大族群决定，每族各派遣两只猫前往小溪上游，探查水流是否真的被堵塞。我决定派出狮焰和鸽爪代表雷族。"

　　火星话还没说完，愤慨的吼叫声就搅乱了清晨静谧的空气。

　　"鸽爪还不过是学徒！"刺掌反对道，"我们应派遣一位有

能力应对危险的强健武士。"

"就是嘛,她有什么特别之处?"莓鼻补充道。

但藤爪悲痛欲绝的哀号盖过了所有的反对声:"为什么你能去,而我不行?为什么火星不选别的武士?"

"这绝对不是因为火星更喜欢我,或别的什么。"鸽爪安抚着姐妹。松鸦羽听见鸽爪走向藤爪。"只是因为我先想到可能有东西阻塞了水流而已。"她想要舔舔藤爪的耳朵以示安抚,但藤爪愤怒地转过头去。

松鸦羽感觉到鸽爪内心涌起了愧疚,因为她不得不向姐妹隐瞒自己特殊的感知力和她所知晓的预言。她迟早要习惯这样做,她别无选择。

"我知道,"藤爪委屈地说,"但我还以为我们能什么时候都在一起。"

"我也一样,但我们不能。"鸽爪回答。

"够了!"松鼠飞的声音压过了反对的喧哗声,"火星已经做出了决定。我们不该再质疑。"

"没错,"灰条赞同道,"你们到底信任不信任族长?"

喧闹声渐渐安静下来,火星这才再次开口说道:"狮焰和鸽爪将在明天早晨出发。散会。"

雷族众猫三五成群地发着牢骚散去。一时间,松鸦羽跟丢了鸽爪的气味,几个心跳后才在猎物堆附近嗅到了她。她正和冰云、狐跃在一起。松鸦羽感到学徒鸽爪心中的焦虑汹涌着,便向

第四学徒

他们走去。

松鸦羽走近时听到狐跃在询问:"你怎么会被选中?至少,你先解释一下你是怎么知道溪流出了问题的吧?"

"你被星族托梦了吗?"冰云急切地补充了一句,"星族和你说什么了?"

松鸦羽能感觉出鸽爪开始恐慌了。"就算鸽爪做了个梦又如何?"松鸦羽呵斥道,尾巴指向冰云,"那她也应该直接向火星汇报。你们要是闲得没事儿做,可以去湖区给长老们弄点儿水来。"

松鸦羽听见狐跃发出恼怒的嘶嘶声。但最终,这两位年轻的武士还是转身离去,没有争吵。

"他说话的口吻就好像他是我们的老师似的。"当两位武士走向荆棘通道的时候,冰云小声抱怨道。

"松鸦羽,我真不知该怎么和他们说!"等狐跃和冰云走远了,鸽爪着急地说道,"我没有做过梦,你知道的,我没做梦!我能听见那些棕色动物,能感知它们,就像我能知道狮焰在湖边干什么。"

松鸦羽抽动了一下胡须,回答道:"我知道。但只有狮焰和我能够理解你说的。而在其他猫看来,这就是托梦。明白吗?"

鸽爪有些迟疑。"可我真的不想对他们撒谎。"她说道。

松鸦羽能感受到鸽爪的迷惘,他明白,她所拥有的敏锐感知力对她而言就像吃饭喝水一样自然。但她太固执,想事情不知道

猫武士

变通。沮丧如尖锐的荆棘，刺痛了松鸦羽。"你难道就不想变得特别吗？"他质问道，"你难道不愿被选中，拥有比你的族猫更伟大的使命吗？"

"没错，我不愿意！"鸽爪立即顶嘴，然后才后知后觉地想起来自己在和谁说话。"对不起。"她喃喃地道了个歉，"我只是不喜欢对族猫有所隐瞒，仅此而已。"

"那就不要再谈这事。"松鸦羽建议道。他察觉到学徒还想继续争辩，但他同时也嗅到亮心正在靠近。鸽爪趁机跳开，穿过空地，跑到了正在学徒巢穴外坐着的藤爪的身边。

"嘿，松鸦羽。"亮心喊道，"需要我为这次征途采集一些草药吗？"

"谢谢你，亮心，那样就太好了。"松鸦羽回答道。他的大脑开始急速转动。他知道，亮心正在等他告诉她需要找哪些草药。

老鼠屎！我怎么什么都记不起来了。

松鸦羽还是头一回独自配置旅行草药。他努力回想当年黑莓掌他们寻找日神时，叶池是怎么做的，但他的思绪难以集中，总是陷入深深的担忧。*我真不希望狮焰和鸽爪同时去探索。如果他们回不来怎么办？要是只剩下我自己，预言就永远无法实现了！*

他闻到了叶池的气味，她正向着猎物堆走去。松鸦羽的皮毛燥热起来，他十分渴望冲上去向她询问旅行草药的配方，但还是强迫自己闭紧了嘴。她已经不再是巫医了！从她放任自己爱上鸦

第四学徒

羽的那一刻起,她就已经与这一神圣的职业分道扬镳!

"抱歉,"松鸦羽对亮心小声咕哝道,"给我一点儿时间。"

其实,松鸦羽随时可以咨询炭心,顺便检验她脑海中残存的炭毛的记忆能否让她想起草药的配方。但这可能会带来更多的麻烦。炭心还不知道她自己曾是雷族巫医呢。

"不着急的。"亮心轻松地说道,"我大约能记起混合剂的成分,那还是在旧森林的时候,有一次去月亮石之前,我吃过旅行草药。让我想想……有酸模,对吧?还有雏菊?我能记得是因为我不喜欢那个味道!"

"没错。"松鸦羽松了口气,他也回想起来了,"还有甘菊什么的……"

"还有地榆!"亮心得意扬扬地说道,"就这些,对吧?我这就去采集。"

"谢谢你,亮心。"松鸦羽点点头,"酸模最好的生长地是在两脚兽小道附近,在两脚兽巢穴后的花园里你没准儿还能找到甘菊。"

"太棒了!"母猫飞一般离去,高声喊道,"榛尾!梅花爪!你们俩要跟我一起去采集草药吗?"

三只猫消失在荆棘通道后,松鸦羽感知到叶池仍蜷伏在猎物堆旁。忽然,一股强烈的情感袭来,让松鸦羽心中一惊。这种情感太强烈了,甚至令他站不稳脚步。松鸦羽还没缓过神来,就已

经进入了叶池的记忆中。

松鸦羽借着叶池记忆中的视角,看到她匆匆穿过草丛和灌木,心怦怦直跳,口中满是浓烈的旅行草药味。叶池周围的气味对于松鸦羽来说很陌生,所以松鸦羽推断这段回忆应该发生在旧森林时期,那时族群还没被迫迁徙。叶池正在恐惧带来的痛苦中挣扎。松鸦羽感觉她的全部心思都在妹妹松鼠飞的身上,她不想让松鼠飞去做某件事……

接着叶池穿过灌木枝,迎面撞上黑莓掌和松鼠飞。这两只猫年轻的容貌和体态令松鸦羽吃了一惊。这段记忆一定发生在大迁徙之前,叶池和松鼠飞这时还是学徒。

叶池朝前走了几步,将一嘴的草药叶片放在黑莓掌和妹妹前面。"我给你带了一些旅行草药。"叶池说道,"你们要去的地方,应该会需要它们。"

黑莓掌瞬间瞪圆双眼,怒火在他的眼中燃烧,他开始斥责松鼠飞把他们的秘密泄露给了她的姐姐。什么秘密?松鸦羽疑惑不解。

"根本就不需要由她来告诉我。"叶池信誓旦旦地说道,"我本来就知道。"

松鸦羽心中一惊。看来,叶池和松鼠飞之间有着某种联系,他以前从来都没觉察到——现在,叶池正在担心妹妹的离去会成为永别,她害怕她们再也无法相见。这是远征刚开始时的事情!松鸦羽意识到,那时候,被选中的六只猫要去寻找午夜,聆听星

第四学徒

族让午夜传递的信息。

通过叶池的耳朵,松鸦羽听到松鼠飞说出了整个故事,包括黑莓掌被托梦,以及与其他族群被星族选中的猫偷偷见面,等等。松鸦羽体会到叶池的沮丧越来越严重,沮丧中混杂着一些他无法看透的情感,仿佛就算是在记忆中她也有所隐瞒。叶池在努力劝说妹妹不要去,但松鸦羽知道,叶池自己也明白她改变不了妹妹的想法。松鼠飞的性格这么多年来一直没怎么变。最终,叶池不得不悲伤地接受了松鼠飞要离去的事实。

"你一定不要告诉其他猫我们去哪儿了。"松鼠飞叮嘱道。

"我都不知道你们要去哪儿——就连你自己也不知道。"叶池说道,"但就算我知道了,我也不会说的。"

叶池看着松鼠飞和黑莓掌一口衔起了旅行草药,心中突然涌起一阵冲动,恨不能把她从炭毛那儿所学的草药知识都教给松鼠飞,这样,他们在旅途中就能找到适合的草药来帮助他们了。

"我们一定会回来的。"松鼠飞保证。

接着,叶池的记忆消退了,松鸦羽的视野再次陷入黑暗。他的心神又回到了空地上的躯壳里。随着叶池激动的情绪渐渐平复下来,松鸦羽意识到叶池正在猎物堆旁看着他。她是故意透露给他这段记忆的。

我知道你的感受,因为我也曾有这种感受。

不,你不懂!松鸦羽怒气冲冲地想,你和松鼠飞都不是预言中的猫。如果她回不来,或许会对所有猫更好。

叶池起身朝武士巢穴走去。她离去后的空气里弥漫着深深的痛苦。有几个心跳的时间，松鸦羽几乎想要同情叶池了。这段记忆是如此清晰，叶池的情感如此真实。他摇摇头，努力抛掉自己心头的软弱。

如果你一开始就说出真相，你就能利用预言帮助我们。那样冬青叶或许还能活着。但现在她已经走了，我们只能靠自己去实现预言。

此时，太阳已经升到了树梢顶端，阳光灼烧着山谷，仿佛空气都被点燃了。松鸦羽感到脚掌痒痒的，渴望找些事情做。但亮心她们出去采集草药了，他没有什么理由离开山谷。

我得去山谷边上看看有没有蛇。大家都处在亢奋之中，肯定忘记了保持警惕。

他一边穿过空地，一边回想起蜜蕨被蛇咬的那一天。那真是糟糕透顶的一天，那条蛇溜进了悬崖底部的一个洞中。他和叶池都无法挽救中了蛇毒的蜜蕨。后来，在蜜蕨的至亲为她守夜时，他和叶池将一只塞满死亡浆果的老鼠推进洞里，希望那条蛇吃了老鼠能被毒死。但邪恶的蛇一直没有吃他们的诱饵。松鸦羽猜测那条蛇一直潜伏在周围，伺机再次对族猫发动进攻。

松鸦羽沿着岩壁走着，检查是否所有的蛇洞都被石头堵住了。突然，他嗅到了波弟的气息。这只年长的独行猫正四仰八叉地躺在平坦的岩石上，离蛇曾出现的地方不远。松鸦羽听见这只老猫正有节奏地打着鼾，但鼾声戛然而止，估计是松鸦羽的脚步

第四学徒

声惊扰了波弟的瞌睡。

"你在这儿得小心点儿。"松鸦羽停在岩石旁说,"你知道蛇……"

"我对蛇了如指掌,小家伙。"波弟打断了他,"这儿可没有半点儿那狡猾东西的痕迹。我警觉着呢。"

"那就好,波弟。"松鸦羽咽下了对波弟的讽刺——你真聪明啊,睡着了还能提防着蛇,"但我还是要检查一下才好。"

"我来帮你。"波弟扑通一声跳下岩石,摇摇晃晃地恢复平衡,然后走到松鸦羽旁边,"我跟你讲,你们这些年轻猫就需要经验老到的猫来指点你们什么是什么。"

噢,真是废话。松鸦羽一边腹诽一边逐个检查着蛇洞。他拨开几块石头,仔细地闻了闻洞口,然后再将石头推回去,确保洞口被堵得严严实实。

波弟走在松鸦羽身旁,喋喋不休地发表着富有建设性的意见,比如当松鸦羽正在感受石头是否堵住了洞口时,他就会说"你把这个缝隙漏掉了。"或者"你确信你刚才闻仔细了吗?"

松鸦羽咬着牙说:"十分确定。波弟,谢谢。"星族啊,请保佑我别一不小心把他的耳朵挠下来吧!

"我猜,你肯定会思念你哥哥的。"波弟继续说道,"不过,在你察觉到这份思念前,他就会回来,记住我的话。你知道,这就如同黑莓掌和松鼠爪去找午夜那次一样。"

"是松鼠飞。"松鸦羽纠正着这只年老的独行猫。怎么连你

也要说她了！我已经在叶池那儿听够了！

"我还记得初次见到他们时，"波弟闲谈了起来，"他们是那么年轻，那么勇敢！估计他们脑子里都钻进了蜜蜂，才会跑到那么远的地方去。但你现在看看，我错得有多么离谱！是他们在直行兽毁灭了他们的旧家园后，找到了这个让我们大家继续生活的地方。"

松鸦羽贴近地面，趴在一个闻起来气味有些可疑的洞口上，咕哝着表示赞同。

"也不是说我没有碰到过直行兽带来的麻烦。"波弟接着说，"不过我认识的直行兽还算友善。你知道，我把它训练得很好。当天气转冷、狩猎困难时，它尤其地好，总给我好东西吃，还有一簇火堆在旁……"

老独行猫的声音被树枝的咯吱声和昆虫的嗡嗡声吞没了，松鸦羽希望这只老猫不要再提寻找午夜的那次探索了。松鸦羽真想大声说出自己的预言，让每只猫都听见。

眼下正在发生的事情比以往任何事情都更重要！

"好吧，波弟。"他打断了下一个冗长而晦涩的狐狸故事，说道，"这儿我检查完了，谢谢你帮忙。"

"有事随时叫我，小家伙。"松鸦羽听见波弟又爬上了平坦的岩石，舒适地躺在太阳下。"你们现在根本遇不到我年轻时见过的那种狐狸……"他昏昏欲睡地嘟囔道。

第四学徒

在返回巢穴的路上,松鸦羽听到狮焰和鸽爪正在荆棘屏障旁练习战斗动作。他停了下来,听着鸽爪扑向狮焰,凌空挥掌,差点儿就抓到狮焰的皮毛。他们即将参加的远征忽然间变得无比现实。狮焰和鸽爪明早就要起程了。想到这儿,松鸦羽紧张起来,他本以为自己永远不会如此害怕。

找到那些动物,然后就赶紧回来。他默默地祈求,无论我们要为实现预言付出多少努力,那都一定不是我能够独自做到的事。

第十一章

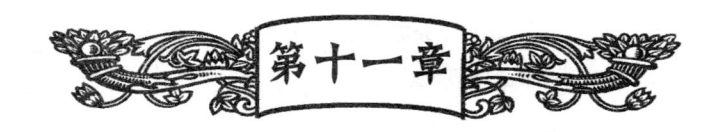

鸽爪站在小溪口的岩石上,这些岩石标记着雷、影两族间的边界。尽管太阳刚刚露出地平线,但鸽爪脚掌下的岩石已经灼热起来。湖泊对岸的小岛隐没在蒸腾的热气中。远征就要开始了——当鸽爪听到有动物拦截水流时,这场属于她的任务就开始了——然而鸽爪却无法消除离开姐妹藤爪的痛苦。黎明前,狮焰去学徒巢穴叫醒鸽爪时,藤爪蜷缩着身体假装睡着了,想要以此回避和姐妹告别的环节。

在鸽爪的身旁,狮焰和黑莓掌正在轻声说话。鸽爪不想听他俩的谈话,便努力把自己的感知延伸到远处。她发现有一支河族武士组成的巡逻队正绕过湖区中央的咸水池,他们一副又饥饿又恐惧的样子。鸽爪短暂地听了听他们抱怨天气的炎热,就将感知延伸到更远的地方,聚焦到河族营地的猫群上。很快,她就辨认出了雾脚、芦苇须,以及在森林大会上见过的金毛巫医蛾翅。

"我已经为豹星竭尽所能了,"蛾翅焦急地说道,"但她仍没有从上次丢掉一条命的创伤中恢复过来。"

雾脚摇摇头说:"形势一直不允许她休养生息、恢复元气。

第四学徒
DISIXUETU

但是,蛾翅,你那一定还有什么草药可以帮助她吧?"

"草药都干枯了。"巫医的声音非常轻微,鸽爪延展的感知几乎都捕捉不到了,"我担心豹星的这条命也要丢了。"

震惊之中,几只猫都一言不发。豹星到底还剩几条命?鸽爪心想。最终,芦苇须打破了沉默:"那我们只能指望火星的计划奏效了,希望我们派遣的族猫能找出水源的问题所在。"

突然,小溪对面的脚步声将鸽爪的思绪猛拉了回来。对岸干枯的草中出现了三只猫,他们正沿着鹅卵石路下来,走到鸽爪和她的族猫跟前。

黑莓掌向前迈了几步迎接他们。"你好,黄毛。"他问候道。

这只暗姜黄色母猫只是咕哝了一声作为回应。

"她是影族副族长,对吗?"鸽爪小声问狮焰,"她看起来已经很老了!"

"她曾参加过大迁徙。"狮焰低声回答道,"但她仍是一位值得敬畏的武士。别让她听见你说她老。"

"这两位是影族挑选的武士。"黄毛说着,朝身后两只跟随她来到小溪边的年轻武士摇了摇尾巴。

两只猫走上前来,朝雷族巡逻队点头致意。鸽爪认出皮毛呈金色的虎斑猫虎心。虎心是褐皮的儿子,他们在森林大会上见过,但另一只年长的深棕色公猫,鸽爪就不怎么熟悉了。

"他是谁?"鸽爪轻声问狮焰。

猫武士

"蟾足。"老师告诉她,"他也参加了大迁徙。但那时他还是只幼崽。"

"哇!幼崽们也参加了大迁徙吗?"

狮焰点点头,他摆摆尾巴示意鸽爪保持安静,黄毛再次讲话了。

"各位别忘了,你们的远征之路首先会穿过我们影族的领地,"黄毛吼道,"千万别动歪脑筋想偷我们的猎物,我族的武士会盯着你们的。"

狮焰的目光扫过小溪对岸烧焦的草地。"还能有什么猎物?"他尖刻地问道。

黄毛露出牙齿,开始咆哮道:"别耍小聪明,狮焰。别因为这次远征是火星的提议,就以为雷族能一手遮天。"

"没有谁会这样想,"黑莓掌宽慰她说,"在第一次远征中,那样的事就从未发生过。他们会在途中合作解决问题的。"

黄毛哼了一声。"真不知道火星到底是怎么想的,竟然选了位学徒?"她盯着鸽爪问道,"她能派上什么用场?"

鸽爪气得皮毛都要奓开了。我是唯一一只知道究竟是什么动物在阻塞溪流的猫!

但很快,鸽爪就惊愕地睁大了眼睛,因为她的老师正在为她辩解:"她必须去。她正是那只知道水流为何会堵塞的猫。"

黑莓掌朝前走了一步,眯起眼睛盯着狮焰。他张开嘴巴,但却没有发出声来。鸽爪猜他想说"鼠脑子!"但这话又实在不好当着其他族群的猫的面说出来。

第四学徒

"她知道?"蟾足的表情看起来难以置信,"她凭什么知道?"

狮焰喉头吞咽了一下,似乎意识到自己失言了。"噢,她被……嗯……对了,她被星族托梦了,"他牵强地解释道,"是星族猫告诉她这一切的。"

"是吗,那岂不是刺猬都会飞了。"蟾足嘀咕道。

鸽爪站得笔直,尽力表现出一副强健能干的样子,但当她的肚子叽里咕噜地响了起来时,她难堪极了。噢,不!

黄毛翻了个白眼,蟾足傲慢地弹了弹耳朵。但是鸽爪察觉到虎心对她同情的眼神,心里才感觉舒服一些。起码,还有那么一位影族武士是友善的。

狮焰用尾尖轻轻碰了一下鸽爪的肩头,耳朵转向湖泊一边,指着三只从河族方向过来的猫。等他们走近了一些,鸽爪才认出来是雾脚,还有一只灰白相间的母猫和一只深灰色的虎斑公猫。

"那是花瓣毛和涟尾。"狮焰在鸽爪耳边低语道。

雾脚朝其他副族长点点头,但她没有靠近。三只河族猫停在了不远处,警惕地等在一旁,神情冰冷。鸽爪猜测,虽说豹星被说服了,同意派遣武士加入远征,可这些河族猫还是不大乐意的。

蟾足轻蔑地哼了一声,俯身向虎心嘀咕了几句。鸽爪听到了蟾足轻微的声音:"一只只骨瘦如柴!豹星一定把最强壮的武士留下守卫湖区了。"

鸽爪不确定蟾足是不是对的。的确，花瓣毛和涟尾看起来瘦骨嶙峋，皮毛杂乱，不过河族猫大多都是这样。鸽爪希望影族猫能对他们友善一些。如果我们连相互问候都做不到，征途中恐怕不会太好过！

黄毛用爪子刨着河床上的干泥。"风族呢？"她不耐烦地问道，"与其在这里干站上一天，我还不如干点儿别的事。"

鸽爪的目光越过影族副族长，发觉有三只猫正冲下风族领地上的山坡，朝干涸的湖区而来。风族副族长灰脚走在前面，身后跟着两只母猫，一只是身形瘦小的白猫，另一只是更为年轻一些的浅棕色虎斑猫。

"她们是谁？"鸽爪问自己的老师，"我在森林大会上看见过她们，但还不知道她们的名字。"

"白尾和莎草须。"狮焰回答道，凝视着空空的湖泊，"选得好——尤其是白尾。她是一位经验丰富的武士。"

鸽爪高兴地发现，风族猫要友善得多。白尾和莎草须奔向等待中的众猫，眼中闪烁着激动。

"你们好。"她们到小溪边急忙停了下来，灰脚大声问候道，"很高兴见到你们。"

"你好，灰脚。"黑莓掌点头回应道。

黄毛的回应仅仅是咕哝了一声，雾脚根本一言不发。

"你们知道要做什么的。"黑莓掌接着说。

"找到堵塞小溪的障碍物，并清除它。"狮焰立即回答道，

第四学徒

他的尾巴扫来扫去，似乎已经迫不及待要启程了。

"真的？"涟尾惊慌地瞥了雾脚一眼，"我还以为我们只要找到水源的问题所在，然后回来报告就行了。"

不等河族副族长说话，黄毛就咆哮起来："怎么？河族怕了，不敢迎接挑战了？"

"当然不是！"雾脚厉声说道，蓝色的双眼闪烁着，"但族猫的安全对我们来说很重要，不管你们在不在乎。"

"正是为了族猫的利益，我们才要远征。"黄毛吼道，颈毛竖了起来。

鸽爪的心怦怦直跳，有那么一会儿，似乎雾脚和黄毛都要扑向对方，开始一场恶战。但这时，灰脚走上前来。

"够了，"灰脚说道，"现在大家要相互协作，巡逻队必须在保证生命安全的前提下尽其所能。"

鸽爪听到蟾足发出了一声叹息，还翻了翻白眼。黑莓掌的耳朵猛然竖立了起来，他也注意到了这位年轻武士的举止。"你可是参加过大迁徙的，蟾足。"黑莓掌的声音里透出些微怒气，"你应该记得，四大族群是如何互助协作的。这次出征又不意味着你们就不能活着回到各自的领地里来。"

蟾足的前爪在满是灰尘的地面上来回画着。"我那时还只是只幼崽，"他咕哝道，"记不清了。"

"那你就好好回忆一下。"黑莓掌冷冷地建议道。蟾足没有回应。黑莓掌的目光扫过其他的猫。"你们就顺着小溪前行吧，

这样更容易找到回来的路。"他对众猫说道,"不要分心,不要因为遭到狐狸或宠物猫的驱赶就偏离路线……"

"说的好像它们能赶得走我们似的!"蟾足打断道。

蟾足真是一根尾中刺,鸽爪心想,黑莓掌的远行经验比任何猫都更丰富。蟾足为什么就不能听从指挥?

黑莓掌用琥珀色的眼睛瞪了影族武士一眼。"你们要尽可能抓紧时间休息、进食。"他接着叮嘱道,"否则,如果你们到那儿的时候已经筋疲力尽,那就算找到了堵塞物,你们什么也做不了。"

虽说鸽爪明白黑莓掌的建议是正确的,但她的耐心已经快要消磨殆尽了。她现在就能听见远方的棕色动物活动的声音,感觉到它们走动时利爪划过石块的震颤正通过大地传至她的脚掌心,甚至能感觉到它们正在努力拦截水流。

"你皮毛里钻进了蚂蚁吗?"狮焰低声说。

"对不起!"鸽爪小声咕哝,努力保持冷静。

黑莓掌退后一步,和其他几位副族长站成一排。鸽爪环顾了一下四周,发觉即将踏上探索征途的众猫首次站在了一起。我还不太知道他们的名字!她努力压下心头的恐慌。鸽爪的鼻子里充满了不同族群猫的气息,这使她感到头晕。她靠近狮焰,比起那些焦躁而陌生的猫,狮焰看起来冷静强健,这让鸽爪深受鼓舞。

"愿星族照亮你们的道路,"灰脚郑重地说道,"并保佑你们全都平安归来。"

第四学徒
DISIXUETU

第十二章

在四位副族长的注视下，巡逻队转身离去，踏上干涸的河床，开始了他们的远征。河床不是很宽，巡逻队队员很难并肩前行，所以没走几步，蟾足就挤到了前面。

"你们都知道的，这里可是我们影族的领地。"蟾足吼道。

这里同样也是我们雷族的领地！狮焰愤怒地想，这条小溪是边界，鼠脑子！狮焰意识到身旁的鸽爪身上的皮毛竖了起来，似乎在期待他能表示反对，但他保持了沉默，只是朝鸽爪微微地摇了摇头。

这时，鸽爪身侧传来一声尴尬的"借过一下"。是虎心正从鸽爪身边挤过，跑上前去，来到巡逻队领头的影族猫那儿。

狮焰不禁替虎心感到难过。他的族猫那么讨厌，这不是虎心的错。

于是，影族猫在前面领路，其他族群的猫两两成对，并排而行，鸽爪和狮焰走在最后。鸽爪低着头垂着尾巴，心里非常沮丧，似乎她从没料到远征途中大家的关系会如此紧张。狮焰猜测她很期待与其他族群的猫交朋友。

"别担心。"狮焰低头在鸽爪耳边小声说,"矛盾都是暂时的。大家毕竟需要一些时间来了解彼此。"

鸽爪朝狮焰眨眨眼睛。"我们没时间吵架,"她轻声回话,"不管堵塞水流的是什么,棕色动物都在不停地加固它。这样下去,水流就有可能永远被拦截!"

狮焰用尾尖轻触了一下鸽爪的侧腹。"只要我们一息尚存,那样的事就不会发生。"他承诺道。

渐渐地,河床变得越来越深,零星分布着破碎的沙洲,河床两边的岸上是平坦的草地。这时候,狮焰听见前方传来两脚兽发出的奇怪的咚咚声和怪异的号叫声。

"我们正在接近绿叶季两脚兽地盘。"狮焰告诉鸽爪,"还记得我第一次带你出来巡视领地吗?你那时听见的就是这个声音。"

鸽爪点点头,好奇得胡须直颤。没等狮焰拦她,鸽爪就已经爬上了溪畔,在溪岸顶窥探着。狮焰赶紧跳到她身旁,伸出爪子将鸽爪拽了下来。

"它们可真大!" 看到这些粉色动物的身形这么高大,鸽爪震惊得差点儿尖叫起来。这些家伙头顶上长着几小撮皮毛,身体的其他部分光秃秃的。鸽爪看到,有三四只两脚兽幼崽正在空地上蹦跶,正把一个颜色鲜亮的东西互相扔来扔去,成年的两脚兽们则坐在它们的皮毛巢穴外面。它们简直就像一棵棵移动的树。狮焰心想。这份好奇让他有那么几个心跳甚至忘记了危险。

第四学徒

"下来!"蟾足在他们身后嘶嘶怒吼着。

但太迟了,一只两脚兽幼崽看到了鸽爪,张开粉色的脚掌朝鸽爪跑来,鸽爪顿时被吓呆了。其他的两脚兽幼崽发出号叫。成年两脚兽站起了身,咚咚地穿过它们幼崽聚集的空地。

"这边!"蟾足大声说道。

狮焰将鸽爪推下岸的同时,影族武士转过身领着大家往上游走。但就在这时,一只巨大的两脚兽跳入河床,挡住了去路。它那宽大而肥厚的脚掌从空中划了下来,伸向众猫。

"不!"花瓣毛惊声尖叫起来。

慌乱中,莎草须想爬上最陡峭的溪岸,不料却打了个滚儿落回到原处,脚掌、尾巴一阵乱摆。涟尾转身往下游逃去,但这条路也被两脚兽挡住了。狮焰将鸽爪挡在身后,浑身的毛倒竖着,张开利爪,朝第一只两脚兽冲了过去。

"到这儿来!"蟾足的吼叫声传了过来,"跟我走!"

蟾足顺着易于攀爬的缓坡爬上了溪岸。跟着蟾足爬出来后,狮焰和余下的巡逻队成员狂奔至开阔地带。

蟾足带领大伙儿径直穿过空地,朝分散着的绿色两脚兽皮毛巢穴跑去。"不!走这边!"当白尾和莎草须奔向湖区的时候,蟾足大喊道,"大家别分散!"

白尾和莎草须赶忙转回身来,整支巡逻队钻过枯萎的草丛,两脚兽在后面紧追不舍。狮焰一路狂奔,脚掌砰砰落在坚硬的地面上。他的每一根毛都恐惧得立了起来,但同时,脚掌激动得

发痒。你们抓不到我们的，愚蠢的两脚兽！

蟾足围着两脚兽的巢穴绕了一圈，然后又领着众猫折返回小溪的方向。狮焰瞥见河族猫花瓣毛和涟尾落在了队伍后面，花瓣毛走起路来一瘸一拐的。

"狮焰，小心！"鸽爪气喘吁吁地说。她也看到了两脚兽。

狮焰还没来得及反应，一只比其他两脚兽幼崽都大的年轻公两脚兽就猛扑了下来，抓住了花瓣毛。当两脚兽把花瓣毛抓到空中的时候，那只河族猫发出一声惊恐的尖叫，拼命挣扎着想逃脱。

"快救她！"涟尾哀号道，"别抛下她！"

带队的蟾足立即转身朝那只年轻的两脚兽冲去。"大家围成一个圈！"他大声说道，"如果我们想让它松开花瓣毛，就得让它瞧瞧，我们可不害怕战斗。"

白尾、莎草须、涟尾惊恐地相互看了一眼，但还是哆哆嗦嗦地跑了过去。最后，大家将两脚兽包围了起来。狮焰跳到鸽爪和虎心中间，接替蟾足担任领队，带领巡逻队穿过草丛，嘴里发出嘶嘶的声音，开始靠近年轻的两脚兽。

"放她走！"狮焰咆哮道。

在狮焰的身后，一只成年两脚兽发出一声吼叫。年轻的两脚兽扔下了花瓣毛，河族猫跌到地上，摇摇晃晃着站起身。

"大家快走！"蟾足一摇尾巴重新聚集起巡逻队，带领大家全速从年轻的两脚兽身边冲过。涟尾跑在花瓣毛身旁，用自己的

第四学徒

肩膀给她借力。更多的两脚兽朝他们咚咚地跑了过来。蟾足点头示意了一下,巡逻队立刻分成两支,各自钻进两脚兽的皮毛巢穴。

狮焰一下子冲进了古怪的蓝绿色光中,鸽爪、虎心跟在他的身后。狮焰一回头,就看见鸽爪撞上了两脚兽的一堆硬东西。那堆东西哗啦一声滚落到鸽爪周围,差点儿把她撞倒。鸽爪重新镇定下来,跑过地板上的一块柔软皮毛,躲进另一张从巢穴顶端悬垂下来的皮毛下,这张皮毛扑通一声掉了下来,把鸽爪罩在了它的褶皱里。

鸽爪发出一声恐惧的尖叫,拼命抓挠着,想挣脱出来。

狮焰在那个皮毛外一阵胡乱扒寻,想找能让鸽爪出来的口子,同时朝虎心大声吼道:"快帮她!"

虎心用力拉拽着皮毛,直到鸽爪的头露了出来。鸽爪深吸了一口气,把身子拖了出来。在脚掌重获自由之后,鸽爪扭动着身体,把缠在后腿上的皮毛抖落在地。

狮焰在皮毛的外层发现了一条不牢固的褶皱,便用牙齿将其叼起,弄出了一个口子。这皮毛尝起来有股恶臭,跟雷鬼路上怪物留下的味道差不多。虎心钻了过去,鸽爪也紧随其后,他们一下子暴露在了空地的炎炎烈日下。当狮焰跟在他们身后探出头时,猛然有个沉重的东西嗖地从他脑袋边飞过,重重砸在空地边的黑莓丛中。

鸽爪惊慌地跳了起来,但一看到前方不远处的蟾足,便又立

即伏下了身。狮焰跟了上去，顺便确认了虎心没有掉队。蟾足领着巡逻队穿过外围的两脚兽皮毛巢穴，钻进空地边上的蕨丛。狮焰在钻出蕨丛时嗅到了雷族的气味标记，这令他意识到他已经进入了雷族的领地。

余下的巡逻队成员也匆匆挤过狮焰身旁的蕨丛，一个个气喘吁吁地蹲伏下来，空地上的两脚兽仍不住地大叫着。蟾足最后一个抵达，他怒气冲冲地抽动着尾巴，瞪着其他猫。

"简直不可救药！"蟾足嘶吼道，"我们甚至还没走出领地就陷入了麻烦。我可真谢谢那位学徒啊！"说完，他眼睛看向了鸽爪。

狮焰看到鸽爪绷紧了身体，脖颈儿和肩部的毛也竖了起来。蟾足，你个鼠脑子，是你带领我们遇到两脚兽的！狮焰心想。他伸出尾巴碰碰鸽爪的肩膀，让她别冲动。"年轻的猫都有好奇心，"狮焰平静地说道，"如果两脚兽不发疯，这一切也不会发生。"

蟾足愤怒地哼了一声。"这次探索还未开始就要结束了。"他咆哮道，"我们甚至不知道会在小溪的源头发现什么。几只两脚兽都让我们这么恐慌，我们又凭什么觉得光靠我们自己就能让湖泊重新淌满水？"

"你这么说就错了。"白尾说道，尽管仍在发抖，但她还是在这位年轻的影族武士面前挺直了脊梁，"是的，我们刚刚好不容易才逃过一劫，但这并不意味着我们就必须放弃。待在自己的

第四学徒

领地里，看着湖泊逐渐变小，是绝对无法为族群提供任何帮助的。"

涟尾正蜷伏在颤抖的花瓣毛身旁安慰她。听了白尾的话，他抬起了头，颈毛竖立："你也想推卸责任、责怪河族吗？你们根本不知道我们的日子有多艰难。我们必须守住湖水，那是我们唯一的食物来源！"

"不，我哪句话指责你们了？"白尾生气地回答道，"你从哪个字里听出这种意思了？"

狮焰站起身，走到白尾和这位暴怒的河族武士之间。"我们这是在浪费时间，"他说道，"我们得继续往前走。下一次，我们都要记得躲避两脚兽。"

"如果还有下次的话，你……"蟾足又继续了。

"行了，我们都活下来了，不是吗？"虎心打断了族猫的谴责。狮焰觉察到，在所有队员中，虎心是受这次突发意外影响最小的猫。他的眼睛闪闪发光，似乎很享受这种刺激。"我们在那些迟钝的两脚兽面前炫了一把！它们害怕了！就算再次碰到，又有什么关系？"他转向鸽爪，补充道，"别担心，我会保护你的。"

鸽爪愤怒地张大嘴巴说道："我能保护自己！"狮焰听了，隐隐觉得有些好笑。

"我们都能照顾好自己。"莎草须出乎意料地支持了鸽爪，"毕竟，这正是我们被选拔出来参加远征的原因，不是吗？因为

我们的族群认为我们是最有可能解决断水危机的猫，对吧？"

"没错。"狮焰赞同道。

花瓣毛抬起了头，她仍不停地颤抖着，几乎说不出话，但她勇敢地迎上了大家的目光。"我也认为我们应该继续前进。"她说道，"我不能再眼睁睁看着族猫挨饿了！想到他们，我就充满了勇气。"

"说得好，花瓣毛。"白尾平静地说道。

"那么我们就继续前行吧。"狮焰抢在蟾足顶嘴前赶紧建议道。他瞥了一眼影族武士，又补充了一句："既然我们已经进入了雷族领地，那就还是由我来带路吧。"

第四学徒

第十三章

鸽爪跟在狮焰身旁,沿着蕨丛下的狭窄小道前行着,狮焰用眼角余光瞥了她一眼。自从遭遇两脚兽之后,鸽爪身上的毛一直根根竖立,而且眼睛瞪得连眼白都露了出来。

带她出征的决定是错的吗?狮焰有些怀疑,她才刚刚成为学徒一个月。但狮焰随即摇了摇头。不,我们需要她。他告诉自己。他回想起当年自己和同窝手足的那次去山地拜访急水部落的远征,当时他俩也不过刚成为学徒,但表现得也还不错。鸽爪也一定会克服困难的。她绝不能掉队。

远征队抵达小溪拐进影族领地的转弯处,这时太阳已经升得更高了。狮焰停下脚步,目光越过干涸的河床,眺望另一端的那片松树林。地面上落满了棕色的松针叶,灌木丛零零星星地散布在四处。

蟾足走上前来。"我觉得我们应该在这儿休息一会儿,吃点儿东西。"他说着朝两位河族武士点了一下头,"那两位看起来快支撑不住了。"

狮焰不喜欢蟾足说话时讥讽的语气,更不想站在蟾足一边

与其他族群作对，不过，他必须承认这位影族武士的建议是正确的。大家在逃离两脚兽的追逐之后，都已经疲惫不堪了，天气也越来越热。涟尾和花瓣毛看起来已经精疲力竭，花瓣毛更是已经倒了下来，侧躺在蕨丛中，大口喘着粗气。

看到河族猫走得这么艰难，我并不感到吃惊，狮焰心想，比起走路，他们更擅长游泳吧。

"好吧，我们就地休息一会儿。"狮焰提高了声音，好让大家都能听见，"雷族猫和影族猫将会分别去本族领地狩猎。"

"我们自己能狩猎。"白尾说话时瞥了一眼莎草须。

"没错。"这只虎斑母猫表示赞同。

"那样的话就是偷猎！"蟾足厉声说。

白尾叹了口气："那你狩到猎物后再分给我们，就不算偷猎了吗？你就不能通融一下，让大家都轻松点儿吗？"

狮焰猜想她肯定想加上一句鼠脑子，但她强忍住了。至少蟾足没有嘲笑她们只会抓兔子。狮焰心想。

"我们就照蟾足说的办。"狮焰平静地对白尾说道，"日后你们会有机会为我们狩猎的。"虽说他能理解风族武士的想法，但他不想让她们冒着遇上雷族或影族巡逻队的风险出发。他们已经因为两脚兽耽搁太长时间了。

风族母猫犹豫了片刻，然后对狮焰微微点点头。

狮焰领着鸽爪深入雷族领地，在熟悉的土地上，他们感到

第四学徒

更安全，也更放松。"你去那边。"狮焰转过耳朵指了指榛树丛的边缘，对自己的学徒说道，"那儿的灌木下可能有猎物。我走这边，回头在边界跟前会合。"

"好。"鸽爪走开了，她轻轻地落着脚掌，耳朵竖着，嘴巴半张着捕捉猎物的气息。

希望她有本事找到点儿好东西，让蟾足瞧瞧！鸽爪消失在视线中时，狮焰想着。他刚走进对面的树林中，立刻就看到了一只松鼠，松鼠正在林地上刨着落叶下的东西。

太棒了！

狮焰蹲伏下身子，做出狩猎的动作，腹部的皮毛擦着地面，悄悄地爬向猎物。没有风把他的气息吹过去，他也确定自己没有发出一点儿声响，但他才移动到半路，松鼠就受惊似的朝最近的一棵树冲去。

"老鼠屎！"狮焰忍不住骂道。

狮焰急忙追了过去。他发觉松鼠有些跑不动，内心不禁一阵狂喜。松鼠一瘸一拐的，狮焰很快就追上了它。不等松鼠跳上树，狮焰对准松鼠的脊柱挥出一爪，杀死了松鼠。

但愿它没得什么重病吧。狮焰看着瘫软无力的松鼠尸体心想。他仔细地嗅了嗅，闻起来还不错——事实上，是会让猫忍不住口水直流的那种不错。狮焰叼起他的猎物，朝边界走去。当他快到边界时，鸽爪追赶了上来，嘴里叼着一只小老鼠。

"对不起，"鸽爪叼着老鼠闷声说，"我只找到了这

个。"

狮焰叹了口气。如果连鸽爪都找不到猎物,这里怕是没有猎物可寻了。"没关系,有总好过没有。"他说道。

当他们返回其他队员等候着的地方时,狮焰和鸽爪发现涟尾和花瓣毛正在蕨丛的阴影里打着瞌睡,白尾和莎草须警觉地坐在他们旁边,似乎在守卫。

狮焰在小溪边抛下猎物,白尾称赞道:"这只松鼠看起来不错。"接着,她又对鸽爪补充了一句:"这只老鼠也不错。"

"不,并不好。"鸽爪抛下猎物,恼怒地摇摇尾巴,"如果它再小一点儿,我就可以叫它甲虫了。"

"没事的。"白尾走过来,用尾尖轻轻触了触鸽爪的肩膀,"我们需要一切能捉到的猎物饱腹,无论它们多小。"

"嘿,蟾足和虎心回来了!"莎草须喊道。

狮焰转过头,看见蟾足自信地穿过松树林,嘴里叼着一只乌鸦,虎心跟在蟾足身后不远的地方,一路拖着个什么东西。

"这松鼠不赖。"蟾足说着跳过小溪,然后将自己狩获的猎物放在狮焰的旁边,"哦,这老鼠小得可怜。"

狮焰没有理会蟾足。他看到虎心将捕获的猎物拖上溪岸,抛到干涸的河床上,虎心自己也跟着跳了下去,然后咬着猎物爬上溪岸的这一边。这是一只身形巨大的鸽子,细小的灰色羽毛上沾满了虎心深棕色的虎斑皮毛。

第四学徒

"好有本事!"莎草须大喊道。

"是啊,真不错。"狮焰补充道,语气里带有压抑着的妒意。他本想向蟾足展示展示,雷族武士一直都比影族武士更善于狩猎。但虎心的收获太令大家惊喜了,狮焰也不想打击这位年轻武士的自豪感。

好在蟾足只是看起来有点儿得意,但至少没在大家面前炫耀自己族猫的狩获。

虎心似乎还有点儿激动。"我差点儿就没捉到,"他说道,"这只鸽子飞起来了,我跳得老高才抓到了它。"

"太棒了!"狮焰赞扬道。看到虎心眼中灼热的光芒,狮焰很开心,也希望自己弥补了在森林大会上对虎心的不友好。炭心说得对,多个朋友好过多个敌人。虎心这位年轻的武士对他的族群来说是一笔真正的财富。

不知道虎星是否意识到了这一点?狮焰这样想着,尽管天气很热,他还是感到背脊上似乎有一只冰冷的爪子划过。

众猫瓜分了猎物,蹲下来进食。狮焰第一次感受到了与这些猫的同伴之谊,尽管彼此在前一天还是敌对的关系。或许我们最终是能合作的。

花瓣毛和涟尾从睡梦中被唤醒,开始吃东西,吃得就好像一个月没见过猎物似的。其他猫不约而同地默默退开,让他俩填饱肚子。

"如果他们虚弱得无法前行,对大家都没有好处。"白尾

对狮焰低声说道。

待花瓣毛和涟尾吃完了，蟾足再次带路。小溪渐渐地远离了边界，在影族领地的松树林里蜿蜒着。大片的天空笼罩着旷野，日光透过松枝洒在地面的棕色针叶上，走在上面，如同跋涉在一张巨大的虎斑皮毛上。狮焰心里有些不安。没多一会儿，他们就看到不远处有一支影族巡逻队，带队的是花楸掌。蟾足吆喝着打了招呼，但影族猫并没有靠近。

当远征队伍抵达影族领地边缘的时候，太阳正缓缓落下。狮焰越过气味标记线后停了下来，凝神看着前面的树林深处。小溪从苔藓覆满的灰色巨石间穿过。前头几狐狸远，地貌发生了改变，地面变得更加坑坑洼洼，散布着落石。松树林不见了，出现在眼前的是一些树形更小、树龄更老的树木，交错歪斜，远远不能跟狮焰熟悉的本族领地的树木相比。这些树木的枝丫相互交织，就像他们巢穴的顶篷，灰白的树干上悬挂着苔藓和常春藤，但树下并未长满灌木丛。

没多少地方可以藏身！狮焰不安地想。

白尾跟在狮焰身旁，张开嘴巴，尝了尝空气。"我觉得我们应该轮流带领队伍。"她语气坚定，神态威严，仿佛在提醒狮焰，即便身材娇小，但她才是队伍里最资深的武士。

"好。"狮焰答应一声，退后一步，摆摆尾巴示意白尾走在前面。

蟾足张开嘴巴似乎要抗议，但又闭上了嘴。在白尾的带领

第四学徒

下,众猫陆续跳下了河床,朝未知的森林走去。树木在他们头顶合上了,他们行走在昏暗而幽绿的光线中,脑袋不时左瞧右看,检查着两边的危险。狮焰意识到,风族武士选择了最利于隐蔽的路线,从而保证了大家即便在空荡的河床中通行,也可以一有什么风吹草动,很快就伏身藏好。

"这儿有一摊泥!"鸽爪惊呼,厌烦地甩着前脚掌,"我正好踩了进去。"

"这是好迹象,"涟尾说,"有泥的地方就可能有水。这里的小溪看起来没经受过太多的阳光直射。"

河族武士的判断是对的。就在前方不远处,白尾看到了一个小小的水坑,就在大橡树树根后面突出的溪岸下方。队员们迅速围了上去,畅饮起来。虽说这水尝起来很热,而且还有泥味,狮焰却觉得从未舔过如此美味的东西。

喝饱之后,众猫继续奋力前行。白尾非常警惕,不断提醒队友跳上溪岸,四下观望。再次轮到狮焰领队的时候,他看见两只鹿轻盈地跳着穿过树林。在我们雷族领地可看不见这么多鹿,他若有所思,但这儿却遍地都是。狮焰看到溪岸上留下群鹿的蹄印,树上够得到的苔藓也都被它们啃食干净了。

"我看见那边有鹿出没。"狮焰再次跳下河床,向白尾报告这一消息。

风族母猫点点头说:"它们不会妨碍我们的。"

继续前行时,狮焰意识到自己开始享受这趟旅程了。他猜

测同伴们也有同样的感觉。树下的空气凉爽潮湿，大家吃饱喝足之后，静静地行进着，偶尔会有林间树叶的沙沙声，或踏进泥洼的溅水声。狮焰心想，如果忽略任务的艰巨，这趟远行是件多么惬意的事啊！

突然，鸽爪停了下来，一动不动，颈毛倒竖，惊恐地瞪大眼睛看着狮焰。"狗！"她低声说，"朝这边来了。"她用尾巴指向小溪的方向。

狮焰迅速吸了一口气，但他既没有察觉到狗的气息，也听不见任何声响。但这并不表示鸽爪错了。他们不可能跑过狗，尤其是在这个不熟悉的地方。他们也不能冒险偏离小溪。所以，只有一个方法。

"狗！"狮焰扭头对其他远征队队员大喊道，"快！大家上树！"

众猫一阵慌乱，在狭窄的河床中被彼此绊倒。

"什么？在哪里？"

"我没嗅到有狗的气味。"

"你怎么知道的？"涟尾问道，语气里好奇不已。

"没时间了，"狮焰努力提高自己的声音，压过大家的嘈杂声，"先爬到树上，好吗？"

让狮焰宽慰的是，蟾足和虎心立刻转身，爬上远处的溪岸，蹿上附近的树，从高高的枝上往下看。至少他们安全了。

但是风族猫和河族猫没有动，他们待在原地，尴尬地相互

第四学徒

看着。

白尾说道:"我们不会爬树。"

"噢,星族保佑!"来不及多说什么了。狮焰在鸽爪的协助之下,赶紧把四只猫推出河床,将他们一直推到最近的树下。"现在,爬上去!"狮焰命令道。

莎草须扭头跑向一棵枝条交织、更容易攀爬的矮树。"我应该能爬上这棵。"她说道。

"不——回来!"狮焰对莎草须大喊道,"那棵树太矮,狗轻而易举就能追着你跳上去。"莎草须折返回来,狮焰大声说道:"看,你只要牢牢抓紧树干,然后后腿用力将自己往上送就行。很容易的。"

几只风族和河族猫看起来十分害怕,有些犯难。"我办不到的。"莎草须浑身颤抖着说,"你们走吧,我自己在下面见机行事。"

"我们不会丢下你的!"鸽爪怒气冲冲地说道。

狮焰也在与自己内心的恐惧和愤怒斗争着。现在,他能听见狗的声音了,尽管狗叫声在很远的地方,仍然很微弱,但那叫声正分分秒秒地变大。

"试试这样。"鸽爪跳向最近的一棵树,在最低矮的树枝上保持好平衡后,才跃上了树干。一套示范之后,她又爬下来,说:"来吧,你可以的。"

狮焰见蟾足和虎心重新出现在自己身旁,终于松了口气。

它们不会妨碍我们的。

我看见那边有鹿出没。

什么?在哪里?

我们不会丢下你的!试试这样,来吧,你可以的。

狗!快!大家上树!

让狮焰宽慰的是,蟾足和虎心立刻转身,爬上远处的溪岸,蹿上附近的树。几只风族猫和河族猫看起来十分害怕。

我办不到的。

鸽爪鼓励莎草须。

我动不了。

你可以的！就算你滑下去，也会站在地上的。现在，一只后脚掌伸到那个树洞里……

此时，树下的两只狗不停地往上跳，疯狂地咬着莎草须摇摆的尾巴。

猫武士

"我们各带领一个。"蟾足说着走向了花瓣毛。

"太好了,谢谢。"于是,狮焰朝莎草须甩甩尾巴,示意她跟着自己,"虎心,你来帮涟尾。鸽爪,你带着白尾走。"

狮焰觉得,年长的风族武士会更自信,学徒跟她相处也会更容易些。再者,狮焰也猜测白尾应该在靠近雷族边界的树林里爬过树。狮焰把注意力集中在惊恐的莎草须身上,将她推向最近的一棵树跟前。"把你的前脚掌放上去,"他指导道,"利用这儿的树结给自己的后腿一个支撑。现在,使劲向上蹬。"

莎草须依照狮焰说的做了,然而身子却僵直地趴在树干上,四只爪子插入树皮。"我动不了。"她生气地说道。

"不,你可以的,"狮焰鼓励她,"就算你滑下去,也会站在地上的。现在,一只后脚掌伸到那个树洞里……"

就这样,一爪一爪的,风族猫在狮焰的陪伴下逐步上爬。那些狗已经快要到他们跟前了,它们在稀疏的灌木丛中不住地蹿着,狂吠不止。空气里弥漫着浓烈的狗味,狮焰轻轻地快速呼吸着,尽量不被那味道熏到。

狮焰和莎草须所选的这棵树很难攀爬,这能保证那些狗不会跟着他们蹿上来,但对一只没爬过树的猫来说,爬上这棵树得花费不少时间。狮焰环顾四周,看见鸽爪和白尾已爬上一根安全的枝条,虎心也正将涟尾推上枝杈,蟾足则哄骗着花瓣毛爬上紧邻着狮焰的那棵树的树干。

第四学徒

"你做得很好,"影族武士蟾足大声说道,"但看在星族的分上,你可千万别向下看。"

狮焰这边,莎草须刚将脚掌伸向了一根树枝,狗就突然出现了。一共有两条狗,一黄一黑,它们皮毛平滑锃亮。它们在河床上撒着欢儿地跳上跳下,嗅着周围的树根。

"还好它们不是冲着我们来的。"狮焰蜷伏在莎草须身旁的树枝上,说道,"蠢东西,它们不知道我们在这儿。"

话音刚落,一只狗就嗅到了狮焰和莎草须的气味。它突然亢奋起来,不住狂吠着,扑向那棵树,一跃而起,前脚掌伸向树干。它张着嘴巴,长长的粉色舌头伸在外面。

莎草须发出一声惊恐的尖叫,从树枝上滑落下来。在下滑的过程中,她的爪子徒劳地乱抓着。狮焰猛冲过去,后爪紧紧插进树枝,前爪抓向莎草须。但他的动作仍迟了一个心跳的时间,没能抓牢风族武士。他感到莎草须正从自己的爪中滑落,守在下面的狗兴奋得又蹦又叫。莎草须惊恐地睁大了眼睛,嘴巴大张着,发出无声的呼救。

正当狮焰绝望地以为莎草须肯定会掉下去的那一刻,他看见蟾足从相邻的树上飞跃过来,留下惊慌失措的花瓣毛两只前爪牢牢地抱住树枝。

此时,树下的两只狗不停地往上跳,疯狂地咬着莎草须摇摆的尾巴。有那么一瞬间,狮焰觉得蟾足跳得太近,肯定会落入狗的嘴中。但树枝剧烈摇晃,蟾足落在了狮焰身旁,前爪深

深抓进莎草须的颈背。

两位武士合力将风族猫缓缓拉了上来,最后莎草须用自己的爪子再次钩住了树枝。"谢谢你!噢,也谢谢你。"她气喘吁吁,身子剧烈抖动着,差点儿又摔下树枝。

狮焰用尾巴稳住她,然后对蟾足说:"谢谢。"

影族猫咕哝了一声,轻轻点了个头,似乎帮助敌族的猫让他感到有些尴尬。

这时,狮焰听见两脚兽的喊叫声穿过树林。两条狗转身,跑向声音的方向,还不断回头看这些猫,似乎很不情愿。在狗的声响彻底消失、森林重新恢复平静之后,狮焰引导着莎草须回到地面,蟾足则折回到原先的树上帮助花瓣毛下来。所有猫都颤抖地下来了,重新聚集在小溪边,蜷伏在被太阳晒死的枯干草茎中。

"我好像扭伤了肩膀。"莎草须痛苦地活动着前腿说,"我很抱歉,狮焰。我净给你添麻烦。"

"哪有,你表现得很不错。"狮焰安慰道,"我们不可能什么都擅长。假如我们必须奔跑远离危险的话,你和白尾肯定是我们中跑得最快的。"

"前提是我的肩膀不这么疼。"莎草须痛苦地咕哝道。

"临行前,蛾翅教了我一点儿草药知识。"涟尾插话道,嗅了嗅莎草须的肩膀,"她说把接骨木叶子嚼成糊对扭伤很有效。要不我去摘点儿?"

第四学徒

"好主意，"狮焰回答道，"但别走太远了。"

"不会走远的。"涟尾冲了出去，看起来很高兴自己能做点儿有用的事。

"如果我们中的一些猫连树都不会爬，我们接下来还能做什么？"待河族的涟尾离开后，虎心询问道，"我们怎么还有希望完成任务呢？"

年轻武士的焦虑像爪子一样抓挠着狮焰的心，尤其最初的时候，虎心是他们中最乐观的猫。其他的猫也低声表示赞同。

"我们甚至都不知道我们要面对什么。"莎草须指出问题所在，"我是说，我们怎么知道小溪被拦截了？或许只是干旱造成的呢。所以，这场旅程可能永远都走不到头。"说到最后，她都有些哭腔了。

狮焰看了一眼他的学徒，发现她忧心忡忡的样子。他走近鸽爪，低头在她耳边轻声说："你不会错，我相信你。"

这话让鸽爪略感安慰，但狮焰看见她仍在用爪子抓挠着面前的地面。

此时，太阳快要落山了，树冠上方的天空已被染成红色，树下的阴影也很浓了。

"我建议，今天晚上我们就在这里休息。"白尾说道，"大家都需要休息——尤其是莎草须。"

"但这里安全吗？"花瓣毛问道，声音中透着恐惧，"如果那些狗又回来了怎么办？或许我们应该睡在树上。"

"不行,你睡熟后可能会掉下来的。"蟾足直率地告诉她。

花瓣毛惊恐地睁大了眼睛:"那我们该怎么办?"

"没事,"狮焰安慰她,"我们轮流放哨。"不等其他猫说什么,狮焰已经站起身来,"大家马上收集些蕨叶和苔藓做窝。"

鸽爪和花瓣毛跳下河床寻找苔藓,狮焰和其他队员则在干枯的蕨丛中撕扯着蕨叶。

"你待在这儿,休息休息肩膀。"狮焰叮嘱莎草须,"涟尾很快就会回来的。"

河族武士嘴里叼着一束接骨木叶回来的时候,大家也已经用蕨叶做成了简易的窝,花瓣毛和鸽爪也在窝里铺好了苔藓。

"搞定了。"涟尾声音里带着愉快,他把叶子放在莎草须身旁,"一会儿我们嚼碎叶子敷在你的肩膀上,明早就会没事儿了。"

莎草须对他眨了眨眼:"谢谢你。"

远征队各自在临时巢穴里找到地方安顿下来后,狮焰这才意识到,和敌族猫安歇一处还真是尴尬,虽说每只猫都和自己的同族猫挤在一起,但当花瓣毛的尾巴不小心碰到虎心时,虎心瞬间就皮毛乍立。

"对不起。"花瓣毛面露窘迫,小声地道着歉。

狮焰的脚掌也差点儿碰到了白尾的耳朵,他赶紧缩了回来,却又扫到蟾足的皮毛。

"小心点儿!"影族武士咆哮道。

第四学徒

狮焰轻轻点头以示歉意,他跳出蕨叶窝,站在小溪边说道:"我来第一个放哨。"

狮焰蜷伏在溪岸上,脚掌盘在身下。但很快,他就发觉自己很累,稍不走动就会睡着。他强迫自己站起身来,在溪岸上来回巡视,让巢穴时刻位于自己的视野内。狮焰竖起耳朵,不住地嗅着空气,警惕着任何危险的迹象。什么也没有。狗的气味已经渐渐淡了下去,虽然他曾捕捉到一口远处的獾的气味,但它距离他们太遥远,不足以造成威胁。

狮焰回到巢穴,残月倒映在一双盯着他的双眼中。

"鸽爪!"狮焰压低声音,以免吵醒别的猫,"你知道,你没必要一直醒着。"

"我不用吗?"鸽爪的声音虽低,但仍听得出她不赞同,"如果狗又回来了,我能第一个听见。"

"你不用独自对整个远征队的安全负责。"狮焰心生同情地说,"我们能互帮互助,现在去睡吧。"

狮焰本以为鸽爪会反驳,那样的话,他将提醒鸽爪自己是她的老师。但鸽爪只是轻轻叹了口气,便蜷缩起身子,闭上眼,尾巴围拢鼻翼。不一会儿,她发出了沉沉的呼吸声,狮焰知道,她睡着了。

狮焰坐在鸽爪身旁,与她仅仅相隔一层薄薄的蕨叶墙。狮焰看着她,也观察着周遭。我知道拥有不被任何猫理解的超力量是什么滋味,他心想,世上最孤独的感觉莫过于此。

第十四章

在黑莓掌、狮焰、鸽爪穿过荆棘屏障走出石头山谷后，松鸦羽立刻转身返回了巫医巢穴。疑虑涌上心头，松鸦羽感到自己的每一根毛都刺疼不已。八只猫之所以踏上征程，源自鸽爪对水流干涸所做的叙述，她的所见、所闻、所感。但那些听起来不大像是来自星族的预言。

真正困扰松鸦羽的是，武士祖先没有告诉他关于此次征途和拦截河流的棕色动物的任何事情。上次的月亮池聚会上，也没有其他族群的巫医提及此事。难不成星族想等着看看，那个三力量的预言能不能拯救我们吗？毕竟，三力量比星族还要强大。松鸦羽收住了脚步，朝着那他看不见的天空仰起了鼻子。我们的武士祖先现在正守护着我们吗？他心里想。

这时，身后传来的蹦蹦跳跳的脚步声，打断了松鸦羽的思绪。

"别那样看着我！"藤爪抬高嗓门抗议道。

又怎么了？松鸦羽心里问自己，不由叹了口气。

"好了，别老抱怨了。"荆棘爪反驳道，"好像谁在你的

第四学徒

皮毛里放了蚂蚁似的。"

"如果你的同窝手足出去拯救族群了,扔下你做这些愚蠢的训练,你也会暴跳如雷的!"藤爪吼道。

这时,松鸦羽听到鹅卵石被踢踹的声响,接着鼠毛发出一声怒吼:"看着点儿!难道我连拉个屎都非得被石头砸不可吗?"

"对……对不起……"藤爪小声咕哝着。

松鸦羽听见长老走开了,嘴里还不停叨叨着,如同山谷里嗡嗡作响的蜜蜂。松鸦羽不禁对藤爪心生同情。我也被留了下来。

"藤爪,马上收起你的坏脾气!"炭心跳了过来,"你该学会尊重长老。"

"对不起。"藤爪又一次道歉,她的声音已经没那么生气了,甚至有点儿痛苦。

"但愿你是真心感到惭愧。待会儿我们去找块好猎物送给鼠毛,你亲自去给她。但不是现在,"炭心接着说,"因为你们今天早上都要进行作战训练。"

"噢,多大事似的!"藤爪不为所动。

"不,这很棒的。"荆棘爪听起来兴奋极了,"我来帮你,藤爪。我很快就要进行最终测评了。"

"喂,别急。"刺掌走到自己的学徒身后,说,"你的测评这一两个月都还不会进行。而且藤爪的老师会指导她训练

猫武士

的。你眼下要把心思放在我上次教你的跳跃和转身上。这些技能你现在还没完全掌握好呢。"

"好吧。"对于老师的批评，荆棘爪没表现出一点点烦心。

说话间，榛尾和鼠须两位老师也走到梅花爪和黄蜂爪旁边，这一群老师和学徒一齐涌出了营地，年轻的学徒们兴奋地尖叫着。

松鸦羽叹息一声。有些时候，我真觉得自己像岩石一样沧桑。

猫儿们离去后，整个山谷空落落的。松鸦羽静静地站了一会儿，听着头顶树枝发出的微弱咯吱声。接着，他抖抖皮毛，迈开大步穿过空地，跟着鼠毛走进长老巢穴。巢穴中，长尾蜷缩着睡得很熟，鼻子哼哧哼哧的。鼠毛也躺回自己那干蕨叶铺成的嘎吱作响的窝里。

波弟坐在鼠毛身旁，开口说道："我还记得那时候，有几只老鼠跑到我家直行兽的巢穴里，我猜你会乐意听听这事的，所以……"

"稍等一会儿，波弟。"松鸦羽打断了他，"我得和鼠毛说两句。"

"什么事？"老母猫鼠毛问道，语气中仍透着恼怒。她大概还没有从刚才被鹅卵石击中的坏情绪中走出来，也可能是她想听波弟那冗长的故事，不料却被打断了。

第四学徒

"我只是想检查一下鹅卵石打到你哪里了。"松鸦羽解释道。

鼠毛叹了口气:"松鸦羽,我没事的。没必要大惊小怪。"

"我只是在做我的工作,鼠毛。"

又是一声长长的叹息。"那好吧。"松鸦羽听见鼠毛在窝里挪动时,蕨叶发出沙沙的响声,"就是那里,腿根那块儿。"

松鸦羽走上前去,仔细嗅了嗅。让他宽慰的是,没有发现任何受伤的痕迹,鼠毛的皮也没破。"我想这没什么大事。"松鸦羽安慰道。

"我早就说了,"鼠毛没好气地说,"小年轻们总觉得自己什么都懂。"

"就算这样,如果你感觉到任何疼痛,或者开始走路一瘸一拐的,立刻告诉我,好吗?"

"我会看着她的,"波弟插话道,"别担心。"

"波弟,谢谢。"松鸦羽朝巢穴外走去,但还没走出去就听到老独行猫波弟又唠叨了起来。

"别急着走,小年轻。没准儿你也会喜欢这个故事的。有几只老鼠,看见……"

松鸦羽站在巢穴口,有些烦躁。一听见空地那边有动静,他就赶紧打断了波弟:"抱歉,我得走了,可能有急事。"不

等波弟回答,他就从榛树丛下钻了出去,走进了山谷。

这边,黑莓掌送别了远征猫之后,回到了营地。当松鸦羽走近些时,他听见火星跳下落石堆,来到正站在营地中央的副族长身边。

雷族族长急切地问道:"怎么样?还顺利吗?"

"一切顺利。"黑莓掌回答,"各个族群都派出了自己的族猫,队伍已经朝小溪上游出发了。"

"都有哪些猫?"

"影族派出了蟾足和虎心,"黑莓掌开口道,"风族是莎草须和白尾,河族是花瓣毛、涟尾。"

松鸦羽闻讯大吃一惊,耳朵晃动起来。这么听起来,豹星好像没有派出本族最强壮的武士。难道她不明白此行有多么危险吗?

或许火星也这么想,但他没有表露出来。"我希望他们能和睦共处。"火星简单地评论了一句。

"他们会的。"黑莓掌说道,"他们将学会相互信赖。等他们回来的时候,历练后的他们也将更为强大。"

"眼下我们能做的,就只有祈祷星族保佑他们全都平安回来了,"火星说道,"也祈祷他们能找到水源枯竭的根源。"他叹息一声,接着又语气轻快地说:"还有,我们最好赶在天气变热之前,抓紧安排我们的巡逻队。我来带领一支狩猎巡逻队,你能来安排其他的吗?"

第四学徒

"当然可以，火星。"

松鸦羽听见两只猫走开了，各自去呼喊武士巢穴里的其他猫。松鸦羽还隐约听见，族猫们钻出巢穴枝条时，有的打着哈欠，有的伸着懒腰。然后他转身朝自己的巢穴走去，但还没走到巢穴，他就听到火星率领着狩猎巡逻队从跟前走过，而且听得出是尘毛走在最后。尘毛从他旁边擦身过时，松鸦羽感觉到这位虎斑武士的脊背处突然刺痛了一下，于是朝巡逻队方向竖起自己的耳朵，察觉出尘毛的脚步有些不稳。

"喂，尘毛！"松鸦羽大喊道，"你停一下！"

"怎么啦？"尘毛折身返回时，声音听起来比平时更急躁，"我要和火星去狩猎了。什么事，快说。"

"你的背受伤了吗？"松鸦羽问道。

这只暗棕色的虎斑公猫犹豫了一下，说道："你怎么知道的？"

"别忘了，我是巫医。"松鸦羽冷冷地说道，"如果你的脊背受伤了，我这儿有些草药，对你很有用。"

"我不需要草药。"尘毛迅速地回答道。松鸦羽想象得出尘毛此刻脖颈儿的毛爹开的样子。"把草药留给真正生病的猫吧。"

"我有很多你需要的草药。"松鸦羽安慰尘毛。他无论如何都不会任由尘毛以这种错误的无私来剥夺自己用药的权利。尘毛的背伤只会越来越严重，最后他将永远无法狩猎。"回来

后,来我这儿一趟。"

"好吧,我会的。"松鸦羽从尘毛生硬的语气中察觉到他松了口气。"谢谢你,松鸦羽。"尘毛又补充了一句。

尘毛跑开,去追赶族长和巡逻队其他成员,松鸦羽大声喊了一句:"你千万别忘了!"松鸦羽提醒自己,过会儿得和尘毛的伴侣香薇云交代几句,免得这位武士真的忘来巫医巢穴。然后他再次往巢穴走去,同时觉察到一束温暖的目光落在自己的身上。叶池!他能感觉到母亲在为他感到自豪,因为他不但发现了尘毛的伤势,还以明智的方式既为他提供了草药,又保护了他的自尊心和责任感。

我可没想让你自豪。松鸦羽心想。

突然,他感到整个山谷仿佛在朝自己合拢过来,他一刻都不能在这儿多待了,石壁正在渐渐向他逼近,围绕着他,他正处在一双眼睛的注视下。他猛地转过身,跑过空地,紧跟着巡逻队挤过荆棘通道。刚一进入森林,他就往湖泊的方向跑去,心里念着那凉爽而湿润的空气。每每走上这条小径,那种气息都会环绕在他身旁,可眼下这森林却让他感觉陌生、不安,燥热的风中传来噼噼啪啪的声音。

他来到了湖岸边,距离过去水浪拍岸之处约一尾长的地方,一种陌生的空虚感出现在他的面前。松鸦羽已经习惯于呼吸时,湖泊上飘来的寒冷而湿重的风吹拂在自己皮毛上的感觉,但现在,风中除了尘土什么也没有。驻足在森林边上的

第四学徒

时候，松鸦羽感觉有两支巡逻队同时朝着湖泊进发，一支来自雷族，另一支来自风族。他们肯定都是为水而来。在更远的地方，松鸦羽听见影族巡逻队与河族武士发生了争执，河族武士正在守卫不断缩小的湖泊。

"湖水不是你们的，"黄毛厉声说道，"每只猫都有权饮水。"

"但湖水中的鱼是我们的。"灰雾反驳道，"你们胆敢碰鱼鳞半爪，看我不将你们的耳朵给撕扯下来。"尽管灰雾发出的是威胁，但河族母猫的声调低沉而焦躁，仿佛她已经没有多少力气了。

守在水坑边肯定很无聊，那里既没有树荫，也不能休息。松鸦羽心想。他走上干涸的湖床，感觉鹅卵石在爪下滚动。他知道就在这附近，一定有隧道口能让地下水涌现，流入湖泊。但谁都不曾提议在湖床上寻找这样的洞口。或许洞口被某次泥石流给堵塞了，就像上次雨暴跌进的那个烂泥坑一样。

想到这里，尽管天气很热，松鸦羽身子还是不由一颤，突然想起了埋住他姐姐冬青叶的那次塌方，那时隧道顶部坍塌了下来。有那么一个心跳的时间，松鸦羽仿佛再次站在了雨滴拍打着叶片的森林里，绝望地呼唤着他的姐姐。接着，他打了个激灵，从这段可怕的回忆中挣脱出来。

"嘿，罂粟霜！"冰云欢快的语调将松鸦羽拉回到枯涸的湖岸。雷族取水巡逻队也到了，冰云的身旁，是莓鼻和亮心。

松鸦羽意识到,在他身后不远,罂粟霜也小心翼翼地跳下了湖底。因为怀着幼崽,罂粟霜一路小跑跟着巡逻队,她的脚步声缓慢而沉重。

"嘿,"罂粟霜气喘吁吁地说,"真够热的,不是吗?这湖……"

罂粟霜还没说上两句,她的伴侣莓鼻就打断了她:"不是让你待在育婴室的吗?"

松鸦羽感觉得到罂粟霜吃了一惊。"我只是想舒展舒展筋骨,"她解释道,"想看看湖泊是否缩得更小了。"

"你该回去休息,"莓鼻声音有些紧张,"万一我们的孩子出事了怎么办?"

"但我想喝点儿水。"罂粟霜不满地说。

"冰云会给你带些回去的。"莓鼻说完朝远处的湖泊走去。

亮心和冰云都很尴尬,就连松鸦羽都能觉察到。"是的,罂粟霜,"冰云咕哝道,"我会给你带点儿蘸水的苔藓回去。"

"谢谢,但我自己能行。"罂粟霜的声音听起来有些生气,"待会儿见。"

罂粟霜拖着沉重的脚步离开了巡逻队。她依然尾随着莓鼻,但又不打算追上他。当罂粟霜经过松鸦羽身边时,她停下脚步问道:"我可以离开育婴室的,对吧?"

第四学徒

"当然,"松鸦羽回答道,"你的孩子还要过一个月才会出生。"

"我也觉得没问题,"罂粟霜说,"黛西说,我出来走走对孩子没什么坏处。"她发出一声疲惫的叹息:"可是,莓鼻似乎想让我永远待在育婴室!他说,现在武士巢穴已经没有地方让我住了。"

松鸦羽拖着脚走在滚热的地面上:"我相信他只是想照顾你。"

罂粟霜没有回答,只是怀疑地哼了一声,便走向水边。

松鸦羽不去想罂粟霜和莓鼻间的紧张关系。他回到岸边,找到了他的棍子。棍子被严实地压在距离岸边约一尾长的老树根下。松鸦羽坐在老灌木的树荫下,伸出脚掌抚摸着棍子上的划痕。模糊的低语环绕在他耳边,松鸦羽认出,有些声音是来自他和远古部落相处的时光。他集中精神,想听清楚那些谈话说的是什么,但那声音实在太微弱了。一阵悲痛如荆棘般刺穿了松鸦羽,他曾抛弃了他们。他们曾是松鸦羽的朋友——他也曾在他们永远离开湖泊时助过一掌之力。此刻那些远古猫的灵魂似乎正围绕在松鸦羽周围,他们用尾巴扫过松鸦羽的皮毛,将他们的气味混杂在干涸湖泊的气味中。

你们想要的究竟是什么?松鸦羽感觉到了他们的焦虑,心中问道。

但他们没有回答。

湖水那边传来咆哮声，分散了松鸦羽的注意力，他急忙把棍子塞回树根下，爬出了树荫，站了起来。

"这片湖区是风族领地！"当他听出是风皮的声音时，身子一僵，"回到你们那边去。"

"真可笑！"冰云反驳道，"我们的领地范围是延伸到离岸边三尾远的地方。"

"岸边是以有水的地方开始算起。"风皮咆哮道，"就是说，湖泊的这块地方是风族领地。所以你们赶紧离开这儿！"

"你是想逼我们出手吗？"那是莓鼻的声音。松鸦羽想象得出这只奶油色武士准备战斗的样子——身上的毛竖立着，龇牙低吼着。

我们最不需要的就是战斗！松鸦羽跳上前来，他腹部的皮毛擦过湖床上飞扬的尘土和松散的鹅卵石。"住手！"松鸦羽大吼一声，挤到两位武士之间，"这湖床对哪个族群有什么价值不成？"

松鸦羽察觉到风皮正面向自己，他听到风皮发出一声愤怒的吼叫："就知道你会这么说，你这只混血猫！"

风族武士的这股怒气，让松鸦羽十分震惊。他退后一步，鼻翼张开，开口说道："那跟这件事有什么关系……"

风皮把脸贴得与松鸦羽的脸更近了，嘶吼道："你的母亲背弃了我的父亲和她的族群，你无权担任巫医，甚至无权生活在族群。我永远也不会原谅你们的所作所为！永远！"

第四学徒

松鸦羽震惊得说不出话。他意识到身边的莓鼻已经怒不可遏。"松鸦羽,要不要我替你撕了他?"年轻武士低吼道。

松鸦羽摇摇头。那又能改变什么呢?他听见有脚步声传来,辨认出那是风族的副族长灰脚。

"这是怎么了?"灰脚问道。

"没什么,"风皮回答道,"就是为了取水有点儿误会。"

灰脚转向松鸦羽。"你该劝告你族武士待在你们那边的湖区属地,"她警告道,"以免将来再发生什么误会。"

松鸦羽不打算争辩,对风皮的恶意也未加理会。"好的。"说着他朝风族副族长灰脚低下了头。察觉到风皮一副自鸣得意的胜利姿态,松鸦羽真是怒火中烧。"走吧,"他对雷族巡逻队说道,"多待无益。"

雷族猫走在松鸦羽身旁,一起朝本族领地走去,松鸦羽感觉到族猫们的暴怒。

"真不敢相信还有这么卑劣的猫!"冰云愤愤地说道,"他怎敢对我们的行动指手画脚?"

"你该让我教训教训他!"莓鼻怒吼道。

"没必要理他对你说的那些话。"亮心的声调虽然平和许多,但松鸦羽仍能感觉到她的震惊。

松鸦羽耸耸肩,不想讨论风皮对他的控诉。好在亮心也没再多说,这让松鸦羽稍稍心安了一些。巡逻队朝着远处的水域

走去，松鸦羽则转向了岸边，热风吹拂着他的皮毛。即便在这炎热之中，松鸦羽还是感觉到一阵刺骨的寒意穿透自己，他感觉到远古猫再次环绕在他的周围。

当心，松鸦翅，一只远古猫低声说道，阴风袭来，乌云聚合。

第四学徒

第十五章

一阵干燥的微风掠过，扬起微尘，吹向鸽爪，她头顶上方的枝条也被吹得嘎吱作响。鸽爪眨眨眼睛醒来了，张开嘴巴打了个大大的哈欠。有那么几个心跳的时间，她想不起来自己现在在哪儿。这儿不是学徒巢穴！藤爪呢？

鸽爪爬了起来，感到一阵恐慌，但很快认出这就是前一晚她和其他武士一起搭建的巢穴，也认出了昨天他们从恶狗口中逃脱的那片空地。其他的猫都还在睡梦之中，只有狮焰正坐在几尾远的溪岸上。

"嘿，"狮焰温和地说，"白尾放完哨后碰巧我醒着，所以就替你了。"

鸽爪有些恼火，身上的毛根根刺痛。她跃过巢穴低矮的蕨壁，怒冲冲地大步走向老师。"我能自己放哨！"她大声说道，"不要把我看成一只幼崽。"

"你不过刚刚成为学徒哦。"狮焰提醒她。

鸽爪强忍着沮丧，这才没号叫出声来，她反驳说："预言才不会管这个，不是吗？我在离开育婴室之前就拥有了这种力

量。又不是星族等我长大才赋予我的。"

狮焰张开嘴正准备回答，但还没等他说话，就听到巢穴那边传来一阵沙沙声，是莎草须坐起身来，伸了个懒腰。莎草须环顾四周，眼里充满了震惊。然后她似乎想起了自己在哪儿，站起身来，抖落皮毛上沾着的苔藓屑。

"嘿，莎草须，"鸽爪喊道，"你的肩膀好些没？"

风族母猫尝试着活动活动腿脚，然后查看了一下伤势，松了口气，说道："好多了，谢谢。我几乎感觉不到疼痛了。"

莎草须说话的工夫，其他猫也开始醒了。不过，当他们发觉自己与别族猫离得有多近时，看起来都有些紧张。

"我们得出去狩猎了，"蟾足从窝里跳出来，大声说道，"我们得趁着天还没热起来，猎物还没藏进洞里时抓紧狩猎。"

"大家不要走太远，"狮焰提醒分散出发的众猫，"大家要小心些，那些狗可能还在附近。"

鸽爪将自己的感知力扩展开，但没有捕捉到狗的踪迹。这些蠢东西大概还在两脚兽主人的巢穴里睡大觉。不过她倒是发现了小溪对岸的树林里有一只松鼠，于是跳到对岸，朝松鼠奔去。我要为昨天只捕捉到那小不点儿老鼠挽回点儿面子。

鸽爪穿梭于林间，在一棵山毛榉树下发现了正在啃坚果的松鼠。她将身子紧紧贴着地面，确认风不会将自己的气味吹向猎物，然后做出狩猎的姿势，悄无声息地一点点逼近。就是这

第四学徒

样……看着那边……

她的脚掌敏捷地挥出，松鼠一下子就被拍倒在地。她自豪地小跑着返回，看到大家都已经回到巢穴旁了。狮焰猎杀了一只田鼠，虎心带回了两只鼩鼱，蟾足抓到的是一只老鼠，而白尾和莎草须合力捕回一只兔子。

鸽爪带着猎物回来时，听到狮焰正在向白尾和莎草须提议："你们该教教我们合作狩猎的技巧，大家今后可能用得上。"

白尾弹了弹耳朵，表示自己听见狮焰的话了。鸽爪猜想，她不会心甘情愿地把技巧教给别族猫的。

大家准备进餐了，这时涟尾和花瓣毛才赶回来。"我们一无所获，所以就不吃东西了。"花瓣毛虽然嘴里这么说着，但眼睛还是渴望地盯着猎物。

"胡说，"白尾轻松地回答道，"肚子空空怎么能继续远征呢？"

"没错，"狮焰补充道，"在这趟征途中，我们大家要一起分享。来吧，这儿还有很多猎物。"

听到这话，两位河族武士转身返回，鸽爪将她捕的松鼠扔到他俩面前。涟尾咕哝着说："谢谢。"

涟尾和花瓣毛开始进食，鸽爪感应到了他们的惭愧和尴尬，由衷地为他们感到遗憾。难怪河族猫会挨饿，他们仅仅依赖鱼这一种猎物。

待大家进食完毕,他们就再次出发了,还是由蟾足在前面领路。远征队静静地沿着河床走着,他们相处时的不安几乎和刚出发时一样。鸽爪能感觉到气氛越发紧张,似乎每一只猫都再次意识到,他们既不知要前往何处,也不知该如何抵达。

鸽爪的心里充满了恐慌。他们是因为我才来的。如果我错了怎么办?

鸽爪停了下来,努力不受身边森林中的声响干扰,然后闭上眼睛,让感知向前方延伸。立刻,有声音顺着河床传到她脚下的石子上,那声音中有刮擦声,撕咬声,水流被拦截而发出的拍打声,以及个头很大的棕色动物的脚步声,它们似乎正滚动着一堆树干。当棕色动物将更多的树枝拖进溪流里的时候,鸽爪感知到了它们庞大的身躯。

"鸽爪?你还好吧?"花瓣毛的声音,吓了鸽爪一跳。

鸽爪的眼睛眨了眨睁开了,看到处在队尾的河族武士正扭头看着她。

"呃……当然了,我很好。"鸽爪回了一声,奔跑着追上队伍。

再度确认棕色动物真的就在前方,这让鸽爪稍感心安。队伍继续行进时,她走在花瓣毛的身旁。头顶上的树叶越来越厚,遮住了强烈的阳光,大家感觉如同穿行在一个凉爽而昏暗的隧道。鸽爪甚至发现了突出来的溪岸下有一个水潭。

"看那边!"鸽爪大喊道,用尾巴友好地碰了碰花瓣毛的

第四学徒

肩膀,"说不定那儿有鱼呢。"

鸽爪的话中带点儿小小的戏谑意味,不料,这只河族猫耳朵竖了起来:"说不定真的有。"

花瓣毛走到水潭边,向下凝视着静止的绿水。涟尾也跑过来,嗅了嗅空气问道:"有鱼?"

"是的!"花瓣毛的尾巴在空中竖起,"有鱼。溪流的其他部分干涸后,这些鱼肯定是游到这儿存活了下来。"

"你能捕到鱼吗?"虎心好奇地问。

"她可是捕鱼好手。"涟尾的眼中闪烁着自豪。

"你们往后站站,"花瓣毛吩咐道,挥挥尾巴示意大伙儿散开,"如果你们的影子倒映在水中,鱼儿就知道自己被盯上了。"

"这就像我们狩猎时要待在猎物的下风向一样。"当他们撤后时,鸽爪对狮焰低声说道。

涟尾和花瓣毛在水潭边蜷伏下来,死死盯着潭水,耐心地等候着。时间一点一点过去了,鸽爪不耐烦地活动了下脚掌,接着继续保持静静的站立姿势,心里好奇鱼儿能否感觉到地面的震颤。大家都在等待。鸽爪的腿和皮毛疼痛起来,她差点儿打出哈欠。这就是河族猫捕鱼的方式吗?希望捉到的鱼能值得这般等待。

突然,涟尾迅速将一只脚掌探进水里,舀起了一条小银鱼,落下的水滴形成一道弧线。鱼儿滑落在干涸的河床上,拼

命地挣扎着，最后，花瓣毛一脚掌拍死了它。

"看那边，"涟尾说，"其他的鱼这会儿大概已经都吓得逃到了幽深的水底，但至少，我们还抓到了一条。"

"大家过来一起享用吧，"涟尾主动提议道，"没吃过鱼的一生是不完整的！"

当一旁的同伴小心翼翼地靠近时，两位河族武士热情地看着。白尾第一个试探性地咬了一下。

"呃……还是不了，谢谢。"她说着，舌头舔舔嘴唇，"我想我还是习惯吃兔子。"

"我也是。"莎草须勉强舔了一下，表示赞同，"抱歉，我还适应不了这个味道。"

"我敢打赌，我可以！"虎心吃了一大口，"味道好极了！"他嘟哝着说。

鸽爪等蟾足和狮焰尝完了，然后蹲到鱼的面前，小心翼翼地咬了一口。气味非常浓烈，不太好闻，她还是更喜欢老鼠或松鼠的味道。

"谢谢，真是……与众不同。"鸽爪说着从鱼跟前推开，让河族猫将剩下的鱼吃完。

当他们继续前行时，鸽爪意识到自己的脚掌和胡须上都是鱼腥味儿。老鼠屎！现在我根本闻不到别的东西了！

溪谷在前方拐了一个急弯，领先队伍几步远的蟾足突然停了下来，猛地转身命令道："现在赶紧爬到溪岸上去！"

第四学徒
DISIXUETU

"为什么？发生什么事了？"狮焰大喊。

"照做就是了！"蟾足嘶嘶地吼道，身上的毛乍开了，眼睛瞪得溜圆。

蟾足的催促犹如一阵狂风，迅速传给了身后的远征队员。鸽爪和身旁两个同伴爬上陡峭的溪岸，蟾足领着大伙儿沿树下穿行，抽动尾巴催促大家尽快跟上。

拖在后面的虎心朝溪岸边走去，向下瞥了一眼，不禁呆住了。"噢……"他喘着粗气说。

尽管听到蟾足在她身后恼火地发出嘶嘶声，鸽爪还是好奇地来到虎心身旁。霎时，鸽爪感觉有胆汁漫到喉咙，她吞咽了一下，当下明白了蟾足为何催促他们尽快离开。那是一只死鹿，躺在河床中，它那僵硬伸展的腿挡住了路。一群苍蝇围着它嗡嗡转，一股甜腻的腐烂气息飘浮在空气中。

当其他猫走过来查看她和虎心在看什么时，鸽爪连忙后退几步。

"可别说我没提醒你们。"蟾足瞧着他们那作呕的表情，挖苦道，"我嗅到了死鹿——虽然只是一丝丝轻微的气味，因为风从我们背后吹来——我还想保持健康。"

"太对了，"白尾回答，"它有可能是死于疾病。"

"更像是渴死的。"涟尾悲伤地补充道。

远征队继续朝前走，等离死鹿有一段距离了，他们又下到河床中。忧郁的情绪如阴云般笼罩在大家心头。鸽爪猜，大家

一定在想，湖里得重新注入多少水才能满足族猫们的需要。

"我也不知是怎么回事，"鸽爪对狮焰小声说，"我本该比蟾足先嗅到鹿的气味，但我却没有。"

狮焰耸耸肩，说道："就像他说的，风从我们身后吹来。再说了……你别见怪，鸽爪，但你现在闻起来简直像条鱼。"

鸽爪不禁叹了口气："或许吧——但我应该更警觉的。"我还漏掉了什么呢？

几个心跳的时间过后，虎心退后几步和鸽爪并肩同行。"你还好吗？"他问道，声音里充满了关心。

"不过是只死鹿。"鸽爪努力让自己的声音听起来仿佛看到死鹿并没有使她感到震惊。她不希望在虎心的眼里，自己是一只没用的幼崽。"看！"她将一只耳朵朝向他们前进的方向，"树木变得稀疏了！"

鸽爪成功地分散了虎心的注意力。虎心跳上前去看个究竟。其他的远征队成员也加快了步伐，爬出河床，沿着树林边站成一排。鸽爪朝树林那边的牧场看去，只见一些毛茸茸、毛色灰白的动物在吃草。

"那是什么？"花瓣毛惊讶地大喊道，"它们看起来像蜘蛛网做的一样！"

"噢，不过是些羊。"白尾回答道，"我们在风族领地上经常看到它们。"

"它们的皮毛很适合铺在窝里。"莎草须补充道。

第四学徒

进入牧场后,白尾率领着队伍沿着小溪的岸边行进。裸露在辽阔的天空下,头顶没有什么遮蔽,这让鸽爪感到很不自在。值得庆幸的是,风族猫在这种地方行动的经验十分丰富。忽然,鸽爪听见身后传来一声响亮的犬吠,霎时间空气中全是狗的气味,使她感知不到其他东西。她猛地转过身,看见一只两脚兽走在树林边,还有一只棕白色的小狗小跑着跟在它脚边。

这只狗刚一嗅到猫儿的气味,就朝他们奔来,叫声甚至更大了。鸽爪拼命看着四周,发现除了他们刚刚离开的那片树林,无树可爬。

"跑!"蟾足大吼道。

远征队的脚步重重地落在低矮的草地上,朝牧场的另一端猛冲过去。鸽爪边跑边回头瞥了一眼,喘着气说:"那只狗要追上我们了!"

白尾也回头看了一眼,然后发出一声尖叫:"朝羊群跑!"

"什么?"虎心急转身时差点儿被自己的脚掌绊倒,"为什么朝羊群跑?"

"两脚兽从不让狗靠近羊,"白尾气喘吁吁地说,"可能是羊对狗有威胁吧。不管怎样,只要能跑到羊群那儿去,我们就安全了。"

于是,白尾带头冲向羊群,鸽爪害怕得心怦怦直跳。但她

别无选择,除非她想和狗一起待在开阔地带。鸽爪和其他远征队成员,一起从这种古怪的动物的腿下钻过。

羊挤成一团,发出尖锐的叫声,似乎对狗很害怕。鸽爪从这些庞大的灰色身躯中瞥见,狗在离羊几尾远的地方,不停绕着圈奔跑,狂吠不止。羊群开始在牧场上一起奔跑。众猫别无选择,只好随着它们一起移动,还得拼命闪避干瘦的羊腿和锋利的羊蹄。鸽爪快被温热而油腻的蜘蛛网状皮毛挤扁了,其他同伴也消失在她的视野中。救命!他们都去哪儿了?

这时,鸽爪听见了两脚兽威严的喊声,盖过了羊群的嘈杂声。于是,狗的叫声停了,鸽爪再也看不见狗了,但仍听得见它咚咚地踏着草地,然后极不情愿地跑回它的两脚兽主人那儿去了。

羊渐渐地消停下来,仍不时发出刺耳的咩咩声,停在牧场另一端的树篱旁。鸽爪挤来挤去地来到羊群外边,看见虎心和狮焰一起出现在几尾远的地方。蟾足跟着他们一起来到开阔地带,身后是花瓣毛和涟尾。几个心跳过后,白尾和莎草须也出现在更远一点儿的地方。

"我们离开这块牧场!"白尾喊道,"穿过树篱!"

鸽爪依命行事,肚皮紧贴着地面的枯叶和碎石,从篱笆下钻出来,树篱枝条上的刺划过她的背。树篱的另一边,是一块草地,再过去一点儿,是黑色的石头。远征队在黑色石头那儿重新集合,众猫不住地喘着粗气。

第四学徒

鸽爪瞪大了眼睛看着同伴们，只见他们的皮毛结成了块，粘满了一撮撮黏糊糊的羊毛，酸臭味从他们身上散发出来。我也好不到哪儿去，她厌恶地想，扯下挂在肩上的一绺灰毛，好在大家都没有受伤。

她垂下头去舔胸前的皮毛，但难闻的味道让她停住了，只是抬头看着天空。片刻之后，一声滚雷在她身边响起，吓了她一跳。天空蔚蓝，只有几缕薄云被风吹动着。可是，雷声仍越来越响，一股发苦的灼烧气味淹没了她。

鸽爪四处张望，被这个声音和恶臭的气味以及感知到的巨大的发光的东西给弄糊涂了，那个东西硬得就像一块石头……

"回来！"狮焰尖声喊道。

狮焰推着鸽爪和花瓣毛回到带刺的树篱中。鸽爪跌了一跤，差点儿扎在刺上。就在这时，一只身形庞大的银色怪物咆哮而过，它的黑色脚掌圆滚滚的。

"那……那是什么？"鸽爪结结巴巴地说着，自己爬了起来。

"一只怪物。"狮焰语气紧张地告诉她，"它们总是沿这些雷鬼路奔跑。"他挥动尾巴指着那块又平又黑的石头："我们去两脚兽领地找日神时看见不少这种怪物。"

"大迁徙时，我们也得穿过雷鬼路。"白尾补充道，"其中一条路还穿过了旧森林。它们十分危险，我们都得保持万分小心。"

鸽爪小心翼翼地靠近雷鬼路的边缘,试探性地嗅了嗅。她闻到一股苦味,不禁皱了皱鼻子。远征队的其他成员站在她身旁。虎心小心翼翼地伸出脚掌碰了碰坚硬的黑色表面,然后又抽了回来。

"我们最好别在这儿晃悠了,"狮焰建议道,"趁雷鬼路这会儿没怪物,我们赶紧穿过。"他从鸽爪身边走过时,小声问:"安全吗?还有其他怪物往这边跑吗?"

鸽爪扩展着自己的感知范围,探听有没有其他可怕的生物,但各个方向都没有动静。"没事。"她轻声说。

"嗯。"狮焰提高了声音,"大家全速跟上我,别停!"

说着,他从草地边缘冲了出去,跳着穿过雷鬼路。鸽爪跟着,眼睛死死盯着狮焰,也觉察到其他猫都跑在身旁。就在他们跑到了另一边的草地时,不料,竟被一道闪着银光、纵横交错的篱笆拦住了,篱笆高出鸽爪头顶好多。

"我们现在该怎么办?"涟尾伤心地说,"这条路走不通了。"

"走这边!"沿着篱笆走在前方几尾远的蟾足大喊道,"这儿有个洞,我们应该能钻过去。"

蟾足紧贴地面,慢慢向前挪动,钻过篱笆底部狭窄的缝隙,几个心跳过后,他就站在了另一侧的草地上。"来吧,很容易的。"他鼓励着同伴。

白尾随后跟着钻过了篱笆,然后是鸽爪。鸽爪扭动身体穿

第四学徒

过缝隙时,背部碰到了两脚兽的坚硬东西,不禁身子一抖。其他猫也紧随其后,狮焰一直在一旁戒备。直到确保其他猫都安全地逃到篱笆另一侧后,狮焰才边抱怨边艰难地钻过了篱笆。

鸽爪静静地站着四下张望。眼前是一块平坦的草地,自从气候变得炎热干燥后,她还从未在哪个地方见过比这更绿的草地。再往前一点儿,是红色石头建成的两脚兽巢穴。鸽爪从没想到,一块地上居然会同时存在这么多的两脚兽巢穴。这片巢穴中传出了一阵又一阵雷鸣般的噪声,它们如潮水般扑来,淹没了鸽爪的感知,令她摇晃起来。两脚兽们发出的尖叫声、谈话声、乒乓声、吼声、隆隆声,简直一刻也不停。

鸽爪拼命将两脚兽的声响堵在耳外,将关注力聚焦在周围的同伴和眼前的事物上。直到这时,她才意识到视野中似乎缺少了某件东西。

"小溪在哪里?"她气喘吁吁地问。

第十六章

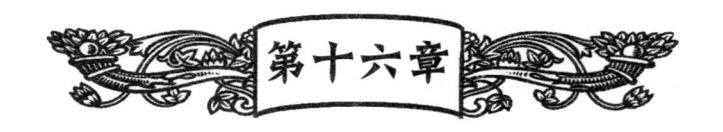

狮焰听出他的学徒的叫声中透着恐慌,也看到她的眼神中流露出恐惧。他不声不响地走到她跟前,用尾巴搭在她的肩头。"镇静点儿,"他低声说,"没事的。"

涟尾环顾四望。"水是不会往高处流的,"这只河族猫说,"这样看,小溪必然在那边什么地方。"说着,他用尾尖指向平缓、翠绿的斜坡底部的一排深草。

"我们去那儿看一下。"蟾足建议道。

蟾足让涟尾领队,远征队排列成一线,沿着银色篱笆小跑过去。他们刚刚走过了不过几只狐狸身长的范围,狮焰就听到有两脚兽的喧闹声从草地的另一端传来。接着,一群两脚兽幼崽突然冲进开阔地,闹哄哄地大喊大叫着,用它们的后脚掌踢一个看起来像很光滑的圆石般的东西。

"快!"看到两脚兽幼崽穿过草地朝他们的方向跑来,蟾足忙向同伴喊道。

每只猫都加快速度飞奔起来,尾巴平拖在身后。两脚兽离他们越来越近,它们仍在高声叫喊着来回踢着那个圆石般的东

第四学徒

西,狮焰感到脚掌下的地面都在震颤。他连忙跳进坡底的深草丛中,但没等他松口气,就又发出一声惊叫。他脚掌下的地面突然下沉了。狮焰顺着浅崖连滚带跳地下去了,脚掌和尾巴在空中扑打着,然后重重地摔在坚硬的鹅卵石地上。

"是小溪!"涟尾说道。

摔得头晕眼花的狮焰坐起身来,四下张望。他又回到了干涸的河床里,头顶两侧悬着的杂草几乎快碰到一起了。散落在他周围的同伴们纷纷爬起来,查看各自被刮伤的掌垫和被钩破的皮毛。

"我几乎吞掉了这条小溪里的每一粒沙。"虎心抱怨着,呸呸地吐着口中的沙粒。

"不,你才没有呢,"蟾足低吼道,使劲儿抖动着皮毛,"沙粒都沾在我皮毛上了!"

这时,狮焰看到鸽爪正蜷伏在一块突起的岩石旁边,眼睛里满是惶恐。"我本该听见两脚兽过来的!"她低声说,"我应该知道将要发生什么,然后提醒你的。"

狮焰扭过头看看其他队员,大家已经准备好了再次出发。"鸽爪的掌垫上扎进了碎石,"狮焰大喊道,"我们俩先把碎石舔出来,几个心跳后就去追上你们。"

然后狮焰向鸽爪俯过身,这样就没有猫听见他说什么了。狮焰说道:"没谁要求你对同伴的安全负责。你之所以能参与这项行动,是因为你首先察觉到有棕色动物拦截了水流。

猫武士

但这并不意味，其他队员就没有能力通过倾听和观察来保护自己。"

鸽爪不开心地眨眼看着狮焰。"我讨厌这儿，这儿离两脚兽地盘那么近。"她咕哝道，"两脚兽太多了——我脑子里全是两脚兽的声音、气味和样子。我根本无法处理这么多信息！我只能专注于眼前的事物。"她睁大了眼睛，眼中仿佛含有一池悲痛似的："我就像瞎了似的！"

狮焰低下头，用鼻尖碰了碰鸽爪的耳朵，以示安慰。与此同时，他努力驱散袭上心头的一丝隐忧，他担心鸽爪需要屏蔽大量的无关信息才能应对身处陌生环境的压力。狮焰意识到，自己是多么依赖于鸽爪告诉他们前方发生了什么。

即使没有她的超力量，我们也会没事的，狮焰努力安慰自己，毕竟，以往的远征大家也只依靠普通的感知就能完成。

"没事的，"狮焰安慰道，"至少我们再次找到了小溪。"说话时，他仍听见头顶上方的草丛那边传来两脚兽的喧闹声，声音中还夹杂着光滑圆石的撞击声。

"那不可能是石头，"莎草须一边观察一边晃动着耳朵，"那东西要是石头的话，它们的后脚掌会碎掉的。"

莎草须的话音刚落，那圆石般的东西就撞进他们面前高高的草丛，落在了溪岸边上。虎心和莎草须冲过去打算瞧个仔细。

"小心点儿！"白尾和蟾足异口同声地叫喊道，接着尴尬

第四学徒
DISIXUETU

地对视了一眼。

两位年轻武士直接忽略了他们的话。虎心爬上河床的一边,用鼻子推了推那个圆石似的东西。

"不是石头!"虎心惊讶地叫了一声,"看!"他又用鼻子推了推,那个东西居然弹开了,简直比树枝还要轻。

"鼠脑子!"狮焰嘶嘶地叫道。他跑上前去,用力一推,将那个圆溜溜的东西送得更远。"离它远点儿。"他提醒虎心和莎草须,"这可是两脚兽的东西!"

虎心、莎草须、狮焰还没藏回河床,这时,一只两脚兽幼崽笨拙地穿过高高的草丛,朝伙伴喊着什么。狮焰猜它是在寻找那个圆圆的东西。

"快躲起来!"狮焰嘶嘶道,"蹲下!"

狮焰蹲在虎心和莎草须旁边,仅有少少的几根草茎遮掩在他们前面,感觉一点儿遮挡也没有。虎心神经紧绷,保持着警觉,莎草须倒是一副轻松自在的样子,一动不动,一声不吭,甚至连眼睛都不眨一下,就死死地盯着眼前这只两脚兽幼崽。

这也对,狮焰叹道,风族猫惯于在没有植被遮蔽的环境中狩猎。

似乎过去了几个月,两脚兽幼崽才发现了那个圆东西。它捞起圆东西就跑开了,伙伴们号叫着迎了上来。隆隆的脚步声穿过草地,渐渐地,吵闹声消失在了远处。虎心、莎草须、狮焰这才滑入河床。在等待同伴的过程中,蟾足的颈毛一直竖

着。

"你们真是彻头彻尾的鼠脑子吧?"蟾足质问道,"你们是想被两脚兽抓住吗?"

"对不起。"虎心小声回应。

白尾盯着愧疚得低下头的莎草须。

"大家赶紧出发吧,"蟾足吆喝道,"我们在这儿浪费太多时间了。"他跑了起来,回头补充道:"棕色动物总不会在这四周吧?"

"呃……对。"鸽爪磕磕巴巴地说。

干涸的小溪绕过两脚兽幼崽们玩耍的绿地,接着流经两脚兽那一排排的巢穴,一块块整齐的草坪从巢穴边直通溪岸。树枝悬于河道上方,狮焰由衷地感谢沿途树荫和植被的掩护,特别是当听到从两脚兽巢穴方向传来两脚兽幼崽的阵阵叫喊声时。

狮焰不时将脑袋探出溪岸,他看到两脚兽幼崽们有的相互追逐,有的在踢更多的圆球似的东西。他还看见一只年轻的两脚兽骑在一根木棍上兴奋地大喊大叫。那根木棍的两端系着两条长长的藤蔓,挂在树上。

"你觉得那是什么?"狮焰问爬到他身旁的白尾。

"我不知道。但不管是什么,幼崽们玩得挺开心的。"风族母猫耸耸肩。

远征队沿着小溪一路向上,太阳升到高空又落了下去。狮

第四学徒

焰的肚子开始咕咕叫了起来，此时距他们早上进食已经过了很长时间。白尾和莎草须似乎突然被什么东西刺激得兴奋了起来，她俩竖起耳朵，抖动胡须，不停地低声对话。

"怎么了？"狮焰问道。

莎草须转向狮焰，双眼发光："我们闻到了兔子！"

"什么？"蟾足停了下来，轻蔑地摇动着尾巴，"你们脑子里进蜜蜂了吧？兔子是不会住在离两脚兽这么近的地方的。"

"是啊，两脚兽可能会捉兔子的。"虎心补充道。

"这里绝对有兔子，"白尾坚持说道，狠狠瞪了影族武士蟾足一眼，"而且还离我们不远。"她悄悄爬上河床，鼻孔抽动着。莎草须拍了拍白尾的肩膀。

狮焰扭头对鸽爪说："她们说得对吗？"

学徒鸽爪的反应令狮焰十分的失望。只见她耸耸肩，嘀咕了一句："我不知道，我的感知仍然封闭着。"接着，她猛地抬起头瞪着狮焰："这根本不受我控制，懂吗？这里杂音太多，我什么也听不见。"

"好吧。"狮焰赶紧安慰她，不希望有别的猫注意到他们的谈话。

突然，白尾和莎草须脚掌发力，飞跑起来。这两只风族猫冲到岸边，消失在溪畔深深的草丛里。

"狐狸屎！"蟾足嘶嘶地骂道，追了上去。

猫武士

狮焰和其他猫也追了上去，在奔上了溪岸的最高处后，他们集体刹住了脚步，将目光投向草丛。

"这儿真的有只兔子！"花瓣毛惊声说道，"而且是两只兔子！"

狮焰的嘴里顿时冒出了口水，他死死地盯着那两只小东西：它们非常年轻，很肥硕，长着浓密的黑白相间的皮毛。它们正坐在草地上啃着什么东西，对狩猎者的接近毫无警觉。它们身下的草地一直延伸到两脚兽巢穴那里。不知道什么原因，两只兔子被圈在一个亮闪闪的篱笆里面，一看就知道是两脚兽的东西。只不过，那篱笆很矮，猫可以轻而易举地从上面爬过去。

白尾和莎草须已蹲伏在草地上，时刻准备一跃而出。狮焰身体紧贴地面，爬到她俩身边，狮焰感觉到蟾足就跟在身后，远征队的其余成员也分散开来，以便截击可能逃跑的兔子。狮焰看到白尾肌肉隆起，准备越过篱笆。一个心跳后，几尾外的树上传来一声怒吼，白尾整个儿僵住了。

"喂！对，就是说你！停下，别再往前走了！"

三只宠物猫从树上跳下来，闯入狮焰的视野，让他大吃一惊。这三个家伙跑过草地，站在两只风族猫和兔子之间。带头的是一只橙色公猫，黄色的眼睛闪烁着。紧跟着的两只猫，一只是体形很小的白色母猫，一只是胖滚滚的黑棕色虎斑公猫。

橙色公猫直冲到白尾面前，两位同伴紧紧站在他身后。那

第四学徒

两只猫看起来非常惊恐，他们蓬开皮毛，耳朵也平贴在头顶上。

橙色公猫龇着牙，嘶吼道："你们不能猎捕这些兔子！"

"哦，是吗？"莎草须从狩猎的蹲姿转为站立，鼻子抵着宠物猫的鼻子。"如果你想为此开战，那就来吧。如果你们不想你们的领地被入侵，那就该多做些气味标记！"

"领地？"小白猫听起来有些疑惑，"你在说些什么？"

"领地！"蟾足咆哮道，走上前站在莎草须身旁，"别装傻，难不成你们连领地是什么都不知道吗？"

"这是我们主人的巢穴。"黑棕色公猫说。

"但兔子不在你们的巢穴里，不是吗？除非你们在自己的领地上做了气味标记，否则谁都可以在此猎捕。"白尾的话听起来像是在和一群特别愚笨的幼崽说话。

"胡说，你们不能猎捕它们。"橙色公猫不肯退让，脖颈儿的毛根根直立。

虎心眯起眼来："我说啊，宠物猫……"

"可真好笑！"莎草须不耐烦地打断了虎心。"有两只美味的兔子正等着被抓，而我们却在这里争争吵吵。难道是你们要捕兔子吗？"她问宠物猫，"因为……"

三只宠物猫惊骇地喘着气，瞪大了眼睛。

"不是！"虎斑公猫大喊道，"这些兔子属于我们的主人。"

"要是我们猎捕了它们,那我们可就惹上大麻烦了。"橙色公猫补充道。

"就是。"白色母猫说道,"这附近的每一只猫都知道,从前那只猎捕了自己主人家的兔子的公猫最后是什么下场。"她突然压低了声音:"他被主人送到'切除者'那里去了。再后来,他就像完全变了只猫似的。"

狮焰和其他几位族群猫困惑地相互看着。"我算是听明白了,"涟尾说道,"宠物猫在守卫着两脚兽的兔子!"

"那又如何?"蟾足咆哮道,"无论怎样,我都打算抓走这两只兔子。它们看起来那么肥而且还那么慢,任谁都抓得到,而不仅仅是风族猫。"

蟾足猛地扑向银光闪闪的篱笆,抓住篱笆开始往上爬。但橙色公猫立刻一口咬住蟾足的尾巴,将他猛地拉了下来。

蟾足爬起身,跳转过来,伸出爪子。"闪开,宠物猫!"他厉声说道,"你以为你能阻止我吗?"

"不要这样。"狮焰挤到两只猫之间,"我们到别处去狩猎吧。"

"是啊。"白尾听起来很失望,但语气坚定,"这些兔子被保护得很好。我们现在可不能冒受伤的危险。"

蟾足又瞪了橙色公猫一个心跳的时间,然后怒气冲冲地耸耸肩,转身离去。三只宠物猫护卫在兔笼前,一直看着族群猫穿过草地前往河床。

第四学徒

虽说狮焰阻止了一场战斗,但他发现仍然很难控制住自己内心的愤怒。留着这些兔子真是浪费。我们本来可以饱餐一顿的。

"那些家伙会以为战胜我们了呢!"蟾足大喊道,他又不舍地扭回头看了最后一眼,才不甘心地跳回河床,"看看他们!真想一爪抓掉他们那一脸得意的表情。"

"不过,白尾说的是对的:我们不能冒险。"花瓣毛提醒他,"在找到水源前,保证我们每一位的安全是最重要的。"

"好吧,"蟾足阴沉着脸嘀咕道,"等着瞧,等我们回来时……"

远征队再次上路,一路上都静默无言,直至远远地将两脚兽的巢穴甩在了身后。花园远去,眼前出现了长满刺的矮树林,小树苗从盘根错节的灌木中探出头来。

"我觉得我们应该在此处歇歇脚,先找些东西吃。"涟尾说道。

狮焰看得出涟尾和花瓣毛累得眼睛都发直了,便赞同道:"好主意。"说话间,他看到蟾足无比懊丧地卷起嘴唇,便解释道:"我们不知道什么时候才能再碰上这么好的地方。"

影族武士发出一声夸张的叹息:"好吧,那就赶紧吧。但愿不会再碰到愚蠢的宠物猫挡路了。"

这时,鸽爪猛然竖起尾巴。她耳朵朝矮树林的另一侧一指,对狮焰低声说:"我听见那里有只鸟。它正在把蜗牛往石

头上撞。"

狮焰侧耳听了听，但什么也没听到。"你去捉吧。"他不禁有些欣喜，因为他的学徒终于开始重新施展她那异常敏锐的感知力了。

鸽爪开心地跳开了。狮焰驻足了片刻，嗅了嗅空气，发现在附近的树梢上有一只松鼠。他爬上树干，在猎物下方的树枝上停住，突然，一声洪亮的猫叫声从下方的地面上传来。

"嘿，又遇上了！"

松鼠受到惊吓，直起身，一溜烟地消失在旁边那棵树的叶片中。狮焰恼火地喷着鼻息。他低头一看，是那只在两脚兽巢穴守卫兔子的白色母猫，她就站在狮焰所在的那棵树的树脚下，绿莹莹的眼睛友善地盯着他。

"你刚刚又吓走了我的下一顿饭。"狮焰抱怨着，爬下树，来到她身边。

"对不起，"白色宠物猫冲狮焰眨眨眼睛，"我只想看看你怎么狩猎。我就猜你们还在这附近，毕竟你们刚才那么想去抓那些兔子。你们真的只能自己捕食吃吗？我们有时候会捕些老鼠，但并不是非抓不可。我是说，有哪只猫会愿意吃皮毛、啃骨头呢？"

多的是！当喋喋不休的宠物猫停下来换气时，狮焰心想。她就真的这么愚蠢吗？这时，狮焰在黑莓丛边上又看到另一只松鼠，于是对宠物猫匆匆点头道别，急忙追了上去。

第四学徒

但白色母猫紧跟着狮焰。"你是要猎捕那只松鼠吗?"她问道,"我能看看吗?我会很安静的。"

太迟了!狮焰叹了口气,因为松鼠的耳朵已经竖了起来,跃上了最近的一棵树。它坐在矮枝上,愤怒地朝下面的两只猫叫了几句,随后消失了。

白猫显然还没有意识到自己做了什么,继续喋喋不休地说道:"我叫雪莲。那只橙色公猫叫塞维利亚,黑棕色虎斑猫叫拼图。谢谢你们没有捕杀兔子。那只偷吃主人家兔子的猫的故事是真的。"

狮焰深吸了一口气,转身面向雪莲。"聊聊天什么的是不错,"他从牙缝里挤出几个字,"但我现在很忙。"

狮焰发觉自己纯属白费口舌,因为雪莲根本没有听懂狮焰隐晦的话外音。

"你们究竟在这儿做什么呢?"雪莲问道,她的目光穿过树林,看着其他正在悄悄追踪猎物的猫,"你们是从主人家里逃出来的吗?还是说你们迷路了?你们在寻找回家的路吗?"

狮焰竖起尾巴想制止宠物猫的一连串的问题。"不,我们不是宠物猫,"他尽量避免自己的话有所冒犯,"我们以族群为居,住在下游的湖泊附近。"

"族群?"雪莲听起来有些不解。

"就是一大群猫生活在一起,"狮焰解释道,"我们有族长……"

"你们在这儿吵吵嚷嚷什么呢?"蕨丛被分开,蟾足从中走了出来,他的毛恼怒地竖立着,丢下嘴里叼着的老鼠,"看在星族的分上,你们发出的声音已经吓走了这儿和湖泊间的所有猎物。"

"你好!"面对影族武士的暴脾气,雪莲似乎一点儿也不在意,"我叫雪莲,你呢?"

蟾足讶异地和狮焰交换了一下眼色。"别放在心上,"狮焰赶紧对雪莲解释道,"我们有使命在身,你帮不上忙的,所以请离开吧。"

雪莲瞪大了眼睛:"噢,哇,使命!"

"我们在寻找水源。"狮焰解释道。这时候,其他队友都跑过来看发生了什么。鸽爪抓回了一只画眉鸟,涟尾得意扬扬地把一只田鼠放到了画眉旁。狮焰继续说:"我们认为,有棕色动物阻塞了小溪。"

"噢,真的吗?我还一直纳闷儿这是怎么一回事,"雪莲尖声说道,"我也很喜欢小溪呢。躺在草地上看水边的昆虫吱吱叫可有意思了。"

蟾足翻了个白眼。

"我能和你们一起去吗?"雪莲突然问道,"肯定很有趣!说不定你说的棕色动物就是狗——你觉得呢?或者是巨大的兔子!"

"抱歉,不行。你不能跟着。"涟尾说,"你似乎没能力

第四学徒

照顾好自己。"

雪莲的目光落在刚捕捉到的零星的几块猎物上。"你们看起来也没把自己照顾得有多好。"她评论道。

"我们好得很。"涟尾说道,"现在赶紧回你的主人家吧。"

蟾足摇晃尾巴示意远征队出发,吼道:"大家待会儿再进食吧。"

听到命令,白尾叼起了鸽爪的画眉鸟,花瓣毛拾起老鼠,狮焰也叼起了田鼠。在他跳回河床前,狮焰又回头看了一眼雪莲。她还坐在原地,目送着他们离开,她的头低垂着,很不高兴。

就这样抛弃雪莲,狮焰感觉有点儿内疚,于是又冲了回去。"给,你想尝尝田鼠吗?"说着,他将田鼠扔在雪莲爪前。

雪莲眼里充满了恐惧:"啊?连皮带毛一起吃吗?我不!"

狮焰听见同伴们发出戏谑的冷哼声。"好吧,那么再见。"狮焰匆匆说了一句,刚想跑开,又想起来要带上田鼠,便一口叼起猎物奔回到同伴身边。

太阳西沉,远征队再次出发。黄昏时,他们来到了一处陡峭的峡谷中,这里的树都很老,树干伸展得很长,树枝也弯弯扭扭。白尾在前方侦察时,发现一棵高大的空心树上有一道裂

缝，裂缝里的地面上覆盖着一层厚厚的枯叶，这里的空间足够大，能容纳下众猫蜷起来休息。

"太棒了！"狮焰打了个哈欠，"别的不说，这儿挺安全的。"

虽说感觉很安全，但狮焰仍认为，最好还是要安排岗哨。因为昨夜替鸽爪放哨，他早已精疲力竭，因此，涟尾主动提出要第一个放哨时，他也就没有去争。他爬入树洞中，发觉大家躺倒在一起相互挨得很近，而且没有谁觉得被打扰，于是欣慰地蜷缩在鸽爪身旁。他几乎刚合上眼皮就睡着了。

刚睡熟不到一个心跳的时间，狮焰的肋骨上就被戳了一下。他醒了过来，月光从树干的缝隙间照射进树洞，鸽爪正俯身看着他，眼睛里闪着兴奋。

"怎么了？"狮焰咕哝了一句。

"我能听见棕色动物了！"鸽爪告诉他，兴奋地摇晃着尾巴，"我们快到了！"

第四学徒
DISIXUETU

第十七章

　　松鸦羽抬起头尝了尝空气。夜幕降临后，空气稍稍凉爽了些。一阵微风拂过，石头山谷上方的树枝沙沙作响，扬起了松鸦羽巢穴地面上的尘土。几只猫围聚在少得可怜的猎物堆旁。他们轻柔的话语飘过黑莓屏风，隐隐约约地传入松鸦羽耳中。

　　松鸦羽不禁叹了口气，他真希望自己也能拥有鸽爪那敏锐的感知力。那样的话，他就能追踪她和狮焰以及其他的远征队成员了。他们已经离开了两天，松鸦羽很想知道他们是否还在苦苦搜寻，是否寻觅到了棕色动物的踪迹，是否探明了水流被堵塞的原因。前一天晚上，松鸦羽尝试着走进了狮焰的梦里，然后发现自己走在干涸的河床上，陌生的树枝在头顶弯成拱形。有那么一个瞬间，松鸦羽捕捉到了他哥哥的气息，还有一次，一条金色的尾巴尖就在自己前方的圆石背后挥舞，但他无论怎么拼命奔跑也追赶不上，即使大声呼唤，狮焰也没有理睬。

　　他离得实在太远了。苏醒之后，松鸦羽心里满是遗憾。他感觉自己的腿隐隐作痛，仿佛他真的追逐了同窝手足一路似

的。现在你已经不可能赶上他了。

松鸦羽皮毛突然刺痒起来，他渴望告诉狮焰，自己前一天在湖区遇见了风皮。风族猫表现出的敌意，仍然让他想起来就浑身颤抖。他似乎也听见远古族群的声音，轻声警告着一些他暂时还无法理解的事情。

真是难以置信，那只肮脏的跳蚤皮竟然是我同父异母的兄弟！

这时，一只猫唰地穿过黑莓屏风，发出沙沙的声响。松鸦羽识别出了尘毛的气息。

"我来再要些草药。"尘毛大声说，接着又不情愿地补充道，"今天，我的背好多了，看来草药起了效果。"

"很高兴听到你这么说，"松鸦羽回应道，"你稍等，我去拿药。"

他朝巢穴后面储存药物的裂缝走去，尘毛在他身后喊道："要是还有别的猫更需要它们，我就不要了。"

"不用，没事的。"松鸦羽回答道。他从贮藏室里取了些艾菊和雏菊的叶子，然后回到这位虎斑武士的身边。"吃掉这些。"松鸦羽将艾菊推到尘毛面前命令道。

在尘毛舔舐草药的时候，松鸦羽把雏菊叶咀嚼成糊，涂抹在虎斑武士的脊柱根部，那儿是疼得最厉害的地方。

"谢谢。"尘毛道了声谢，朝巢穴外走去，又突然停住了，一阵强烈的尴尬情绪从他的皮毛中涌出，"香薇云让我也

第四学徒

替她谢谢你。她说我肯定烦死猫了,总是一个劲抱怨背痛,却什么也不做。"

松鸦羽嘟囔道:"你才没烦到我呢。"当这位虎斑武士走出巫医巢穴朝武士巢穴走去时,他不禁觉得有点儿好笑。

尘毛的脚步声刚刚消失,又一只猫冷不丁地将头探进了黑莓屏风。

"嘿,炭心。"松鸦羽问候了一声,嗅到了炭心的气味,从中感受到了一阵焦虑,"你哪儿不舒服吗?"

"我没事,只是有些担心罂粟霜。"灰色母猫说着进到巫医巢穴内。

"她怎么了?"松鸦羽心中有一些慌乱,似乎有一条小鱼在蹦跳,"她的幼崽要出来了吗?"

"噢,不是。她身体很好,"炭心向松鸦羽说道,"她的肚子正常,也没有发烧或呕吐的症状。"

"那就好。"松鸦羽咕哝了一句。终有一天你会知道的——炭毛。松鸦羽暗暗对自己说。只有他和叶池知道有关炭心的奇异真相:炭心曾以巫医炭毛的身份在雷族生活过,为了从獾爪下救出栗尾,她丢了性命,就在那一刻,炭心出生了。炭心不知道自己为什么天生就拥有那么多的草药知识,为什么梦中经常会出现旧家园的记忆。叶池和松鸦羽很久以前就商定,不告诉她这些。她是一位独立自主的武士,而且如果是星族选择再给炭毛一次机会的话,他们也不会干预。

"只是罂粟霜总是不说话,暗暗伤心,"炭心接着说,"你能帮什么忙吗?"

松鸦羽一脸的疑惑。她想让自己怎么帮罂粟霜呢?"我不能给罂粟霜草药,"他开口说,"在孕期不能吃草药,除非是紧急情况。"

"我知道,但……"

"你刚刚还说她没有生病,"松鸦羽打断了母猫的话,继续说道,"如果一切都还好……"

"不好,"炭心打断了他,"一点儿都不好。"她可怜兮兮地接着说:"噢,松鸦羽,我太想念冬青叶了!"

松鸦羽感觉好像有猫朝自己的肚子扔了块石头似的。每一天,他都强忍着不去想姐姐冬青叶,但都失败了。"我也想念她。"松鸦羽平静地回答。

"是的,你一定会的。"炭心的语气里是浓浓的同情,"最糟糕的事莫过于失去同窝手足了。也许这就是罂粟霜这么悲痛难过的原因,因为蜜蕨不在了。"她发出一声长长的叹息:"松鸦羽,很抱歉打扰你。"

炭心转身走出了巫医巢穴。松鸦羽能想象出她低着头、尾巴耷拉着的样子。炭心走后,松鸦羽再次走进储存草药的裂缝里,在逐渐减少的草药储备中翻找着。罂粟籽……艾菊……琉璃苣……不,没有什么草药能缓解纯粹的悲伤。无论大家怎么劝解,怎么安慰,都不能缓解罂粟霜失去姐妹的悲伤。

第四学徒
DISIXUETU

松鸦羽蜷缩在苔藓和蕨叶铺成的窝里,陷入深深的梦乡,他的脚掌走向罂粟霜的梦境方向。松鸦羽惊讶地发现,自己正走在一条险峻而布满岩石的小道上,那是通往月亮池的路。苍白的月光洒在巨石上,也洒在两边的荒草地上。一只年轻的猫,玳瑁色的皮毛泛着微光,静静地走在自己的前头。

"罂粟霜!"松鸦羽喊道。

这只年轻的母猫浑身一激灵,慢慢地扭过头来,看着松鸦羽。星光在她的眼睛里熠熠闪烁。

"你在这儿做什么呢?"松鸦羽问她。

看到跟在自己身后的是松鸦羽,罂粟霜似乎并不惊讶。"蜜蕨死后,我曾无数次梦见过这条山路,"她解释道,"我十分想见她,我能听见她在山上什么地方呼唤我。"罂粟霜朝山脊的顶端点点头,星空中映衬出她的轮廓。

松鸦羽竖起耳朵,集中精神,努力想听清那只年轻母猫的声音。但除了微风拂过草地的轻微的沙沙声,什么也听不见。"我听不见她的声音。"松鸦羽说。

"我能听见。"罂粟霜说话时声音平静,眼神清澈,但她的语调还是暴露出她对姐妹的思念。

松鸦羽的脚掌一阵刺痛。罂粟霜正走在那条只有巫医才能踏入的小道上。"你该回到山谷去。"松鸦羽提醒罂粟霜。这时,松鸦羽回想起,在许久之前,他曾救过她的命。当时,罂粟霜还是只刚刚出生不久的幼崽,她患了绿咳症,是他把她从

猫武士

星族引领回来的。那时候，她返回得心甘情愿，因为她十分不舍得离开刚认识的族猫。松鸦羽忙说："这儿不是你该来的地方。"

"不，我一定要去！"罂粟霜转身跑上狭窄的小道，越跑越快，最终消失在一团迷雾中。她的声音幽幽地飘荡在松鸦羽耳边："我一定要见蜜蕨！"

松鸦羽猛地惊醒，脚掌在成团的苔藓里胡乱摸索着。温暖的空气触碰着他的脸颊，告诉他太阳已经升起。松鸦羽的脚掌酸痛不已，仿佛他真的一整晚都在山间跋涉。他打了个哈欠，从窝里爬了起来，走进空地。营地上方的叶片间漏下缕缕日光，炙烤着光秃秃的土地。松鸦羽试着在脑海中描摹出山谷往昔那翠绿而凉爽的画面，但现在，想想也知道一切都被晒成了棕焦色。

担忧像虫子一样啃噬着松鸦羽的腹部。为了忘掉这种担心，他穿过空地来到育婴室，将头探入巢穴口。他听见育婴室内睡着的猫发出轻微的呼吸声，嗅出香薇云、黛西和罂粟霜挤作一团。他略感心安，没有打搅她们便默默离去。

但是我得多留意罂粟霜。他心里暗自决定。

"这是一片羊蹄叶。"松鸦羽讲解道，用爪子捏住叶片高举起来，好让所有的学徒都能看见。

"说得就好像我们不知道似的。"藤爪小声嘀咕着。

第四学徒

　　松鸦羽咽下了那句严厉的训斥。他知道，这位学徒还在因鸽爪前去执行任务没带上她在生气，他也不能完全怪她。但火星要求他向所有学徒普及草药的基本知识，所以，藤爪必须得和其他猫一起学习这些知识，不管她愿意还是不愿意。

　　"涂抹羊蹄叶能缓解掌垫的酸痛。"松鸦羽继续讲了下去，没理会这只年轻母猫，"这种草药遍地都是，很容易找到，所以它们是最实用的草药之一。"

　　"那么，假如我们要去长途旅行，我们该不该寻找羊蹄叶呢？"黄蜂爪问道。

　　天啊，真是哪壶不开提哪壶！松鸦羽心头想着，藤爪也冲同巢猫发出了恼怒的嘶嘶声。

　　"没错，"松鸦羽回答道，"或者在你踩到尖锐的石头上的时候。"松鸦羽补充道，试图将话题从旅行转移开。

　　"我们难道不需要蛛丝吗？"荆棘爪问道。

　　"只有破皮的时候才需要。"松鸦羽告诉她。"当然，对所有的伤口来说都是如此，尤其是大量流血的严重伤口。而对于不太严重的小的抓伤或者擦伤，我们可以用金盏花或者马尾草来止血。这是金盏花的叶子，"他举起一朵金盏花接着说，"我现在没有马尾草。你们可以在外出训练时让老师带你们搜寻，如果能带回来一些就更好了。"

　　"那如果有猫吃了腐烂的食物，或是肮脏的两脚兽的东西呢？我母亲说河族猫以前就那么做过。"梅花爪尖声问道，

猫武士

"那么你会给他们服用什么草药?"

"这个问题现在对你们来说有点儿复杂,"松鸦羽回答道,"今天我们要学习的是对疼痛和小伤口的处理。你们几乎每天都会用上这些知识,而食物中毒,就算发生的话,也只是一个季节才会偶尔出现一次。"

"但我们也该知道如何应对,不是吗?"黄蜂爪争辩道。

"你又不打算成为巫医,"松鸦羽开口道,"更严重的疾病……"

令松鸦羽感到宽慰的是,这时,一阵脚步声传来,松鸦羽识别出是刺掌的气味。虎斑武士从黑莓屏风跟前探出头来。

"你们结束了没?"刺掌问,"我和其他老师打算出去进行狩猎训练。"

"耶!狩猎!"梅花爪跳了起来,"我要捉到森林里最大的兔子。"

"别做出你无法实现的承诺。"刺掌冷冷地说,"松鸦羽,我能带他们走吗?"

"请吧。"松鸦羽心怀感激地回答道。学徒们簇拥着离开巢穴,冲向空地后,松鸦羽在他们身后大喊道:"记得采集马尾草!"

等大家都走了以后,松鸦羽也走出巢穴,向长老巢穴走去。当松鸦羽从榛树枝下挤进去时,他发现鼠毛和波弟还在睡觉,这两位长老相互依偎着蜷缩在灌木枝附近。长尾已经醒

第四学徒

了，松鸦羽进来时，他正伸着懒腰。

"嘿！"他叫了一声，"我正希望你能过来呢。"

松鸦羽听出这位长老的声音异常虚弱，焦灼感如荨麻般刺痛着他。他总觉得长尾还很年轻，住在长老巢穴不过是因为眼睛看不到东西，但直到此时松鸦羽才意识到长尾也在渐渐老去。

"我能为你做些什么？"他问长尾。

"我想问问，有没有远征的猫的消息。"盲眼长老问道，"他们找到是什么在阻隔水流了吗？"

"我们还没有听到更多的消息。"松鸦羽告诉他。我当然不会透露鸽爪的秘密！"我知道的和你一样多。"

长尾叹了口气："消息太少了。只有等他们安全回来了大家才会开心起来。"

"我懂，但没有……"

"松鸦羽！"一声大喊打断了松鸦羽。松鸦羽认出了香薇云的气味，于是转身面对她。

"怎么了？有猫生病了？"

"没有，但罂粟霜失踪了，我们找不到她。你见到她了没？"

松鸦羽懒得提醒她自己的眼睛看不见，而是说道："她先前不是在育婴室睡着了吗？"

"嗯，但她现在不在那儿了。"香薇云的声音听起来更多

的是疑惑,而不是忧心。

"她也不在这儿。"长尾告诉香薇云。

"哪儿都找不到她!"黛西从树枝中挤进来,差点儿将松鸦羽撞到睡着的鼠毛身上,"她不在学徒巢穴里,也没有去排便,也没有……"

"这儿太挤了。"松鸦羽轻轻把母猫往空地方向推去,"如果我们不小声点儿,会吵醒鼠毛和波弟的,然后就会被他俩唠叨个没完。"松鸦羽听见黛西和香薇云回到了空地,便扭头对长尾说:"如果我知道了堵塞水流的任何消息,我会告诉你的,我保证。"

"松鸦羽,谢谢。"盲眼长老说道。

在巢穴外面的空地上,松鸦羽面向黛西和香薇云说道:"好了,你们俩从头讲起吧。"

"我醒来时,罂粟霜就不在育婴室了,"黛西说道,"香薇云不知道她去了哪儿。我们起先并不担心,但她一直没回来,我们就开始四处寻找她了。"

"她不在营地。"香薇云补充道。

松鸦羽不知道自己要不要那么担心。罂粟霜怀幼崽至少有一个月了,所以如果她只是想出去散散步,也没什么关系的。

"我们该让大家知道。"黛西建议。

"还能告诉谁呢?"香薇云问道,"火星带领巡逻队取水去了。蕨毛、栗尾跟黑莓掌外出狩猎去了……"

第四学徒

"炭心在训练学徒。"松鸦羽补充道。告诉莓鼻也没什么用。松鸦羽暗想,他想起在湖边遇见奶油色武士时,他对待伴侣的态度有多么粗鲁。"我认为你们不需要担心,"他接着说,"罂粟霜说不定只是去舒展舒展筋骨,或者只是去喝点儿水。"

"或许你是对的。"香薇云应了一声,听起来安心了一些。

黛西的皮毛仍散发出一波波忧虑。但是当香薇云温柔地催促她回育婴室时,她也没有反对。

松鸦羽回到自己的巢穴,走向储存草药的裂缝,给尘毛挑选出一些。其实,他跟虎斑武士说自己还存储着大量缓解背部酸痛的草药,那不是真的。松鸦羽怕说出艾菊的库存已少得可怜,尘毛就会拒绝用药。

松鸦羽将头深深探入储存草药的裂缝内,但他仍可以通过知觉而非听觉就了解巢穴外面的一举一动。当他把头缩回来时,他嗅到了黛西的气味。"黛西,进来吧。"他说着发出一声低沉的叹息。对黛西的到来,他并不感到意外,他理解黛西因为罂粟霜的失踪有多么担心。

黛西钻过黑莓屏风,停在松鸦羽面前,爪子在干燥的地面上划来划去:"我太担心罂粟霜了!她近来心情一直十分消沉。"

"你为什么会这样想?"松鸦羽问道,回忆起炭心说过的

猫武士

话,"罂粟霜的幼崽没事,在她肚子里的状态很好。我能听见胎动。武士们也确保她有足够的水和猎物。"

"与这无关。"黛西哀叫了一声,尾巴烦躁地摇晃着,"是莓鼻。罂粟霜认为莓鼻不爱她了。"

松鸦羽强忍着没有抱怨。我哪有时间管这些!"好吧,实话实说,莓鼻的确最初爱的是蜜蕨。"

黛西震惊地喘息道:"我简直不敢相信会从你口中听见这种话,松鸦羽!既然莓鼻和罂粟霜在一起了,莓鼻之前爱过谁都不重要。"

松鸦羽耸耸肩道:"或许吧。"在我看来这是合乎逻辑的。大家都知道莓鼻希望蜜蕨成为他的伴侣,但是蜜蕨被蛇咬死了。

"罂粟霜日夜担忧,怕莓鼻不想要她或孩子,"黛西接着说,"她认为莓鼻希望蜜蕨活回来。"

"嗯,那是不可能的。"松鸦羽说道。

"我知道!"黛西大声说,"但罂粟霜现在听不进去劝。"

说得太对了!松鸦羽暗自叹息。

黛西用爪子刮着坚硬的地面:"如果她打算永远离开族群怎么办?"

"她不会这么做的。"松鸦羽安慰她。星族啊,请从这些大惊小怪的母猫爪里救救我吧!"不过,等火星和取水巡逻队

第四学徒

回来后，我会和火星说这件事的。也许可以安排一些猫去找找罂粟霜。"但我真不知道还有哪些猫闲着，巡逻队需要狩猎、训练、取水，每只猫都有一摊子事。

松鸦羽引着黛西缓缓走出巢穴，穿过空地，回到育婴室。他可以察觉到黛西仍旧不开心，但他也不知道自己还能做些什么。

黛西刚一回到育婴室中，松鸦羽就朝岩壁方向跑去，他得查查蛇洞是否有蛇出没的迹象。刚过日高时分，大地被晒得发烫，灼烧着他的脚掌。那块长老们用来晒太阳的岩石，躺上去怕会烫得受不了。

至少我这次用不着劝说波弟了！

松鸦羽取出堵住蛇洞的石块，以便仔细闻一闻，他的脑海里浮现出蜜蕨丧命那天的画面。松鸦羽不禁皱起眉头，他看到蜜蕨因中毒而痛苦地扭动身体，而莓鼻的恐惧几乎将他淹没。莓鼻的忧伤如回忆般徘徊在悬崖脚下，慢慢地浸入岩石。

这种情形足以让莓鼻恨不得自己代替蜜蕨被蛇咬死。如果罂粟霜知道这一点的话，她更有理由出走了。

最后一个蛇洞的石块推回到一半时，松鸦羽停了下来，突然对罂粟霜的行踪有了一个可怕的设想。

松鸦羽立刻离开了山谷，一路从林木下钻过。他不禁感激片片阴凉，以及潮湿得几乎可以解渴的空气。他伸出干渴的舌头，试图舔舔空气，却渴得更厉害了。

鼠脑子！你当你还是幼崽吗？

松鸦羽摇了摇身子，他穿过树林，朝可以眺望到湖区的山脊跑去。空气又热又干，酷热的风向他袭来，带来湖区众猫的气味和声响。在梦中，他曾见过大湖的模样。他尝试着想象湖区变得更小、周围满是变干的泥浆和石头的样子。

即使是地下隧道，现在也干得不剩一滴水了。

松鸦羽沿着山脊继续前行，每走几步都要停下来尝尝空气。最终，他在一丛深草里捕捉到了罂粟霜的气味。没错！我猜对了。他沿着山脊一路追踪，最后来到了风族边界。从风族气味标记中依旧可以清晰地辨别出罂粟霜的气息。

松鸦羽心一沉，他证实了自己这一路上的怀疑：罂粟霜是想要重走梦中走过的小道，到月亮池去。

她可真是鼠脑子！

他顺着罂粟霜的气息，踏上了前往月亮池的路。但他刚刚走出几步，就突然闻到了另一只猫的气息，这气息比罂粟霜的气息略微新鲜一些，叠加在了罂粟霜的气息上。这只猫似乎一直跟踪着罂粟霜。

是风皮！他来这里做什么？

第四学徒

第十八章

鸽爪看向老师,激动得皮毛根根直立。月光从空心树的裂缝中洒下来,狮焰的眼眸在月光下闪着微光。

"你能感觉到什么?"狮焰压低嗓音,以免吵醒熟睡中的其他猫,也不想让在外面放哨的花瓣毛听到。

鸽爪闭上了双眼。"地面传来刮擦声,"她低声说,"牙齿啃咬木头的声音……树木倒下的哗啦声!棕色动物将树木拖入小溪,然后放好,把它们像一堵墙似的紧紧固定在一起。"她深吸了一口气:"噢——我能感觉到水流!被拦截在树墙的后面……这些动物是什么呢?"

鸽爪再次睁开眼睛,看到狮焰神色惊恐。然而狮焰在接触到鸽爪的目光后,表情立刻变得坚定起来。"那儿有多少只这种动物?"他问道。

"我不确定……"鸽爪试着将注意力集中在棕色动物身上,它们在放倒的树木间来回走动,但鸽爪无法捕捉到清晰的画面,数清棕色动物的数量,"我认为,比我们远征队的队员要少。"

狮焰用尾尖轻触她的肩膀,安慰道:"会一切顺利的。"

鸽爪却没有信心。她没有告知老师,这些动物看上去很难打败。跟猫相比,它们的体重更大,重心更低,所以想撂倒它们基本不可能。它们长着又尖又长的牙齿,脚掌强壮有力。鸽爪想象着它们能造成的创伤,不禁打了个冷战。一想到自己可能是在把远征队引向一场无法战胜的战斗,恐惧就如石块般沉沉地压在鸽爪的腹部。

狮焰爬出空心树,接替花瓣毛放哨。鸽爪已经放过哨了,因而准备睡下。但她无法隔绝从遥远的上游传来的声响。每当有一棵树哗啦一声倒下,或是拖动树枝时发出刺耳的摩擦声,她都会被惊醒。当苍白的曙光洒入空心树,身边的其他猫开始起身时,她仍想再小睡片刻。

"啊,伟大的星族!"虎心坐起身来大声感叹道,并抖落自己皮毛上的枯叶,"鸽爪,你这一夜比一窝蠕虫扭动得还厉害!"

"对不起。"鸽爪嘟哝道。

虎心在挤出树洞之前,把鼻子凑过来轻轻蹭了蹭鸽爪的皮毛,表明他并非有意刁难。鸽爪和其他猫随后也都出去了,大家吃掉了昨晚剩下的一点儿猎物。不过,鸽爪注意到,涟尾和花瓣毛倒是不那么虚弱和憔悴了。

我们捉的这点儿猎物居然都能让他们变胖,可见他们在河族真是饿坏了!

第四学徒
DISIXUETU

树梢上方的天空呈乳白色。一阵凉风吹动着乌云飘过天空,吹乱了众猫的皮毛。

"已经有好几个月没这么凉爽过了。"花瓣毛说着,打了个哆嗦,"也许终于要变天了。"

"希望如此吧。"蟾足嘟哝了一句。

待众猫进食之后,狮焰挥舞着尾巴,示意大伙儿跟上队伍。他走在队伍最前面领路。"目的地不远了,"他鼓励大家,"我们已经很接近棕色动物了。"

"你怎么知道的?"蟾足问道,怀疑地眯起了双眼。

"星族托梦说,那些棕色动物就在两脚兽地盘过去不远处。"狮焰解释道,朝鸽爪轻轻点点头。

尽管鸽爪也在担心,假如其他队员了解到自己具有超力量,不知会怎么说,但老师这么神秘兮兮的反应仍让她感到有些气恼。既然他很愿意利用我的力量,那为什么还弄得就像我的超力量有辱雷族似的?

"大家当心脚下倒着的树,"鸽爪提醒大家,"我们到那儿后,水位会变得很深,大家小心别掉下去了。"

"这些都是你梦到的?"蟾足问道,听起来似乎并不相信鸽爪的话。

"是的。"狮焰停顿了一下,舔了几口胸前的皮毛,仿佛正在快速思考着什么,"她看见棕色动物推着树木,然……然后星族提醒她注意水深,是这样吗,鸽爪?"

鸽爪不情愿地点点头。

"还有托梦这码事啊！"涟尾大喊道，"可是火星在森林大会上只字未提。"

"没错，他无须提及。"狮焰违心地说，同时看了鸽爪一眼。

鸽爪装作不知道地看了他一眼。这是你自己惹的麻烦，自己解围去吧！

远征队沿着河床继续前行，来到一个坡缓的山谷前，树林间吹上来的风声妨碍了鸽爪探听前方动静。她神经紧绷，努力辨析棕色动物发出的声响，以至于耳边突然出现虎心的声音时，她吓了一大跳。

"这真酷，不是吗？"虎心说，"我们去寻找这些动物，然后——砰！把水讨还回来！它们不敢拒绝的。如果它们胆敢——那就……"他说着蹲下身来，然后又猛地跳到空中，强而有力地挥出前脚掌。

鸽爪可不觉得事情会那么简单，她希望这位年轻的话唠武士能闭上嘴巴。这时，莎草须跳到她的另一侧，鸽爪这才没发出叹息。

"吹吧——可真是影族猫啊！"莎草须叫道，"看看这招！"她猛地转向虎心，差点儿把年轻武士绊了个跟头。风族母猫发出一声挑衅的大吼，用力腾空一跃，再一个空翻落回到虎心身旁。

第四学徒

"哈——没抓着!"虎心喊道。

"我就没打算抓你,"莎草须反驳道,"你知道,如果我想抓的话,你还能逃得掉?"

"噢,是吗?那试试看,接招!"

虎心说着就扑向了这只风族母猫,爪子收着拍向她的脑袋,鸽爪赶紧闪避到一旁。莎草须身子一斜,从虎心身下一爪钩住他的脚掌,虎心瞬间失去了平衡。两只猫在狭窄的河床中连滚了几圈,花瓣毛也赶紧爬上岸以免被压到。

"给我立即住手!"狮焰大吼道,介入这场打斗中,"鼠脑子!我们都还没到达目的地,你们就想受伤吗?"

两只年轻猫这才分开,坐起身。他们俩的皮毛簇立,身上滚满了尘土。

"我下一招就赢了。"虎心不甘心地咕哝了一句。

"你那是做梦!"退开前,莎草须用尾巴弹了一下虎心的耳朵。

鸽爪注意到,狮焰正担忧地看着莎草须。她行动笨拙,似乎肩膀的伤势又复发了。不过,当狮焰将目光转向虎心这只年轻武士时,眼神却变得有些难以捉摸。

他脑子里在想什么呢?鸽爪有些不解。

山谷的顶端,地面一下子开阔了,出现了一片平地,林木稀疏。一阵风袭来,鸽爪听见有棕色动物的刮擦声和啃咬声,声音比之前的更清晰了。她的紧迫感似乎传染了其他猫。在前

猫武士

面带路的蟾足加快了步伐,最后,众猫几乎沿着小溪底部跑了起来。

狮焰跳上溪岸,望向前方,停了下来,惊讶得尾巴直晃:"看看那个!"

"什么?"白尾朝狮焰大喊。

狮焰没有回答,只是用尾巴示意大家到溪岸上来。

鸽爪爬上岸,站在狮焰身旁,抬眼一看,霎时感觉心脏怦怦直跳。虽说她从远征一开始,就知道他们会发现什么,但当她真正面对着时,看到的一切都变得更清晰、更可怕。

在他们的前方,溪水流经一片稀疏的林地。一些树木被从离地面两尾高的位置拦腰截断,断面修剪得整整齐齐,树桩顶端被削成尖锐的锥尖。这景象看上去仿佛有一只巨型动物,沿着河床冲过,压扁了两侧的树林。

但那样的话,不会看起来如此……整洁。

大家横穿过小溪,这才清晰地看见那些倒下的树桩背后的东西是什么。那是一道由原木摞成的巨大的屏障。这座小山一样的屏障呈弧形,而且几乎有两脚兽洞穴那么大。

鸽爪蜷缩下身来,闭上眼睛,贴伏在地面上。声音如波涛一般向她涌来,震耳欲聋:呼噜声、抓挠声、啃咬声、刮擦声,以及沉重的脚掌踏在木头上的砰砰声。鸽爪使上了吃奶的劲儿仔细辨别着嘈杂的声响,终于逐渐弄清楚了周遭是个什么情形。

第四学徒

"所以,那就是堵塞溪流的东西。"涟尾低声说。

他说完话,大伙儿惊得一时无言。最后,花瓣毛打破了沉默:"我们得推开原木。"

"不,应该是拖出溪流更好。"蟾足提出建议,"否则谁知道它们还会卡在什么地方。"

"无论什么办法,只要我们能疏通溪流就行。"狮焰说道。

"原木倒塌时,我们得保持安全距离。"白尾指出。

"等等。"鸽爪声音沙哑,艰难地再次站起身,"棕色动物仍在附近。是它们故意建造了那个屏障来拦截溪流。"

又是一阵震惊后的静默。这时,蟾足耸了耸肩,说道:"那么说,我们得把它们赶走才行。"

鸽爪能够肯定的是,事情肯定不会是那么简单,可她也想不出任何有用的话。

"不要害怕。"虎心爬上来站在鸽爪身旁,蹭蹭她的皮毛,低声说,"我会照顾你的。"

鸽爪太紧张了,一时间没有力气反驳他。狮焰示意远征队员们回到河床的隐蔽处,鸽爪跟着狮焰回到了河床上。

"我建议等到天黑以后再行动。"狮焰说道,"首先,我们得围绕原木两边仔细查看一番。因为就目前而言,棕色动物更有优势,它们比我们更了解地形。"

"这主意不错。"白尾评价道。

"我们必须牢牢记住,每个族群都要全力投入战斗,"狮焰补充道,"我们……"

"我对自己的实力有信心,狮焰。"蟾足打断道,"你还是担心你自己吧。"

狮焰死死盯着这位影族武士好几个心跳的时间,毫不掩饰眼中的挑衅。两只猫之间的紧张氛围让鸽爪不知所措,她能感觉到其余的远征队员都一样的焦灼不安。这可不是起争执的时候!为了疏通溪流,他们现在比任何时候都更需要合作。

众猫爬出河床,穿过树林沿着山坡往上。这次是白尾领路,众猫绕着那些被放倒的原木走着。白尾在第一个树墩旁停了下来,好奇地嗅了嗅。"好大的牙齿。"她对狮焰低声说,耳朵指向树桩的锥形尖顶,那上面留有棕色动物清晰可见的齿印。

狮焰谨慎地点点头表示回应,这时鸽爪的胃里一阵翻腾,她想到那牙齿可能咬进自己的皮毛里。棕色动物的气息无处不在,虽说此前鸽爪就闻到了这种气息,但这时候的恶臭味却更为浓烈,还混杂着麝香和鱼腥的气味。

"嘿,它们闻起来有点儿像河族!"虎心悄声说道,眼睛里充满了戏谑。

"这话可别让涟尾和花瓣毛听见了。"鸽爪严肃地提醒他,她现在没有半点儿开玩笑的心思。

跟着白尾爬上了山坡,鸽爪逐渐意识到前方还有其他东

第四学徒
DISIXUETU

西。两脚兽!她差点儿就喊出声来,但她立刻意识到自己这么说会惹上麻烦,只怕得好好解释一番自己是如何得知的才行。这儿也有绿色的皮毛巢穴,和早前在影族边界看到的那些一模一样。

鸽爪突然加速快跑,追上了白尾,发出嘶嘶的警告:"我刚刚嗅到了两脚兽的气味。"

"当真?"白毛母猫停下脚步,张开嘴尝了尝空气,"是的,你说得没错。"于是她转身看着其他的远征队员,提醒道:"前方有两脚兽出没,大家要小心点儿。"

远征队员们都放慢了步伐,利用原木和树桩做掩护。一到坡顶,白尾就用尾巴示意队友们赶紧蹲下。于是,大家匍匐而行,走完最后几尾长的距离。在一丛青草的遮掩下,鸽爪向外探看,看到前方的空地上有好几个两脚兽巢穴。一只成年两脚兽正坐在其中一个巢穴的口上,在几狐狸身长外,还有两只两脚兽似乎在地面上检查着什么。它们看起来并不像早前在空地上看到过的那些玩耍的年轻两脚兽。

鸽爪宽慰地舒了口气,心想:好险。

"你们觉得两脚兽们在这里做什么呢?"涟尾站起来朝前走了几步,"你们觉得它们和棕色动物有没有关系?"

"说不定它们是来监督棕色动物的。"花瓣毛猜测道。

空地边上堆满了两脚兽的东西,那些东西硬邦邦的,黑黢黢的,还带着又长又黑的卷须拖在地面上。这时候,越来越多

的两脚兽朝着这些奇怪的东西聚拢过来,口中念叨些什么,偶尔触碰几下,那黑色的东西就发出尖锐的嘀嗒声。鸽爪弯下腰去,舔了一下正从身边拖过的一个卷须,又跳开回去,口中有苦味儿,有点儿像雷鬼路的恶臭。

"喂,你看!"虎心走到她面前,"有些两脚兽的脸上竟然有毛啊!长相真古怪。"

"两脚兽本来就古怪。"蟾足站在虎心身后,酸溜溜地说,"我们没必要在这儿继续讨论这个。"

"我想知道它们的巢穴里都有些什么东西。"莎草须咕哝着,绕过树桩向前看去,"闻起来好像还不错!"

鸽爪深深地嗅了嗅,捕捉到了最远处的皮毛巢穴里的气息,鼻子忍不住抽搐了两下。这气味闻起来像某种猎物,尽管也混杂着两脚兽的气味。鸽爪的肚子咕咕地叫了起来,她已经饿得什么都能吃了。

莎草须说道:"我要进去查看一番。"说罢她跳入空地,朝皮毛巢穴奔去。

白尾大喊道:"喂,等等!"但她的族猫没有听从呼唤返回身。

花瓣毛说:"我去找她。"说着就追了上去。

"现在她们俩都身处险境了。"白尾怒气冲冲地抽打着尾巴。

鸽爪看着,屏住了呼吸。只见莎草须径直走向了皮毛巢

第四学徒

穴，花瓣毛紧随其后，但花瓣毛的注意力全在风族武士身上，没有发现一只两脚兽正朝她靠近。

"噢，不！"鸽爪低语道。她不愿看到接下来发生的景象，却又无法将视线移开。

两脚兽吼叫了声什么，弯下腰，大大的脚掌一把就捞起了花瓣毛。花瓣毛发出一声惊叫，开始拼命扭动身体，但两脚兽将她牢牢地抓住了。只听两脚兽对她轻声说了句什么，这声音在鸽爪听来似乎并没有敌意。

"我要去撕掉它的耳朵！"蟾足嘶嘶道，绷紧肌肉就要跳入空地。

"不，等一等。"狮焰用尾巴拦住影族武士，"看。"

他们看到，花瓣毛在两脚兽的脚掌中不再挣扎，相反，她把脸凑近两脚兽的脸，并伸出一只脚掌轻轻拍了拍它的耳朵。两脚兽伸出一只脚掌在花瓣毛的后背上轻抚时，鸽爪听见花瓣毛居然发出了满足的咕噜声。

"我简直不敢相信自己的眼睛。"虎心开心地说道，"大家不要动，等我去叫她们回家。"

这时候，两脚兽放下了花瓣毛，并用脚掌轻轻地拍拍她，似乎是告诉花瓣毛待在原地别动。花瓣毛坐下来，嘴里仍发出咕噜声。两脚兽迈开大步朝皮毛巢穴走去，从莎草须身旁走过。一直在巢穴入口附近看着的莎草须早已吓得呆住了。

两脚兽俯身进入巢穴，过了片刻，再次出来了，脚掌里还

拿了个东西。它拿着这个东西走向花瓣毛,把它放在了花瓣毛跟前。花瓣毛捡起这个东西,用身子蹭了蹭两脚兽的腿,然后飞速跑开,回到了空地边缘。

"你们还傻愣着看什么呢?"花瓣毛问道,放下了两脚兽给她的东西。

"呃……你,居然和两脚兽如此要好。"蟾足回答道。

"那又如何?"花瓣毛挑衅地说道,"这让我们免于困境了,不是吗?噢,可恶!"她用力地在旁边的树干上蹭了蹭皮毛,补充道:"这两脚兽的臭气要在我身上沾一个月了!"

"我很抱歉!"莎草须这时也跳回大伙儿身边,灌木丛一阵沙沙作响,"我还以为它们不会找我们麻烦。"

花瓣毛仍在试图蹭掉两脚兽的臭气,狮焰说道:"幸好没有谁受伤。但从现在开始,大家要多加小心。"

鸽爪好奇地嗅了嗅两脚兽的东西。那东西闻起来像猎物,却又混杂着两脚兽和草药的气味,形状像圆鼓鼓的嫩枝。"我从未见过这样的动物。"她说道。

"这东西一定是两脚兽的猎物。"虎心猜测道,"嘿,花瓣毛,我能尝尝吗?"

"你们都可以尝尝,"花瓣毛答道,"我不知道这是什么,但闻起来很好吃。"

鸽爪蹲下来享用她的那份。花瓣毛说得没错,真的很好吃。打从清早勉强吃了一点儿东西后,到现在,鸽爪的肚子才

第四学徒

再次感觉温暖了一些。

虎心满意地说:"再多点儿就好了。"他用舌头舔了嘴巴一圈,同时若有所思地看向空地。

"虎心,如果你胆敢去那儿,"蟾足低吼道,"我就亲自撕碎你的耳朵,拿去喂棕色动物。"

"我没有说……"

"你不必说,"白尾打断他,语气中透着关切,"现在两脚兽知道了我们在这儿,已经够糟糕了,我们就别去自找麻烦了。"

"要是我,就不会担心。"众猫身后传来一个大家都不熟悉的声音,"两脚兽们对河狸更感兴趣。"

大家闻言迅速转过身去。鸽爪看到一只棕色公猫出现在眼前,他的皮毛乱糟糟的,腿很长。这只猫环视了一圈,黄色的眼珠锐利地扫过每一只猫。

"你们是?"最终,他开口问道。

"这正是我们想问你的。"蟾足回答道,他的颈毛开始竖立,"还有,对两脚兽,你还知道些什么?"

面对蟾足表现出的敌意,这只猫似乎毫不在意。"我叫伍迪,"他回答道,"近几个月我都从两脚兽那儿获得食物。"

狮焰警告性地看了蟾足一眼,走上前来。"我们不是为了偷你的或两脚兽的食物而来,"他说,"我们是为了被堵塞的溪流而来。"

猫武士

伍迪惊讶地弹了一下耳朵："你是说河狸？"

"河狸？"白尾忙问道，"就是那些棕色动物吗？这就是它们的称呼吗？"

独行猫伍迪点点头："它们身形庞大，是蛮横凶狠的动物，牙齿尖尖的。"这描述让鸽爪确认了此前她根据感知而形成的印象。伍迪说："我以前四处游历时曾遇到过一些。"

"你和它们打斗过没有？"蟾足问道。

棕毛公猫伍迪盯着蟾足看了一会儿，就像蟾足已经疯了一样。然后，他说道："怎么可能！我为什么要这样做？我要这一捆捆树木做什么？"

"我们需要释放溪流来注满湖泊。"涟尾解释道。

伍迪看起来一脸疑惑："湖？什么湖？"

"我们居住地附近的湖，"狮焰解释道，"顺流而下，走几天就到了。"

"你们远道而来就是为了这个？"伍迪晃晃耳朵，"为什么不直接去另一个湖泊呢？"

鸽爪好奇地打量着伍迪，他闻起来不像宠物猫，也不像两脚兽养的猫那样，有着柔软整洁的皮毛。他是独行猫吗？在这片林区，他似乎相当自信，尽管在数量上远不及远征队众猫。伍迪似乎也很了解棕色动物。或许，他能帮助我们释放水流。

"你不会明白。"狮焰对伍迪说道，并挥舞尾巴示意队友藏匿在灌木中，避开两脚兽的视线，"湖区附近有许多我们的

第四学徒

同伴——数量众多,因此我们不能舍弃家园去另寻住处。"

"而且星族指引我们来此查看是什么堵塞了溪流。"虎心补充道。

鼠脑子!鸽爪心想,伍迪是不会懂得什么星族的。但让鸽爪惊奇的是,这只棕毛公猫竟然微微地点点头,似乎对星族也很了解,也许他以前听说过族群?

"我们得去赶走那些……那些河狸,"白尾语气坚定地说,"然后我们就能拆除障碍,重获水源了。"

伍迪听了直摇头,嘟囔道:"你脑子里进了蜜蜂吧?"

"那么你不会帮我们了?"狮焰问道。

"我可没这样说。我会带你们去水边看看水坝——就是它们建造的用来拦截水流的东西,目的是为它们自己的窝巢蓄积一个足够深的水潭。等你们近距离看了水坝后,可能就会转变想法了。"

"谢谢你。"涟尾轻声说道。他的爪子在不停地翻动着腐叶堆,仿佛迫不及待地想要再次亲近那片水域,感受那潺潺水声和水的气味。

"不过,那儿可能会有两脚兽。"伍迪提醒他们,说罢便在前面带路向山下走去,"但是你们不用担心,两脚兽只对观察河狸感兴趣。事实上,正是两脚兽将河狸带来的。"

"什么!"蟾足停下脚步,震惊得张大了嘴,"两脚兽带来的?我的星族啊,为什么啊?"

猫武士

伍迪耸耸肩:"我怎么知道?可能两脚兽是想砍些树吧。"

棕毛公猫带领大家绕过了更多两脚兽那些拖着卷须的黑色东西,下到山谷,再穿过木墙下的干涸河床。这个就是河狸的水坝,也就是水不再流入湖泊的原因所在。鸽爪经过时,抬眼看见了赫然耸立的根根树干。真大啊!我们真的能移动这么大的东西吗?

在水坝的另一侧,伍迪领着他们绕了一个圈穿过林地,再次抵达小溪。"这边没有两脚兽,"他解释道,"但要小心河狸。你们知道,这里不欢迎你们。"

刚下到了一半的坡,伍迪停在一处满是放倒树木的空地上,众猫成排地站在他身旁,遥望着坝上被堵塞的水流。这一侧的水溢出了水岸,漫成一个宽广而扁平的水潭,水面倒映着灰蒙蒙的天空。时不时地,远处的水面就会泛起一圈水花,仿佛刚刚有鱼儿跃出水面。

大家朝上游水潭边缘行进,那里有一个由泥巴、细枝和树皮堆积而成的小土丘,突出河岸,但并没有像水坝那样阻塞了水流。鸽爪意识到土丘上有浓烈的河狸气味。

"那是什么?"白尾用尾巴指指土丘,问伍迪道。

"是河狸居住的地方,"棕毛独行猫解释说,"也可以说是它们的窝,而且它们……"

"噢,快看!"花瓣毛打断了伍迪,声音尖得像只兴奋的

第四学徒

幼崽,"这么多的水啊……太棒了!"

大家还来不及拦住花瓣毛,她就已经跃至水边,涟尾也紧紧跟了上去。花瓣毛跳入水中,欣喜若狂地用脚掌拍打水面,还将头深潜入水里。

"河族猫真像是长着毛的鱼。"虎心嘟囔着说,走到鸽爪和莎草须身旁去,"坦白讲,这不像猫的行为。"

"看起来他们玩得挺开心。"鸽爪向往地说道。

她目不转睛地看着两只河族猫在水中嬉戏,以至于放松了对周遭的警惕。突然,她感知到水坝顶部有动静。她猛地转过身,看见两个巨大的棕色身影出现在原木上。它们光滑而圆润的身躯如一枚鸟蛋,眼睛和耳朵小而黑,就像卷起来的树叶,身后伸长的尾巴又宽又扁,如同坚硬的翅膀。它们比猫要大得多,宽阔的体形和强健的外表就像正踩在脚下的原木。

"河狸!"鸽爪大吼,"看,上面那儿!"

"噢,伟大的星族!"虎心叫道。他颈毛抖动,尾巴蓬松成两倍大:"它们长得可真奇怪!"

河族猫仍在水潭中开心地游水,并未察觉到有两只动物在靠近。即使当这两只怪物爬下水坝,滑入水中,用尾巴大力地拍打水面,并将几根原木推入水中时,河族猫也一无所知。

"涟尾!花瓣毛!" 鸽爪一边尖叫,一边向下往水潭边冲

大家朝上游水潭边缘行进，那里有一个由泥巴、细枝和树皮堆积而成的小土丘，突出河岸。
那是什么？
是河狸居住的地方，也可以说是它们的窝，而且它们……
河族猫真像是长着毛的鱼。
看起来他们玩得挺开心。
鸽爪目不转睛地看着两只河族猫在水中嬉戏，以至于放松了对周遭的警惕。突然，她感知到水坝顶部有动静。

河狸!看,上面那儿!

它们长得可真奇怪!

河狸来了!快出来!

河狸开始追逐两只河族猫,它们抬起头避开猫们身后的浪花。

去,"河狸来了!快出来!"

河狸在水潭中滑行,庞大的身躯几乎没有荡起涟漪。鸽爪能听见它们的脚掌在水中搅动,感觉到它们巨大的尾巴正驱动着它们朝两只河族猫不断靠近。

涟尾和花瓣毛此时也看见了河狸,开始拼命划动着朝水潭边游去。河狸毫不费力地转过身,开始追逐两只河族猫,它们抬起头避开猫们身后的浪花。鸽爪看到河狸与河族猫之间的距离越来越近,爪子不禁深深地插入地里。

噢,星族,救救他们!

两只河族猫就在河狸鼻尖前爬出了水面。他们恐惧得睁大了双眼,皮毛湿漉漉地贴在身体两侧。

"快跑!"狮焰大吼道。

所有的猫一起拼命向坡顶上的树林跑去。鸽爪回头瞥了一眼,看到河狸爬出了水面,张开嘴露出长长的黄牙。在陆地上,河狸比在水中要笨拙得多,鸽爪意识到,如果河狸追过来,他们很容易就能跑赢河狸。

但是河狸在水潭的岸上停住了,目光追随着他们,并未做出追逐的举动。远征队员们在树下紧紧地围聚在一起,花瓣毛和涟尾浑身颤抖着,抖落皮毛上的水滴。

"真近,太危险了,"涟尾嘟囔道,"多谢提醒。"

"噢,星族,"蟾足喘着粗气,"这事远不像我们想象的那么简单。"

第四学徒

　　鸽爪迎上了狮焰的目光。尽管狮焰没有说话，鸽爪也能猜到他心里想什么。

　　你为什么不告诉我们这次任务会是如此艰难？

第十九章

狮焰领着远征队离开了水域，藏匿到更浓密一些的树丛中去，同伴们因惊恐而圆睁的眼瞳中倒映着他自己的震惊。两只河族猫一直在瑟瑟发抖，紧紧地靠在一起，眼睛不时瞄向下方山谷的另一侧，似乎担心河狸会随时从灌木中冲过来。

跟随着远征队一道前行的伍迪，这时候坐了下来，尾巴盘住自己的脚掌。"别说我没提醒过你们。"他看着众猫，打了个哈欠。

狮焰深深地吸了口气，他明白，如果大家想不出一个对策，那他们只能放弃，徒劳而返。"伍迪，河狸夜里睡觉吗？"他问道。

这只独行猫听了耸耸肩，说道："我不知道。那时间我不是也睡着了嘛。两脚兽大概会知道。"

"你说得对，但我们又不能问它们。"蟾足没好气地说着，使劲地撇撇嘴。

"至少两脚兽在夜间不会在这附近出现，"狮焰说，"也许，河狸也在熟睡。那么，半夜应该是采取行动的最佳时

第四学徒

机。"

众猫你看看我，我看看你，空气中弥漫着紧张的气氛。花瓣毛和涟尾将目光投向树林那边的水潭方向。

"那是我们的水。"涟尾咕哝了一句。

狮焰明白，现在还没到打道回府的地步。既然远征队大老远地来了，那就一定要为族群做些什么，让水流下去。

"大家看，"狮焰把几根树枝摆成一个小木堆，开口说道，"假设这是水坝，水潭在这儿，而这个……"他在地上划了一条长长的刮痕，"是另一侧的河床。"

"我们应该分头行动。"蟾足用一只脚掌依次触摸了一下木堆两侧的地面，建议道，"同时从两个方向发动袭击。"

狮焰点点头："好主意。一旦我们占据了水坝的制高点，就立刻拆掉水坝，让水流下去。伍迪，你知道水坝中间是不是空的？河狸有可能藏在其中吗？"

伍迪摇摇头。"我不知道。况且，我也不打算参加此次行动，"他补充了一句，"这是你们的战斗，不是我的。"

"我们不会强求你加入。"狮焰虽这么说，内心还是不禁一阵遗憾。假如伍迪能加入的话，他将会是一个得力的盟友。

"行了，我们现在还是赶紧狩猎去吧。"蟾足提议道，"然后我们就休息，等待夜幕降临。"

"但是切记不要单独行动，"狮焰提醒道，"如果碰到了河狸，务必要大声警告其他队员。"

猫武士

他走进树林，鸽爪跟在他身旁。刚走了几尾远的距离，狮焰就停下脚步尝了尝空气。"除了河狸，我什么也嗅不到。"他抱怨道。

"我也一样。"鸽爪说，突然，她停在一个由细枝和小草混杂在一起堆积而成的土堆前。"看看这儿。"变干的泥巴上有一个大大的脚掌印，"这会是谁的呢？"

狮焰走上前，仔细闻了闻，一股浓烈的气味冲得他倒退了一两步。这股气味中混杂着麝香和河狸的腥臭味儿。"这或许是气味标记，"他猜测，"我们得离这东西远一点儿，才有可能捕到些猎物。"

让狮焰感到宽慰的是，他们越深入林间，河狸的气味就越淡。终于，他们将最后一棵被砍倒的树木也远远抛在了身后，狮焰开始从空气中闻出他所熟悉的老鼠、松鼠的气味。一听见灌木丛下传来窸窸窣窣的声响，狮焰就判断出那是只老鼠，然后悄悄靠了过去，小心翼翼地迈着每一步。在最后一刻，老鼠试图夺命狂奔，但狮焰一脚掌就把它压住了，一口咬住它的后颈杀死了它。

"我也捉到一只！"鸽爪嘴里叼着只老鼠跑过来。

狮焰用泥土覆盖住刚刚狩猎到的猎物。"在这里狩猎就容易多了，"他评论道，对这么快就抓到了猎物感到很欣喜，"我猜是因为这儿临近水源。"

没过多久，狮焰又捕到了一只松鼠，鸽爪也捕到两只老

第四学徒
DISIXUETU

鼠。

当他俩带着猎物返回小溪时,鸽爪嘴里叼着猎物嘟囔道:"我从来都不知道狩猎竟会这么容易。"

听她这么一说,狮焰才意识到,干旱开始的时候,鸽爪还是只幼崽。她不曾在猎物丰沛的日子里捕过猎。"一旦我们将水带回去,在林区狩猎也会像在这里一样容易。"狮焰承诺道。

回到了水潭上方的灌木丛中,他们看到其他猫的收获都不错。远征队第一次吃到肚子有些撑。饱餐过后,大家安顿下来去睡觉,等待夜幕降临。

鸽爪自告奋勇道:"我来放哨。"她睁大眼睛,抖动着胡须。

"不行,你需要休息,"狮焰劝她,"还是我来吧。"

"可是我觉得自己可能睡不着。"鸽爪小声反对,盯着其他队员确保他们没在偷听,"我仍能听见河狸的声响,又咬又抓……"

"那就封闭你的感知,就像之前那样。"狮焰对鸽爪说道,"我们都知道现在河狸就在附近,所以你不需要时刻保持警惕。"当看到鸽爪仍未被说服,狮焰低下了头,赞许地舔了舔鸽爪的耳朵:"你已经做得很好了,鸽爪。你是对的!小溪的确是被棕色动物所阻塞——我们一定能想办法解决问题的。等我们打败河狸放出水后,族群会感激你的。"

鸽爪叹了口气。"希望会是这样。"她没再多说什么，蜷缩了起来。过了一会儿，狮焰察觉到她睡着了。

晚风吹皱了水潭的水面，薄云掠过一弯残月，木头上光影斑驳。这时候，远征队员们下到了水边。

狮焰在水潭边停住脚步。水坝在黑黢黢的夜色中看起来变得更大也更可怕了，最顶端的原木完完全全地遮住了背后的星空。狮焰感觉自己的腹部一阵翻腾。星族啊，你们是否与我们同在？你们也走在这片星空下吗？狮焰仔细地观察着池岸两侧，尝了尝空气，但是没有察觉到有什么动静。到处都是河狸的气味，狮焰判断不出河狸是否就在这附近。但愿河狸都在上游的泥堆中睡着了。

"好了，"远征队员们聚拢在狮焰身边时，他低声做着安排，"鸽爪和我将穿过小溪到对岸，白尾和莎草须跟我们一起。你们其余的都留在这一侧。"

蟾足轻轻地点点头。

"我们爬上水坝，然后把原木拖下去。"狮焰继续说，"如果有河狸出来阻拦，我们就开战。"

"没错！"虎心嘶嘶说道，眼睛在月色下泛着微光。

"好，现在出发。"狮焰说着，爬入干涸的河床底部，又爬上另一侧的溪岸，一半的远征队员离得很近。既然无须再等待了，狮焰先前的顾虑也消散了，取而代之的是坚定的决心。

第四学徒

就是今晚，我们将夺回水流！

刚一穿过小溪，白尾就发出一声号叫。对岸的蟾足也以一声号叫作为回应。

"上！"狮焰大吼道。

他跳下斜坡，冲上水坝。一个心跳过后，他的脚掌就在身下打了滑，差点儿直接从原木堆上滑下来，好一顿挣扎才没有跌入水潭。他身旁的鸽爪则滑到了一根低矮的树枝上。狮焰弯下身子，叼住鸽爪的后颈，将她再次拽上来。

"小心！"狮焰恢复平衡后，喘着粗气说，"这些原木滑溜溜的。"

他这时才意识到他之前从未留意过的一些事情：河狸将树皮全都啃光了，裸露出锃亮的白色木头。这时候，白尾沿着一根长长的树干边缘一点点地移动。她走着直线，每次都是先朝前探出一只爪子，然后另一只爪子再伸到前面，插入树干。莎草须尝试着在木堆上跃起，却将一根原木蹬得滚动了起来，差点儿没来得及在被它扫入水潭前逃开。

另一侧传来的哀号和愤怒的咆哮声告诉狮焰，其他猫也陷入了同样的困境。如果我们甚至都不能在水坝上走动，又要如何摧毁它呢？

他和鸽爪正在合力试图从木堆中拽出一根原木，就在此时，狮焰听见水花飞溅的声音传来，紧接着传来的是重重的脚掌拍水声。两只河狸从狮焰面前的水中突然冒出，吓得他每一

根毛都竖了起来。河狸那黑莓色的眼睛和弯弯的牙齿在月光下闪闪发光。

"噢,不……"鸽爪喃喃道。

狮焰发出一声长啸,朝离他最近的那只河狸冲了过去,在掠过对方身侧的时候猛地出掌一击。令他沮丧的是,他的利爪从河狸的皮毛上滑过,河狸毫发无伤。他感觉河狸的皮毛又厚又滑,打在上面就像打在泥沼上一般。狮焰转过身,看见两只河狸都朝着鸽爪奔去。学徒勇敢地与河狸对峙着,当河狸冲过来时,她跃至空中,然后落在为首的那只河狸肩上,向它的脑袋和耳朵抓去。但河狸没有把鸽爪放在眼里,一甩头便将她甩开了,仿佛甩掉的是一只苍蝇。鸽爪重重地撞在原木上。

河狸爬向了在坝顶等待着的白尾和莎草须,夜空映衬出她俩的轮廓。两只母猫拱起背,身上的毛奓着,发出阵阵尖叫。

狮焰确认鸽爪没有受伤后,就让她独自挣扎着站起身,自己则重返战场。当他赶到坝顶时,狮焰看见一只河狸以前脚掌支撑地面,用尾巴猛地扫向莎草须。风族猫立刻发出一声惊叫,向后倒去。莎草须掉落的时候,身体碰到了白尾。幸亏白尾的爪子插入了最近的原木中,才没有一起掉下去。

狮焰在黑暗中向下望去,看到莎草须躺在下面干涸的河床上。她还在动弹,因此狮焰判断她只是摔蒙了。没有时间去查看她了。狮焰飞速转身再次面对河狸。这时,白尾爬了上来,站到了狮焰的身旁。

第四学徒

"狐狸屎,我的爪子都撕裂了。"白尾小声嘟囔道。

他们察觉到有一只河狸不见了,但另一只正朝他们逼近。这只河狸用后腿直立起来,发出暴怒的嘶嘶声。当它猛冲向前的时候,狮焰滑至河狸的一侧,白尾则跃至河狸的另一侧。河狸砰的一声咬合牙齿,离狮焰的耳朵仅仅一根胡须的距离。白尾在河狸扭头面对她之前,瞄准河狸的头部狠狠地出掌猛抓。

"干得漂亮!"狮焰喘着粗气赞扬道。

他眼睛的余光瞥见鸽爪正在逃离第二只河狸。只见鸽爪跳跃着爬过滑溜溜的原木,身后紧紧追着那只步伐沉重的笨重动物。狮焰刚要跳下去营救鸽爪,却差点儿被另一只河狸的扁平尾巴拍翻,这只河狸转头就与白尾交战起来。

"狮焰,救命!"白尾尖叫道。

白尾四脚朝天倒在原木上,河狸锋利的牙齿正朝她的喉咙咬去。狮焰撞向河狸的身体,感觉自己仿佛一头撞上了大树。但是他的撞击成功地让河狸分心了一个心跳的时间,白尾挣脱了出来,并瞄准河狸的耳朵就是一击。

没什么用!狮焰心想,这些家伙对我们来说太强大了!其他猫呢?

狮焰逃离河狸的攻击,爬上坝顶四下眺望。在坝底的水潭边,剩下的四只猫正在迎战另外两只河狸,狮焰见状,不由心头一紧。他看见花瓣毛被撞翻,向后一斜跌入水中,过了一会儿又重新浮出水面,矫健地在水中游着,但是却没办法爬上光

滑的原木。

蟾足和虎心的战斗力强大得如同一整支巡逻队在战斗，但他们所面对的河狸比大坝顶上的两只更大更强。我们不可能取胜。狮焰心里想道，一阵痛苦的挫败感涌上狮焰的心头。他回头望去，看到了白尾，以及蜷伏在白尾身后的鸽爪，她俩虽面露恐惧，但神情十分坚定。两只河狸正逼近她俩，发出威胁的嘶嘶声。

"快撤退！"狮焰大吼道，"回到岸边——爬上树！我去帮助其他队员！"

"不！"鸽爪尖叫着回应，"我们不会离开你的！"

"我不会有事的！"狮焰盯着学徒，希望鸽爪能回想起，他是不会在战斗中被杀死的，"马上撤退！"

令他欣慰的是，白尾转过了身，推着鸽爪沿着水坝撤离。两只母猫逃到岸上，翻过原木堆，白尾用三条腿一瘸一拐地奔跑着。狮焰没有发现莎草须的踪迹，猜测她仍躺在河床上，还没有醒过来。

但愿她还在那儿。

狮焰转身朝着水坝另一边奔去，不料与两只河狸迎面碰上。两只河狸朝狮焰爬来，眼中闪着凶光。

"你们以为能轻易取胜吗？"狮焰讥讽道，身上的皮毛全都奓开了，"劝你们三思！"

他瞄准两只河狸之间的狭窄缝隙猛冲了过去。他借着河狸

第四学徒

湿滑的皮毛从它俩之间钻过,迅速地低下头避开了它们尖利的牙齿,并左右闪躲过河狸的爪子。河狸用尾巴扫向狮焰,想把他掀翻在地,却不料被他从尾巴上跃了过去。狮焰感觉身体两侧遭到连续击打,落地时差点儿摔倒掉下水坝,但是他努力站住了。

"看见没?"狮焰耀武扬威地大吼道,"我身上一处伤也没有!"

话音未落,狮焰感到身后袭来一记重击,某个东西从他身子下方击中了他的双腿。又一只新的河狸出现了,它低头俯视着狮焰,扑过来啃向他的脖子,小小的前爪不住地颤抖着。

狮焰连忙滚到一边,狼狈地扑腾着腿脚从水坝侧面滑下,落在坝底,蟾足和其他队员正在这里继续苦战着。

"撤退!"狮焰喘着气说,"突袭结束了!"

"只要我还没倒下,就绝不会退后!"蟾足咆哮道,一拳打向一只尝试把他推倒的河狸。

"我也是!"虎心从牙缝里挤出几个字。

狮焰看得出两位影族武士都受了伤。鲜血从蟾足眼睛上方流了下来,虎心的皮毛上也有着深深的爪痕。

没有时间争辩了。狮焰滑到花瓣毛身边,她正在最低的一根原木上努力保持平衡。狮焰叼住花瓣毛的颈背,将她抛到岸上。他观望了几个心跳的时间,直至花瓣毛安全地爬上斜坡,才四下张望着搜寻涟尾。在看到河族武士的一刹那,他的心都

提到了嗓子眼儿。在水坝与河岸的交界处，涟尾被那只最大的河狸逼到了绝境。虽然表面看，涟尾勇猛地面对着那只生物，龇着牙，挥着爪，但狮焰明白涟尾没有一丝胜算。

就在他撞向河狸的同时，对方也向前冲去。河狸那锋利的长牙紧紧咬在涟尾的肩上，撕出一道参差不齐的伤口，河族武士发出一声痛苦的惨叫。狮焰朝河狸的头撞去，爪子狠狠地抓进河狸的耳朵。河狸疼得大叫，后退了几步，用尾巴扫向狮焰。涟尾赶紧从他们身边溜走，滑过他们打斗中的那根原木，跳进水中。

"救他出来！"狮焰尖叫道，同时拼命抓着河狸的头不放，河狸则试图用后脚掌劈向狮焰。狮焰看到花瓣毛再次跑下斜坡。

"涟尾！涟尾！"花瓣毛大声呼叫着。

就在这时，河狸站直了身子，猛地甩开了狮焰。狮焰无力地躺在原木上，挣扎着喘气。河狸步步逼近狮焰，目光凶狠，牙露寒光。

蟾足突然跳到狮焰和河狸之间，吸引了河狸的注意力。这只生物转身去追影族武士了。蟾足站在河狸的攻击范围之外，咆哮着用前爪击打着河狸，狮焰趁机爬起身逃跑了。

狮焰和蟾足跳下水坝，跑向水边，虎心紧紧跟在后面。

花瓣毛正蹲伏在岸边。"我要去救涟尾！"她一边大吼一边跳入水中，游向正在水中挣扎的族猫。狮焰不禁想起就在前

第四学徒

一天,两只河族猫还在水中玩得有多么开心。

所有五只河狸齐聚于坝顶,俯瞰着下方的众猫。狮焰和蟾足转身仰面望向河狸,做好了随时战斗的准备,以防河狸在花瓣毛救出族猫前再次发动攻击。

河族母猫游到涟尾跟前,叼住他的后颈,开始将他往岸边拽。就在此时,白尾也从水坝另一侧的河床上一瘸一拐地跑向他们,她被扯断的爪子血流不止,身后的莎草须则依傍在鸽爪肩头走着。从坝顶上摔下来的莎草须看起来仍旧晕晕乎乎的。

当花瓣毛拖着涟尾游到了浅水区时,狮焰和蟾足蹚水过去,帮花瓣毛将涟尾拉上岸。河族公猫已经失去意识,他的脚掌撑不住自己的身体,头也无力地耷拉着。狮焰和蟾足紧紧咬住他的肩膀,鸽爪和花瓣毛则抬起他的后腿,合力将涟尾抬上了斜坡,回到了先前休憩的蕨丛中。白尾和莎草须步履维艰地跟在后面。

待远征队回到临时搭成的窝棚,鸽爪撕了一些蕨叶铺了个窝,众猫将涟尾放在上面。涟尾肩上被河狸咬伤的部位仍在不住流血,鲜血渗入他那湿漉漉的皮毛。看着涟尾那又长又深的伤口,狮焰感觉到自己的肚子一紧。

"我们得先止血,"鸽爪说,"有谁知道用什么草药吗?"

狮焰努力地回想着。松鸦羽肯定曾在什么时候告诉过我一些现在派得上用场的东西,不是吗?但是在恐惧和疲惫中,狮

焰无法思考，什么也记不起来。

"最懂用药的就是涟尾了。"花瓣毛恐惧得睁大了眼睛，"我们出发前，蛾翅曾指导过涟尾如何用药。"

狮焰懊恼地用爪子刨着地面。"涟尾？"他低声嘶喊，"涟尾，你能听见我说话吗？"

但河族武士没有回应。他的眼睛紧紧闭着，呼吸微弱。

"蛛丝能止血。"白尾说。

鸽爪一跃而起。"我去找些来。"说罢就冲入灌木丛中。

花瓣毛朝族猫俯下身，轻轻地舔着他潮湿的皮毛，如同一位母亲正在照顾自己的幼崽。其他猫在一旁默默地看着。噢，星族！狮焰祈祷道，别让他加入你们。

蕨叶丛开始剧烈晃动，狮焰抬起头，期待看到鸽爪回来，但未料到，踏入空地的却是伍迪，他的嘴里叼着一只田鼠。伍迪的目光落在涟尾身上时，不禁惊讶地张大了嘴巴，口中的猎物跌落了下来，眼睛也惊恐地瞪大了。

"这是怎么了？"伍迪声音沙哑地问。

"河狸干的。"蟾足简要地回答道。

伍迪走上前来，仔细地嗅了嗅涟尾的伤口。"真不敢相信，你们这些猫竟让自己身陷如此险境。"他说道。

"我们一直就是这么做的。"狮焰努力克制住自己对这只独行猫大吼大叫的冲动，"武士守则告诉我们，你必须为你的族群而战，直至死亡。"

第四学徒

"那样的话,你们就是傻子。"伍迪哼了一声。

虎心发出一声怒吼,扑向独行猫:"你看不出这只猫有多勇敢吗?"

伍迪猛然转身面对虎心,亮出利爪。但年轻武士还没碰到伍迪,就被冲到他们之间的白尾给推了回来。她提醒他说:"和这只猫打架救不了涟尾的命。"

虎心坐下身去,喘着粗气,瞪着伍迪。这时,蕨叶再次被分开,鸽爪跑了出来,只用三条腿跛着往前跑,另一只脚掌上缠满了蛛丝。

"鸽爪,谢谢。"花瓣毛接过蛛丝,放在涟尾的伤口上,但涟尾的血液很快就浸透了蛛丝。涟尾的呼吸越发微弱了。

"他的皮毛发烫。"花瓣毛低声说。

这时,狮焰发现,月亮已经落下,天空渐渐变白,黎明将至。所有的猫,包括伍迪在内,都静静地坐在涟尾周围,听着他越发微弱,也越发急促的呼吸。最终,当天际浮现出一道金边时,涟尾停止了呼吸。

狮焰垂下了头。涟尾还是位年轻的武士,他还能为族群贡献很多力量。从他们一起远征的那一刻,狮焰就已经开始把他当作朋友了。但河狸将这一切都毁了。

"他现在和星族一起狩猎了。"蟾足喃喃道,伸出尾巴轻触着花瓣毛的肩头。

花瓣毛蜷伏在地上,伤心得快喘不过气来。白尾和莎草须

分别靠在花瓣毛两侧，三只母猫在涟尾的尸体旁紧紧靠着。虎心一脸的震惊，似乎不敢相信一位武士的生命竟会消逝得如此迅速。

鸽爪跳起身走开了，她漫无目的地在草丛蕨叶间穿行。狮焰担心沉浸在悲伤中的鸽爪忽视了身边的危险，便跟了上去，在水坝土堆上方的坡顶追上了她。河狸已经不见了，除了几根散落的原木，没有任何迹象表明就在不久前这儿发生过一场战斗。

鸽爪俯视着水坝低声说："我们就不该来！"

第四学徒

第二十章

星族啊,她到底为什么要大老远跑到这儿来?

松鸦羽追踪着罂粟霜和风皮的气味,艰难地沿着通往月亮池的小道往上爬。一想到他俩不大可能是自愿在一起,松鸦羽的皮毛就阵阵刺痛。

他究竟想对她做什么?

太阳已经落山,山风渐起,带来了雨的潮湿气息。终于,干旱似乎迎来了尾声。这是件好事儿。松鸦羽心想。

随着最后一步,松鸦羽艰难地抵达了环绕着月亮池的荆棘丛。他推开多刺的枝条,沿着盘旋小道往下走去,脚掌下再次感受到了远古族群留下的脚掌印。他们的低语萦绕在松鸦羽耳边,但今夜松鸦羽因专注于找寻罂粟霜而无暇聆听。

松鸦羽来到了月亮池边,耳边传来不住奔腾的瀑布的声音,他闻到了罂粟霜的气息。那只母猫正坐在不远处的水边,只有她一个,没有风皮的踪迹。他应该就在这附近。但他到底在哪儿呢?

"罂粟霜?"松鸦羽低声喊道。

他听见罂粟霜讶异的喘息声:"松鸦羽!你跟踪我?"

"是的。"但我不会告诉她,可能还有一只猫也在跟踪她。"族猫们都很担心你。"他接着说道,"你不该独自来这里。"

"我的孩子很好。"罂粟霜答道,声音低沉,无精打采的,"是莓鼻担心我吗?"

松鸦羽迟疑了一下。他离开前没见到莓鼻,不过就他所知,那位奶油色武士还没有注意到自己的伴侣不见了。

"你不必回答我了。"罂粟霜悲伤地继续说道,"他当然不会!他根本就不关心我。他还爱着蜜蕨。"

松鸦羽搜肠刮肚地想着合适的说辞,但是罂粟霜立刻就继续说了下去,似乎默认了松鸦羽认同她的话。

"我非常想见到蜜蕨,这份思念无法用言语表达。我不会因为莓鼻不爱我而责怪她。"罂粟霜颤抖着叹息道,"我一直很爱莓鼻,即使当时他和蜜蕨在一起。但我从未想过要从蜜蕨身边抢走他!蜜蕨死后,我想,也许他终究会爱上我的……但他没有。"

"你不知道……"松鸦羽开口说。

"噢,才不,我知道!"罂粟霜快速地反驳他,"谁都能从他的行为中看出来,他根本不关心我。不然他为什么希望我那么早就住进育婴室?他甚至都不想在武士巢穴看见我!"

松鸦羽不知该如何回答她。假如莓鼻依然爱着罂粟霜那死

第四学徒

去了的姐妹,那谁也没有能力强迫他爱上罂粟霜,就算她辛辛苦苦爬上月亮池也无济于事。

"我来接你回去,"松鸦羽说道,"你是否记得,我曾经把你从你在梦中造访的森林里带回来?"

罂粟霜沉默了一会儿,松鸦羽感觉出那段回忆正在她的脑海中浮现,就像水面上倒映的星光在闪烁着。

"没错,我记得。"她小声咕哝着,声音几乎被瀑布的声响盖住了,"那时候我病了,是吗?但我没有真的离开石头山谷,所以那片森林在哪儿呢?"她屏住了呼吸,提高音量接着说:"是星族,对吗?当时我快死了,是你救了我的命!"

"对,就是这么一回事儿。"松鸦羽解释道,"现在我再次来帮你。"

松鸦羽听见罂粟霜站起身来,绕过月亮池走到他面前,罂粟霜强烈的气息直冲他的鼻子。

"既然我曾去过星族,又能回来,那我就能再去一次!求你了!"松鸦羽感觉到她期待得浑身颤抖,"我想见到蜜蕨。我想亲口告诉她,我不是有意从她身边夺走莓鼻的。噢,松鸦羽,如果她也恨我,那可怎么办?"

松鸦羽差点儿叹息出声来。"这不可能,"他开口说道,"武士们不能随意来去星族,如果非要那么做,我就必须伤害你或者让你生病。但是,作为巫医,我不能……"

突然,松鸦羽听见山谷边缘处传来轻轻的脚步声,他马上

停住了。风皮的声音冷冷地回荡在石头间。"这是怎么了？又一场进退两难的雷族家庭闹剧？我说啊，你们雷族猫真该学学如何控制感情。这下好了，你们雷族又多了一些不该出生的幼崽。"

"风皮！"罂粟霜的声音里透着震惊，"你在这里干什么？"

"你这话听起来可不太友好。"风族猫的声音很轻，"你知道的，月亮池可不是你们雷族的领地。"

"别来打搅我们，"松鸦羽怒气冲冲地说道，试图掩饰心中像融冰一样从脊柱流到全身的恐惧，"我们不需要你出现在这儿。"

"噢，我认为你们需要。"柔和的声音越来越近，"我很愿意帮助罂粟霜去星族，即便你不情愿。"

松鸦羽倒吸了一口凉气，感觉罂粟霜既害怕又疑惑，似乎这只年轻的母猫还不能理解为何风族武士威胁她。"别做梦了，"松鸦羽说道，"有我在，你是杀不了她的。"

"噢，是吗？"风皮咆哮道，现在他仅在一尾之外了，"就你，瞎眼巫医，你觉得你能阻止我吗？等她的身体被发现淹在你珍爱的池子里时，看你还有什么话说。没有谁看到我今夜来过此地。我的族猫撒起谎来可不比你们雷族猫差，松鸦羽。"

罂粟霜倒抽了一口气。松鸦羽走到她身前，护住了她。他

第四学徒

那同父异母兄弟身上散发出来的恨意,几乎要将他撞飞——他意识到,为惩罚自己的出生,风皮什么事情都做得出来。

"这是你和我之间的事,风皮,"松鸦羽大吼道,"放罂粟霜走。"

风皮轻蔑地冷哼了一声:"就算是送你去了星族也难解我的心头之恨。我要让你知道,你族的每只猫盯着你,偷偷议论你,是什么样的感觉。我还要让你知道,被谎言、仇恨,以及本不该发生的事包围着,是什么样的感觉。"

"你以为我们不知道吗?"松鸦羽反驳道,"我们才是身处最恶毒的谎言中心的猫。我们甚至连亲生父母是谁都不知道。"

有那么一个心跳的时间,松鸦羽感觉到风皮的恨意消逝了,但很快就又回来了。

"别想跟我耍嘴皮子,"风皮嘶嘶道,"你就是个脓包废物。"

星族,救我!松鸦羽心里暗暗祈祷,他知道这是他唯一能期待的了。松鸦羽亮出利爪,扑向风皮。在他将风族公猫按倒时,松鸦羽感受到了后者的惊讶。他压在风皮身上,猛击他的脖颈儿和耳朵,撕扯他的皮毛。

风皮发出了又疼又怒的尖叫,但松鸦羽知道自己不可能战胜这位经验丰富的武士。风族猫甩开了他,将他掀翻在地,用一只脚掌把他踩在地上,狠狠地击打他的肚子。松鸦羽徒劳地

扭动着身子,想要挣脱,这时,他才意识到风族猫的爪子一直是收着的。

他是在戏弄我。等他觉得差不多了才会杀死我。

罂粟霜恐惧的哀号传入松鸦羽耳中:"住手!你不能杀巫医!"

"那你就等着瞧吧!"风皮大吼道。

罂粟霜对准风皮的肩膀就是一击,但她怀着幼崽的身体非常笨拙。松鸦羽可以感觉到她的脚掌没有多少力气。

"离开这儿!"松鸦羽喘着气说道,"想想你的孩子!"这时,风皮又一拳砸向他的腹部。

罂粟霜呜咽着退开了,但她不打算离开。

一个心跳过后,风皮就从松鸦羽身旁跳开了,松鸦羽头晕眼花地爬起来。站直身子后,他试图定位风族猫的位置,然而疼痛和恐惧让他无法控制自己的知觉。

风皮又跳回到松鸦羽面前,用脚掌打向他,但依旧没有亮出利爪,仅仅是掸过松鸦羽的耳朵和口鼻。"继续来啊,看你能不能打到我!"他嘲笑道。

松鸦羽向前一跳,但还没等他碰到风族猫,就有另一股重量从身后压向他,同时一只爪子抓过他的肩膀。

又来了一只猫?噢,伟大的星族啊,不!

松鸦羽回想起以往的战斗训练,当这只陌生的公猫扑向他时,他身子一歪,顺势摔倒在池边。他伸出四只爪子,疯狂地

第四学徒

抓着这只猫的腹部。

这是谁？到底有多少只猫想杀死我？

新来的猫的气息萦绕在松鸦羽的周围，但松鸦羽识别不出是谁。这只公猫不属于风族，也不属于其他族群。但他不是泼皮猫，也不是独行猫。我应该认识他的气味才对，但我却从没闻过这种味道。

突然，这只来历不明的公猫的重量消失了，松鸦羽艰难地站起身来，却跌跌撞撞地被一只巨大的脚掌扫向月亮池。风皮拦住了松鸦羽的去路，将他又推了回去。两只猫围击着松鸦羽，推来搡去地持续了几个心跳的时间，就像两个幼崽在拍打着苔藓球。

罂粟霜仍在一旁不愿离去。"风皮，不要！"她恳求道，"如果你杀了巫医，星族会发怒的。"

"谁在乎！"风皮咆哮道。

松鸦羽愤怒地吼叫一声，试图还击，但他胡乱的击打造不成任何威胁。他感到自己的一侧肩膀被风皮划伤了，血开始流了下来。

他们开始厌烦了，很快就会结果我。

就在他筋疲力尽时，他感到又有一只猫跳到他的身旁。想到还要承受第三只敌猫的攻击，他的最后一丝希望也破灭了。然而，他听见风皮发出一声惊叫，马上意识到新来的猫正扑向风族猫将他从自己身旁赶走。

猫武士

"嘿，松鸦羽，"新来的猫咬着牙嘶吼道，"你没事吧？"

"蜜蕨！"松鸦羽吃惊地说道。

星族武士跳回松鸦羽的身边，身上的气味缭绕在他的周围。这时，那只大块头公猫再次向他们俩冲来。这一次，松鸦羽快速朝公猫的耳朵打出一爪，蜜蕨则转身给了风皮的腹部一个重击。

松鸦羽听见那只来历不明的猫撤退时发出一声暴怒的嘶吼。

"滚开！"蜜蕨咆哮道。"你在这儿可不受待见！至于你，风皮……"她转过身再次盯着那只风族猫，"也马上给我滚开。或者你很想收获一双被扯碎的耳朵吗？"

"这回算你赢了，"风皮厉声说道，"但我告诉你，这事儿没完！松鸦羽，我们走着瞧。"

松鸦羽听见风皮的脚步声往盘旋小道而去，他的气息也消逝了。松鸦羽大口喘着气，转向蜜蕨的方向。他发觉自己能看见蜜蕨。蜜蕨正坐在池边，淡淡的虎斑皮毛上闪烁着浅浅的星光。蜜蕨的身后出现了一排又一排星光熠熠的猫，他们聚拢在月亮池周围和山坡上。松鸦羽不敢仔细看他们，生怕看到冬青叶，也生怕看不见她——那或许意味着她在一个更糟的地方。

于是，松鸦羽走向蜜蕨。"谢谢，"他喘着粗气说道，"我还以为我这次肯定要加入你们了。"

第四学徒

蜜蜂晃了晃尾巴。"这次还没有轮到你，松鸦羽，"她答道，"你还有许多使命有待完成。" 蜜蜂身子前倾，友善地舔了舔松鸦羽的耳朵："谢谢你救了我的姐妹。"

"她能看见你吗？"松鸦羽问道，同时瞥了一眼不远处蹲伏于盘旋小道上的罂粟霜。

蜜蜂悲伤地摇摇头。"请告诉她，我也很想念她，就像她想念我那般。我会像爱自己的孩子那样爱她的孩子的。"蜜蜂眼中洋溢着爱与同情，她接着说道，"莓鼻是爱她的。他只是害怕像失去我那样失去她。我一直在守护着他们俩。"

蜜蜂再次点点头，然后消逝在众多的星光武士中。这时，另一只猫走上前来，她蓬乱的皮毛在星光下犹如一团烟雾。

"黄牙。"松鸦羽惊讶地说道。

"我知道帮风皮的是谁。"前巫医开门见山地对松鸦羽说道，没有浪费时间跟他打招呼。

"真的？是谁？"

黄牙眨了眨眼睛："你没必要知道。但他的现身预示着将有一场大的灾祸来临。"

松鸦羽的腹部一阵翻腾："你的意思是？"

"今天有蜜蜂与你并肩作战，"黄牙说道，"等他们到来的那一天，所有星族武士都会帮助你们的。但是敌人空虚的内心已被仇恨和复仇的饥渴所填满，这将给他们带来深不可测的力量。"

松鸦羽恐惧地盯着黄牙。

"黑森林的力量正在崛起,"黄牙声音里充满了不祥的预感,"我担心他们会获得星族难以战胜的力量。"

第四学徒

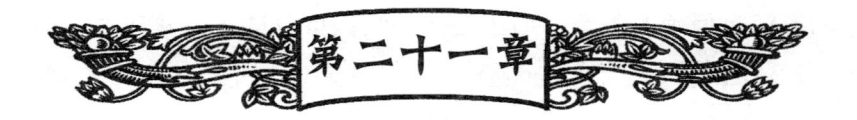

第二十一章

狮焰和蟾足将涟尾的尸体放入他们在橡树底下挖好的土坑中。在灌木丛的那边,鸽爪依稀能看见大坝后面的水潭在清晨的阳光下闪闪发光。她希望涟尾的灵魂此时在那里,去游泳、去捉鱼,如他活着时所希望的那般。

愤怒如一团慢火灼烧着鸽爪的肚腹。涟尾不该在这场征途中死去!她恨不得马上就向河狸复仇,这种渴望就如一只饥饿的猫渴望咬上一口猎物,我们必须摧毁水坝!这里的水属于族群!

在鸽爪走到墓边,把泥土和叶片掩埋在涟尾的尸体上前,她停下脚步侧耳倾听河狸的动静。它们正在住所里安静地走来走去。她想象着河狸们正因那么轻易就赶走了他们而扬扬得意,开心庆祝。

狮焰的声音扰乱了鸽爪的思绪:"我们不能再跟河狸发生战斗了。"

正坐在盘根错节的橡树根部的伍迪小声嘟囔道:"我早就警告过你们了。"

狮焰晃动了一下耳朵，示意独行猫他听见了，但独行猫没有回应。狮焰接着说："我们得想其他办法放掉水。"

花瓣毛从族猫尸体上方抬起了头，悲恸不已的她依旧满眼的震惊，但她的声音仍旧坚定："我们可以试着引开河狸。"

"然后呢？"蟾足问道。

"然后摧毁水坝。"花瓣毛回答道。

"水坝太大了！"虎心反对道，"想要拆掉它可能得花上几天的时间。但我们不可能让河狸离开那么久。"

"我们不必将水坝全部毁掉。"花瓣毛听起来信心十足，"只要我们能移走足够多的顶部枝条，让水流下来就可以了。水流的力量能冲走剩下的原木。"

鸽爪点点头："我听懂你的意思了。"当谈到水流时，河族猫比任何猫都更有发言权。她将感知扩展到水坝处，稍稍分析了一下树干和枝条相互编织的方式，立即意识到花瓣毛的办法或许能奏效。

"我们必须尽快行动。"白尾抬头瞟了一眼天空，插了一句，"马上就要变天了，另外……"她瞥了一眼花瓣毛，"我们需要回到族群，告知族猫这里发生的一切。"

"没错。"狮焰表示赞同。

"我知道我们可以做什么！"虎心环顾空地，"我们来操练一下，看看如何移动这些倒着的树枝。如果我们做到在移动树枝时保持平衡的话，就能更快地拆除水坝。"

第四学徒

蟾足对族猫赞许地点点头:"好主意。"

鸽爪也对虎心的主意心生佩服。虎心有时候是有些烦,但不得不承认,他并不愚蠢。

安葬完涟尾,族群猫在空地上分散开来,开始练习搬动树枝。令鸽爪吃惊不已的是,伍迪也上前帮助花瓣毛。"我不该放任你们袭击河狸的。"伍迪站在花瓣毛身旁,帮她滚动一根覆满青苔的原木,小声咕哝着,"我本该知道它们对你们来说太过强大。对不起。"

"伍迪,这不是你的错。"白尾对他大声说道。花瓣毛一言不发,全神贯注地滚动着一根沉重的树枝。

鸽爪跟随狮焰穿过空地,来到一根被雷电劈开、倒在地上的树干前。看到狮焰走路一瘸一拐的,鸽爪震惊不已。"你还好吗?"她问道。

狮焰点点头。"我是不会在战斗中受伤的,你忘了?"他嘶嘶道,"但我不能让其他猫知道。"

鸽爪叹了口气:"要是我们不用把什么都藏着掖着就好了。"

"暂时隐瞒真相也是为了他们好。"狮焰转向鸽爪,琥珀色的眼睛盯着她,"他们需要我们的帮助。假如他们认定我们与众不同,就可能会拒绝我们的援手。"

鸽爪回头扫了一眼其他猫,大家分散在空地四周,都在试着移动原木。假如他们知道了我的力量,真的会害怕我吗?她

伤心地想，也许会，毕竟，要不是我感知到了河狸，我们就不会有这次远征，涟尾也就不会死去。

她和狮焰开始滚动那截被雷劈过的原木。它很重，树干周围长出的杂草也让它更难移动。

"我们翻转树干看看。"狮焰提议，"你去尾部，我来抬它的这头。"

"好。"鸽爪心存疑虑地扫了一眼原木。它这么大！而水坝上有些原木比这还大！

鸽爪看着树干的时候，狮焰将爪子插入树干一端的底部，开始用力抬起。"我从这端推，"他咬紧牙关嘶嘶道，"你先稳住树干，然后从你那端使劲儿往前推，它就会滚动了。"

鸽爪努力抓紧了原木。但原木刚一滚动，她的爪子就滑脱了。原木再次落到地上时，砸到了鸽爪的下巴。"抱歉，"她喘着气说，"我们再试一次吧。"

但第二次尝试也没好到哪儿去。这一次，原木朝鸽爪滚过来，她连忙向后跳起，脚掌差点儿就被压住了。

狮焰沮丧地抽动着尾巴。"我没法儿自己移动原木。"他咆哮道，但鸽爪明白狮焰是在生他自己的气，"它太重了。"

"这办法行不通，对吧？"鸽爪跳了起来，惊讶地看见蟾足朝他们走来。"我们至少需要三只猫来引开河狸，"蟾足一屁股坐到原木旁，发出一声疲惫的叹息，继续说道，"就算伍迪愿意帮忙，那也只剩下五只猫来拆除水坝。我们办不到

第四学徒

的。"

鸽爪的视线扫过空地，看见其他猫也陆陆续续都放弃了移动原木和树枝的努力。他们看起来精疲力竭，尤其是花瓣毛，她两眼发黑，依旧在为族猫的死而悲伤。

毫无希望！我们接下来该怎么办呢？

狮焰站起身来。"我们现在不能放弃，"他低声咆哮道，"我们只是需要更多的援助。"

"别再鼠脑子了，"白尾反对，"难不成我们要大老远地回去再带些猫来吗？路途太远了，我们现在就需要水！"

"有些猫可能离我们没那么远，他们能帮上我们。"狮焰轻晃尾巴提醒大家。

蟾足震惊得瞪大了眼睛，说道："你是说那些宠物猫？"

狮焰点点头："值得一试，我们只需到下游有兔子的两脚兽巢穴那儿去就能找到他们。"

"话虽没错，但……他们可是宠物猫啊。"虎心说道。

白尾小声表示赞同："万一我们去请他们来帮忙，结果他们不愿意的话，那可就是在浪费时间了。"

"我们必须冒这个风险。"狮焰说道。

鸽爪的肚子直翻腾。如果其他远征队员不赞同，狮焰还能怎么办呢？

几个心跳过后，莎草须打破了沉默。"我觉得，我们必须得试试，"她说道，"就算是看在涟尾的分上。"

猫武士

花瓣毛点点头:"我不想他死得毫无价值。"

猫儿们你看看我,我看看你。鸽爪知道,尽管来自不同的族群,但他们都在为涟尾的死而悲伤。

"那就行动吧,"蟾足说道,"我也想不出更好的办法了。"

"好。"狮焰竖起耳朵,"鸽爪,你和我一起去。余下的继续练习。我们会尽快赶回来。"

鸽爪跟随老师冲下斜坡,来到水潭边,跳入水坝下的河床。当她跟着老师沿着满是鹅卵石的河道前行时,她意识到自己的掌垫在这场漫长的征程中变得粗糙坚硬起来。即便是走在尖锐的石头上,她也感觉不到任何疼痛。

待他们抵达曾经停下来狩猎的矮树林时,已经接近日高时分。狮焰放慢了步伐。"先前雪莲就是在这里跟上我们的,"他说道,"说不定她常来这儿。鸽爪,你能感知到她吗?"

鸽爪已经被两脚兽地盘上的声响给弄迷糊了:怪物的声音、两脚兽的叫喊声、它们生活中奇怪刺耳的哗啦声。她想像之前那样,堵住耳朵不去听这些声响,集中精力于脚掌下的地面,以及周围沙沙作响的树叶,但她明白,这一次她做不到。她必须聆听每一种声响,收集所有的信息,然后用耳听、鼻嗅、掌感来筛选,直至找到那几只猫。鸽爪延展着自己的感知力,特意搜寻着雪莲,但她没有捕捉到白毛宠物猫的任何踪迹。

第四学徒

"没关系,"狮焰跟鸽爪说,"说不定她和兔子在一块儿,或者在两脚兽巢穴中。"

他们顺流而下小跑着,鸽爪很快就捕捉到了兔子的气息。她还发觉,在两脚兽地盘的尽头,有两只猫爬出了小溪。兔子依旧在闪耀的篱笆后吃着青草,但却看不到任何宠物猫。除了属于拼图的一丝正在渐渐消散的气息,鸽爪什么也没闻到。

"他们都去哪儿了?"鸽爪询问道,"我原以为他们住在这儿。"

狮焰的瞳孔中闪动着与鸽爪相同的焦灼。"我还以为很容易就能找到他们。"他小声嘀咕着。犹豫片刻后,狮焰补充道:"他们可能将整个两脚兽地盘都视为他们的领地。你觉得你能找出他们的位置吗?"

鸽爪腹部一紧。找到特定的三只宠物猫?在这么辽阔嘈杂的环境中?但她曾找到过河狸——现在她意识到,她也能找到那三只猫。她必须再次使用她的感知力,让这趟征途能对得起涟尾的牺牲。"我试试。"

鸽爪蹲伏下来,闭上眼睛,将感知力延伸到整个两脚兽地盘。这块领地跟她以往见过的领地一点儿也不一样。一开始她对两脚兽窝巢之间的东西只有一个模糊的印象,但渐渐地,她开始在脑海中勾勒出这儿的景象:成排的巢穴,巢穴间是雷鬼路,怪物的咆哮声在坚硬的红墙间回荡,两脚兽正在来来回回地奔跑、呼喊、搬运东西……

猫武士

"宠物猫!"狮焰着急地在鸽爪耳边嘶嘶道,"你要找的是宠物猫!"

鸽爪全身心地投入到两脚兽地盘的嘈杂声中。这次,她放慢了速度,倾听着每一个角落,让画面在脑海中清晰地浮现,直至能看见最微小的细节:深绿色灌木丛叶片的阴影、小两脚兽粉扑扑的宽脸、睡着的怪物发出的微光。

猫。你要找的是猫……那儿有一只!

鸽爪察觉到有一只尾巴在晃动,听到翻过围墙跃到草地上时脚掌发出的声音。她集中精力,让自己的感知继续跟踪,终于嗅到了那只猫的气息。

不,这不是我们要找的宠物猫。他太年轻也太胆小了。

再次延展感知力后,稍远处的一声猫叫吸引了鸽爪的注意。听起来有些耳熟……沿着声音追踪,她看到了那只个头更大一些的橙色公猫塞维利亚,正晒着太阳呼喊拼图。而拼图……鸽爪听见爪子刮过木头的声音,她知道是那只胖胖的黑棕色公猫正在塞维利亚上方的篱笆上走动。

"我找到他们了!"她开心地大叫着,睁大眼睛盯着狮焰,"快点儿!"

鸽爪在前面带路,沿着溪岸前行,路过有兔子的地方,最后来到了一条连接两个两脚兽窝巢的狭窄小路前。刚一踏上雷鬼路,鸽爪的毛就竖了起来。怪物的恶臭和两脚兽在巢穴内发出的噪声将她淹没,她只想转头跑回森林,用叶子堵住耳朵和

第四学徒

鼻子。

一只怪物发出的咆哮声从雷鬼路下方的远处传来。鸽爪往回跳了一下,撞到了狮焰。"对不起!"她喘着气说,这时一只皮毛光滑、毛色鲜亮的怪物从她身边掠过,"我不知道我能不能做到。"

"你可以的。"狮焰用鼻子抵住她肩上的皮毛,"为了族群,你能做到的。现在,我们要穿过雷鬼路吗?"

鸽爪点点头。当老师将她轻轻推到坚硬的黑色带状物的边缘时,鸽爪的心怦怦地猛跳着,她感觉都快要跳出胸膛了。

"我说跑,就拼命跑。"狮焰指导鸽爪。他仔细观望道路两旁,耳朵探测着怪物的声音,接着,竖起了尾巴:"跑!"

鸽爪差点儿就害怕得叫出声,她向前冲去,脚掌在雷鬼路的路面上不住打滑。待他们安全地穿过后,鸽爪躲藏进树篱的阴影中,浑身不住颤抖着。

"干得漂亮!"狮焰咕噜着说道,"现在我们该怎么走?"

振作起来!鸽爪大声地在头脑中默念。"这边。"她领着狮焰沿着雷鬼路的边缘前行。一只怪物缓缓地经过时,他们溜到树后躲了起来。"你觉得它是在找我们吗?"她低声问。

狮焰耸耸肩,说道:"我看未必。但没有猫知道怪物在想什么。"

离开雷鬼路,鸽爪跟着自己对塞维利亚和拼图的定位往前

走,却发现自己在红石墙和高木篱之间的小道中迷了路。她拐了个弯,差点儿踩到一只熟睡着的宠物猫。这只黑色公猫跳了起来,发出嘶嘶声,然后跳上篱笆,消失在相邻的花园。

鸽爪长舒了一口气,却被另一侧篱笆后的狗叫声吓得蹦了起来。

"没事的,它够不到我们。"狮焰安慰道,但鸽爪看见狮焰的颈毛已经竖了起来。

"但愿如你所说吧。"鸽爪咕哝道。

纵横交错的小道似乎没有尽头。我们是不是迷路了?鸽爪心里想。随后,她在两条小道的交接的地方觉察到了被新斩断的草的浓烈气味,以及一丛芬芳馥郁的红花。对了!我曾嗅到过这些……我记得这丛灌木投射在小道上的影子的形状。

"我们要转过这个拐角,"她加快步伐,扭头对狮焰解释说,"然后翻过这道墙……"

鸽爪跳上墙头,然后落到一块方形的光滑草地上,她的老师也跟了过来。塞维利亚正在篱笆另一侧的底部晒着太阳。

"嘿,塞维利亚!" 鸽爪奔过草地与大个头橙色公猫碰了碰鼻子。

塞维利亚惊讶地睁大了绿色的眼睛。"远征猫!"他说道,"你们在这里干什么?你们找到了那个动物没有?你们把水放出来了没有?"

"我们找到了那些动物,"狮焰告诉他,"但我们没能放

第四学徒

出水。我们……需要帮助。"

"你是说需要我们的帮助？"一个声音从头顶传来，"哇！"

鸽爪抬起头，看见拼图正趴在篱笆上，他棕黑的虎斑皮毛在冬青树的影子里几乎看不见。拼图跳了下来，鼻子依次触碰鸽爪和狮焰，皮毛蓬松起来。

塞维利亚眨眨眼，目光谨慎地在狮焰和鸽爪之间来回打量着，低声问道："你们到底什么意思？"

"你知道雪莲在哪儿吗？"狮焰回避了塞维利亚的问题，问道，"我们本来想在兔子那儿找你们，但没找到。"

"嗯，只有我住在那儿。"拼图解释道，"雪莲的主人住在那棵白桦树的另一边。"他用尾巴指了指木篱外一棵很高的树。"你们是怎么找到我们的？"他眯起眼睛补充道。

"噢，这很简单，"狮焰回答，"别忘了，我们是族群猫。"说着，他给了鸽爪一个偷笑的眼神。

"哇！"拼图两眼放光。"我帮你们去找雪莲，"他主动提出，"如果她错失了帮助真正野猫的机会，肯定会杀了我们的。"不等狮焰回答，拼图就越过篱笆，消失在视野中。

塞维利亚伸了伸懒腰，用尾巴指了指身旁那块晒暖了的草地。"躺下来休息会儿吧，"他邀请族群猫，"这儿景色优美，阳光充裕。"

"我们最近已经晒了足够多的太阳，谢谢。"狮焰回答。

他转过头,目光扫视花园,显然在警惕狗和两脚兽。鸽爪则用前爪拨弄着青草。似乎好几个月过去了,拼图才扑通一声落到他们身边,雪莲跟在身后。

"你好!"白毛母猫雪莲朝他们打着招呼,跑向狮焰,用鼻子碰了碰狮焰的耳朵。"真高兴再次见到你。"突然,雪莲猛地后退了一步,嘴唇往后缩着,似乎闻到了什么难闻的气味,"你不会让我吃带毛和骨头的东西吧?"

"不会。"狮焰说道,"我们是来向你们寻求帮助的。"

"太好了!"雪莲轻声叫道,"你们需要我们做什么?"

"我们能战斗!你看!"拼图补充道。他跳到雪莲身边,试图用前脚掌抱住雪莲的脖子。雪莲用后腿站立起来,却在冲着拼图的耳朵出击时失去了平衡。两只猫都重重地倒在了草地上。

塞维利亚翻了个白眼。

"呃……那太好了,"狮焰说道,"但准确地来说,我们不需要你们去战斗。我们需要你们帮忙拆除水坝。"

雪莲坐直了身子,抖落沾在毛上的草屑,问道:"什么是水坝?"

狮焰描述了这个堵塞水流的巨大原木堆。"我们和河狸战斗了一番,但对我们来说,它们太强了。"他解释道,"因此,我们中的一些猫要引开河狸,而其他猫则拆除水坝,从而把水放出来。"

第四学徒
DISIXUETU

拼图眨了眨眼睛："危险吗？"

狮焰点点头："危险。"

黑棕色虎斑猫的眼睛闪烁得更亮了："那就好！我们整天都只能在这附近躺着，无聊透顶。"

鸽爪的良心刺痛着，像是有一根刺扎进了掌垫。"这不会多么有趣的，"她提醒宠物猫，"一只……一只猫死了。"

雪莲倒吸了一口凉气，拼图的颈毛竖立了起来。

"但我们不会再次与河狸战斗。" 狮焰向他们保证，说着瞟了学徒鸽爪一眼。

鸽爪迎着他的目光："我们不能邀请他们加入行动，却不告知他们风险。"但他们要是不愿来怎么办？她紧张地问自己，那我们该怎么办？

"我们会加入的，对吧，拼图？"雪莲说道。

拼图点点头，尽管看起来不那么笃定了。

塞维利亚哼了一声，一跃而起，弓起背伸展着身体。他咆哮道："我可不能让你们这些小家伙自己去。谁知道你们会摊上什么事儿？我也去。"

"谢谢。"鸽爪说道，"我代表所有族群谢谢你们。"

"跟着我们，"拼图站了起来，"我们知道一条回小溪的捷径。"

看到宠物猫经过两脚兽地盘时自信满满的样子，鸽爪大吃一惊。当他们来到雷鬼路时，拼图直接跳到一只熟睡的怪物身

上，在它反光的鼻子上留下灰扑扑的脚掌印。塞维利亚和雪莲跟了上去，然后扭头等着雷鬼路对面的族群猫。

"来呀！"塞维利亚喊道，"你们不是很着急赶路吗？"

狮焰斜视了鸽爪一眼："我们难道要让这些宠物猫觉得我们害怕怪物吗？"

"决不。"鸽爪回答。就算我们心里真的害怕也不！

狮焰鼓起肌肉，跳上怪物的尾部。鸽爪也跟上，她的脚掌碰到光滑而温热的怪物表皮时，尽量不往后缩。她先跳上怪物的背，接着下到其口鼻处。一个心跳过后，她就回到地面上，如释重负地喘着气。她刚一抵达雷鬼路对面，就回头瞟了一眼，发现就算有五只猫连着从怪物身上跳过，怪物也不会醒。

说不定怪物很蠢。

现在鸽爪完全迷路了，但她没有时间停下来辨认该往哪儿走。她很快看到了一排树，穿过树木就是河床。他们从迷宫似的两脚兽地盘走了出来，走出的地点在离有兔子的地方上游几狐狸身长远。

"现在怎么走？"塞维利亚问道。

"只要跟着溪流前行即可。"狮焰回答道。他走在前面带路，加快步伐，一直爬上河道。

"喂，慢一点儿。"拼图喊道，抬起一只脚掌时，缩了一下，"这些石头很尖锐。"

"好吧，抱歉。"狮焰放慢速度，小步快走起来。

第四学徒

鸽爪跑在最后，确保没有宠物猫掉队。随着他们渐渐靠近水坝，鸽爪感觉到气氛变得紧张起来，不仅仅是宠物猫，包括她自己也是如此，似乎有大事要发生。他们头顶上空的云聚集起来，遮住了太阳，天际间闪过一道道闪电，犹如巨大的爪痕。他们穿过矮树林后，鸽爪看得出宠物猫吓坏了，见到被狂风吹起的树枝都会跳起来。

鸽爪加速赶上拼图，和他并肩而行。"你还好吗？"她问道。

这只公猫只是僵硬地点了个头。

但愿如此。鸽爪心想。内疚和恐惧在她的皮毛下蠕动着。

噢，星族，我是不是让更多猫卷入了一场有去无回的战斗？

第二十二章

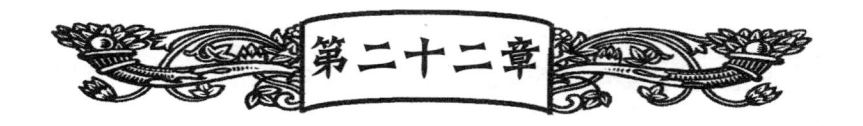

狮焰跃上溪岸,转身看着下面那些疲惫的队友。塞维利亚、雪莲、拼图全都目瞪口呆地盯着水坝。

"这也太大了!"拼图小声说。

雪莲朝狮焰眨了眨眼:"你真觉得我们能移动这个?"

狮焰点点头,尽量隐藏起自己的疑虑和不安,希望能给宠物猫一些信心:"只要我们同心协力,我相信一定可以的。"

鸽爪跳上来站到狮焰身旁,催促大家道:"走吧,我们赶紧去找其他队员。"

狮焰在前面引路爬上了斜坡,前往其他族群猫停留的空地。刚一挤过灌木丛来到开阔地带,他就停住脚步,震惊地瞪大了眼睛。空地中央赫然出现了一堆原木。莎草须刚刚将一根树枝抬到木堆的顶端,然后轻轻跃下。

"嘿,你们回来啦?"莎草须喘着粗气说。

蟾足走向狮焰,解释道:"我估计,如果我们能堆起树枝,就能弄懂如何拆除水坝。"他的呼吸急促,皮毛上沾满了细枝和树皮的碎屑。

第四学徒

"好主意!"狮焰钦佩地赞赏道,"干得漂亮。"

空地对面的花瓣毛正拖拽着一根比她大很多的树枝,一直拖到那一摞树枝的底部才松口。然后,她拖着疲惫不堪的身体,一瘸一拐地穿过空地来到狮焰他们身旁,盯着几只新来的猫,目光中透着沧桑与决绝。

待虎心、白尾和伍迪小跑过来后,狮焰开始向大家介绍几只宠物猫。

"我不是族群猫,"伍迪解释道,"我只是路过。"

"我之前应该是在树林中见过你。"塞维利亚说道。见到一只稍稍熟悉的猫,他看起来轻松了许多。

"我们得商讨行动方案。"刚一介绍完,蟾足就郑重其事地宣布,"我们要决定……"

"先狩猎。"白尾尾巴晃了一下打断道,"如果不吃点儿东西再稍做休息,我们是没法儿讨论行动方案的。"

蟾足看似有点儿被白尾的反对给触怒了,但他还是对风族母猫点了点头,赞同道:"好吧,但我们最好快点儿。"

树林里还有大量的猎物,这让狮焰舒了口气。没过多久,众猫就重新聚集在空地中,蹲伏下来吃他们狩获的猎物。

白尾递给塞维利亚一只老鼠,塞维利亚连忙道谢:"谢谢,我们刚刚吃过了。"

雪莲后退了几步,一双绿色的眼睛瞪得溜圆。但拼图却显露出一点点兴趣,他俯身嗅了嗅鸽爪捉的松鼠。

"来,尝一口。"鸽爪鼓励他。

拼图有些犹豫不决,接着他的牙齿咬进了松鼠,撕下一口肉。

"你觉得如何?"等拼图吞下后,鸽爪问道。

"呃……还不算差,"虎斑公猫回答道,"就是……毛有点儿多。"

众猫进过食后,夜幕便降临了。月亮在一大片云层后时隐时现,空气又湿又闷。

"我建议由白尾和莎草须去引开河狸。"当大家在树下围绕在狮焰四周后,他开口说道。

白尾的尾巴尖抽动了一下:"为什么?我们不害怕拆除水坝。"莎草须也点点头。

"因为风族猫跑得最快,"蟾足回答道,"我们必须各尽其能。"

"嗯……好吧。"白尾看起来对这个理由很满意。

"我跟你们一起去,"伍迪自荐道,"我了解树林。我们从河狸的巢穴出发,接着走这条路……"说着,他抓起一根细枝,在腐叶土壤上画了一条线代表小溪,又在树木间画了一条曲线:"这儿有很多遮掩物,河狸看不到水坝后发生的事。"说罢,他扔掉了细枝。

"太棒了,伍迪。"狮焰说。

"我们会尽可能拖延时间分散河狸的注意力。"白尾说。

第四学徒

"一旦看到它们有意折返,我就跑到它们前面,赶回来提醒你们。"莎草须补充道。

狮焰点点头,瞟了一眼身旁的鸽爪。她也可以用自己的感知力追踪河狸。

"那水坝怎么办?"虎心提示大家,"一旦河狸被引开了,那接下来做什么呢?"

狮焰提出了建议:"我们最好从另一面上去拆除水坝。那条路能与河狸保持更远的距离。"

"这主意不错。"花瓣毛赞同道。"我一直在想,看这个。"她脚掌指向一小堆细枝,"最简单的办法就是将水坝最上面的原木撞掉……"——她演示着,用一只脚掌扫落顶端的细枝——"但如果我们能想办法到水坝里面去,移动稍微下面一些的原木,那整个水坝就可能坍塌。"她小心翼翼地移动木堆中部的细枝,整个木堆立刻塌了,细枝顺着坡面滚落下来,"水流的冲力会毁坏水坝。"

"棒极了!"虎心大喊道。

"等一下。"橙色宠物猫塞维利亚开口了,"如果你要我们都进到水坝中间去,那么当水坝倒塌时……我们就都还在里面,对吗?"

狮焰点点头。"这的确很冒险,但似乎也只有这种方法了。"他盯着一脸担心的新朋友,迟疑道,"我们至少要先进入水坝里面,然后再根据内部的结构见机行事。"说完,他耸

了耸肩。

白尾、莎草须和伍迪最后看了同伴们一眼,便朝着河狸巢穴的上游走去。狮焰则带领余下的队员从水坝底下穿过溪流,来到对岸。上了斜坡后,大家看见两脚兽的皮毛巢穴亮着光,里面回荡着说话声。

"它们怎么办?"蟾足用尾巴朝两脚兽巢穴方向挥了一下,问道。

狮焰在水坝底下停住了。"对两脚兽我们实在是无能为力,"他最终回答道,"我们没有那么多猫来分散它们的注意力,只能寄希望于它们不会给我们带来麻烦。"

"白日做梦倒是不用费劲。"蟾足挖苦道。

在等待白尾信号的过程中,狮焰紧张得皮毛刺痛。他看得出,大家也都和他一样。鸽爪用爪尖刮着地面,虎心的尾巴前后抽搐着。三只宠物猫则面露惧色,睁大了眼睛,耳朵平贴在脑门儿上。

快点儿,白尾,狮焰催促,在我们中有谁开始恐慌前,赶紧行动起来。

"大家记住,"狮焰提醒道,"不要去战斗。就算河狸折返回来向你发出挑战,也不要逞英雄。我们已经吸取了惨痛的教训。"

"没错,"蟾足赞同道,"如果河狸发动攻击,那就逃跑,爬上树。我不认为它们能……"

第四学徒

突然，一声尖锐的号叫从小溪对岸传来，打断了蟾足。

"开始了。"狮焰瞥了一眼鸽爪，小声说道。

鸽爪点点头，小声说："河狸在巢穴中移动。"她的声音很轻，其他猫都没有听见。

狮焰的目光朝上游河狸的巢穴望去。一开始，天很黑，他什么也看不见。很快，月亮从云层后浮现出来，借着月光，他发现木堆后有动静。河狸将头探出水潭，爬出巢穴。它们的身躯如一大团阴影飘向原木。

溪岸上，狮焰辨认出了白尾那白色的皮毛，伍迪和莎草须的黑色身影出现在她身旁。狮焰听见他们正发出嘲弄的嘶嘶声，逗弄着将河狸诱出洞巢，使它们远离水潭边。一只河狸发出了咕噜声，摇摇晃晃地下了木堆，来到岸上。它朝猫奔了过来，尾巴扫过树叶发出沙沙的声音。其他几只河狸跟着，尽管它们动作笨拙，速度却出奇地快。莎草须冲上前去，迅速拍打了一下为首的那只河狸的鼻子，然后再次跳开。

"伟大的星族啊！"蟾足怒声说道，"她疯了吗？"

白尾他们溜回了树林，将身后一路追逐着他们的河狸们引入森林深处。没过几个心跳，他们就消失在狮焰的视线中。

"行动！"蟾足嘶嘶道。

众猫刚一跳上大坝，一道闪电就从上到下撕开了天空，接着响雷在他们头顶炸响。雪莲吓得身子一缩，紧紧伏在她正小心走过的那根原木上。然后，她努力迫使自己站起身来继续往

前爬。

"我们分头行事。"花瓣毛喘着粗气说,"随便谁和我一起去找能进入水坝的缝隙。其他的猫开始推落顶部的原木。"

"我和你一起去。"蟾足自告奋勇。

花瓣毛带头沿着一条刚刚露出水面的窄径穿过水坝,蟾足紧随其后。狮焰看见她停了下来,开始试着戳动一根原木。随后,狮焰转身朝水坝的顶部爬去。闪电再次炸裂开来,狮焰几乎被紧跟着的一道滚雷给震聋了,耳朵也嗡嗡作响。他焦躁地晃了晃头。大滴的雨水开始噼里啪啦地落在原木和猫的皮毛上。

"这雨可来得真是时候。"虎心嘟囔着。

"要是我们现在还在湖区,就该为雨水重回湖泊感到高兴了,"鸽爪说道,"我希望湖泊附近也在下雨。"

狮焰爬上最高的原木,站着俯瞰着水潭。此时此刻,阴云密布,大雨倾盆,哗哗的雨声中,狮焰除了脚掌下的原木,什么也看不清。没几个心跳,他的皮毛便湿透了,冷雨渗到皮肤上,令他不禁打了个哆嗦。

"开始吧。"他提高声音,盖过轰鸣的雨声大吼道,"你们试试看能不能松动这些原木和树枝,把它们推到河床里!"

他咬住一根细长的树枝,将其掷了下去。再低下头,咬住一根更粗壮的树枝。拼图在树枝另一端一起推。树枝缓缓滚落到边缘,然后跌落到小溪中,发出剧烈的碰撞声。

第四学徒

"太棒了！"拼图大吼一声。

在水坝上的不远处，虎心和雪莲也在努力地把一根树干推下去，塞维利亚则在把细小的树枝丢进河床中。鸽爪闭着眼睛，蹲在狮焰身旁。狮焰猜测她在应用感知力，来了解河狸的情况。

"一切顺利吗？"他问道。

鸽爪在瓢泼大雨中朝狮焰眨眨眼，答道："很好，白尾他们把河狸引开了，这些家伙抽不开身的。"

狮焰晃晃耳朵，说道："不错。现在快来帮我推这根原木，不然其他猫会开始纳闷儿你在干什么的。"

鸽爪瞪着他。狮焰知道隐瞒自己的超力量是什么感受，但他不知道除此之外他们还有什么选择。鸽爪在湿漉漉的原木上直打滑，挣扎着来到狮焰旁边，用肩膀去拱狮焰要移动的这根木头。狮焰用力一推，感觉到木头开始动了起来，最后越滚越快，终于翻过水坝的边缘，落入河床中。

"干得漂亮！"狮焰喘着粗气说，"我们……"

他的话还没说完，就有一声惊恐的猫叫声刺穿哗啦啦的雨声打断了他。狮焰看到，在水坝上距他们几尾远的地方，虎心脚掌下一滑，径直跌向了小溪。随着水花四溅，年轻的武士跌落进石床上的一个水洼中。

狮焰还没找到下去营救他的路，下方的虎心就已经挣扎着再次露出头，然后坚定地爬上了木堆。他那粘满淤泥的皮毛一

撮一撮地竖着，双眼却流露出坚定的决心。

"你还好吗？"狮焰大喊道。

"不，我气炸了！"虎心把自己拖回到水坝顶上，"我恨不能把那一只只河狸全变成猎物。"

"他没事儿。"鸽爪咕哝道。

狮焰朝影族猫摇了摇尾巴，然后转头开始查看接下来周围还有哪根原木可以被卸下。但剩下的这些木头是用泥巴和细枝衔接在一起的，似乎固定得很结实。

这时，他听见花瓣毛远远地在木堆下大喊道："喂，我们需要几只猫下来帮忙！"

狮焰和三只宠物猫循声而去。宠物猫的皮毛都被雨水浸得沾在了身体上，眼睛因恐惧而睁得大大的，但他们还是毫不犹豫地爬过原木，朝花瓣毛冲去。

今晚过后，我真的要对宠物猫刮目相看了。狮焰心想。

花瓣毛和蟾足正紧紧趴在距离水面两三尾高的水坝上。雨滴在水面泛起涟漪，黑压压的水花拍打着底端的原木。蟾足和花瓣毛旁边的木堆中，裂开了一个黑漆漆的洞，一根巨大的树干从洞中突了出来。花瓣毛解释道："我们掏出了一些泥巴和细枝。我想，如果我们能移动那根树干，水坝的主体就将随之倒塌。"

"好，我们试试。"狮焰应和道。

环顾四望，他看见鸽爪和虎心也爬下来加入他们。狮焰喊

第四学徒

道:"鸽爪,你最小,能不能钻到里面,从里面往外推?"

鸽爪紧张地朝他点点头,随即消失在洞中。其余猫面对树干站成一排,也开始一起推。刚开始的时候,狮焰压根儿就没感觉到树干在动。

"用力!"他大吼道,"拼图,你那边再加把劲!蟾足,你能不能钻到下面去,再多刨些泥巴出来?"

渐渐地,在大家的合力拼搏和费力喘息中,树干开始移动。随着树干外面这头的摆动,狮焰听见水坝里面传出嘎吱嘎吱的声音。

"鸽爪,快出来!"他尖叫道。

学徒连忙跑回了开阔处,与此同时,大量的泥巴落入洞中,很快就堵住了它。树干又向外滑脱了少许,带落了好几根原木,接着,这根树干终于被拖了出来,骨碌碌地滚下斜坡。树干滑过时,拼图被撞得趔趄了一下,雪莲咬住他的肩膀,把他拽了回来。虎心伏平身子,树干擦着他的身体弹过,掠过他那竖起的皮毛。狮焰突然意识到自己脚掌下的原木在动,他急忙四处查看,想跳上个坚实的地方,但已经来不及了。当狮焰踩着的那根原木坠入水潭时,他挥出一只爪子插入另一根树枝,身子挂在空中荡来荡去,水流轻轻拍打着他的尾巴。

潭水饥渴万分地推着大坝,狮焰急忙爬上一根大些的原木,却在落脚的瞬间感觉到脚掌下的原木被他的体重推动。整个大坝开始颤抖起来。

"掏出那些细枝!"花瓣毛用尾巴一指,对塞维利亚下令道,"虎心,你去挖出洞里的泥巴。蟾足,你和拼图帮我把这个原木滚下去。"

狮焰深吸了一口气。花瓣毛怎么知道水势接下来会如何变化?他一边想着,一边用爪子掏出几把细枝。这时,他意识到潭水的水位正在上升——或者其实是水坝在下沉?一阵水波拍过他的脑袋,溅了他一身的水。他瞥了一眼鸽爪和雪莲,发现并肩协作的她俩的落脚点已经沉到了被拦截的水面以下。

我们得加快速度了!看到鸽爪冒出头换气的时候,狮焰想。他奋力撕开树枝、踢落身后的碎屑,直到腿部的肌肉都开始疼痛起来。突然,他意识到鸽爪又来到自己身旁,水珠正顺着她的皮毛滴落。

"河狸!"鸽爪喘着粗气说,"它们回来了!"

一个心跳后,狮焰就听见了惊恐的哀号。白尾、莎草须和伍迪号叫着冲上已经变得残缺的大坝顶端。从雨中望过去,狮焰辨识出河狸那可怕的庞大身影就跟在他们身后。

"快!"狮焰尖叫道,"推落原木!"

说话间,每只猫都在拼命撕扯树枝,但这些枝条交织得太紧了。狮焰怒不可遏,他意识到大家的努力即将失败,而这一切都是因为他们争取的时间还不够。

这时,狮焰听见上游远远的地方传来了隆隆的声音。脚掌下的水坝开始摇晃起来。

第四学徒

"是洪水！"蟾足尖叫道，"正冲我们奔涌而来！"

狮焰猛然转过身，差点儿从摇晃的原木上跌落。他看见一道汹涌的水墙正顺流而下，随着水流不断逼近，巨浪越来越高。"大家迅速离开水坝！"他大吼道。

雪莲离他最近。他叼住她的后颈，不顾她恼怒的尖叫将她抛到岸上的安全地带。塞维利亚和拼图连忙跃上岸，伍迪也跳了上去。

远远的高坡之上，两脚兽的黄色光柱穿过树林照了过来。狮焰看见有几只两脚兽朝小溪冲来，它们的喊声越来越大。一束灯光照到了鸽爪，她正四肢紧紧抱住水坝中间的树枝。

"回到岸上！"狮焰命令道。

但太迟了。隆隆声越来越大，响彻了整个世界，淹没了两脚兽们的号叫声和众猫的尖叫声。水坝晃得太厉害了，已经没法儿跳开了。洪水汹涌而至，湍急的水流在狮焰耳边咆哮。

"坚持住！"他尖叫道。

就在狮焰猛地将爪子插入原木的那一刻，水坝倒塌了，木头和枝条如细枝般飞落。被截断的水流喷涌而出，注入河床，溢出溪岸。当水墙把他冲走时，狮焰瞥到伍迪和三只宠物猫在半坡上挤成一团，张大了嘴。

第二十三章

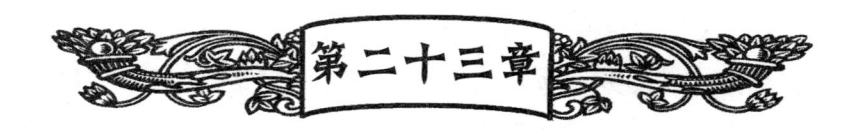

黑暗中,松鸦羽痛苦地呻吟着,努力睁开双眼。罂粟霜的气味萦绕在他周围,松鸦羽感觉到她的舌头正拼命地在他的伤口上舔着。

"松鸦羽,求求你快醒过来!"罂粟霜乞求道,"求你了!我没法儿独自把你扛回山谷。"

"什么……"一个心跳的时间,松鸦羽想不起自己身处何方,也想不起为何自己的族猫会这么恐慌。

"噢,感谢星族!"罂粟霜呼喊道,"你还没死!对不起,都怪我,让你受伤了。"在说话的同时,她的舌头仍在一刻不停地舔舐着:"我根本不知道风皮跟了我一路。"

风皮……跟了她一路……松鸦羽意识到自己听见了瀑布落入月亮池的柔和流水声。回忆涌现出来,他想起了自己与风皮的战斗、一起袭击自己的那只神秘猫,还有来救他的那只猫。若不是蜜蕨,我就变成鸦食了。

松鸦羽挣扎着踉踉跄跄地站起身。"我没事,罂粟霜。别大惊小怪的。"她到底知道多少?松鸦羽心里想,她看见参与

第四学徒

战斗的其他猫了吗?

"但你的状况并不好啊!"罂粟霜听起来仍然心急如焚,"你身子这边有道深深的抓痕。"

"是啊,这都是风皮干的好事。"松鸦羽说,"还好他没有带帮凶。"他补充了一句,想试探罂粟霜是不是会提及风皮的帮凶。

罂粟霜浑身颤抖着说:"我知道。真不敢相信他居然会攻击巫医。松鸦羽,你独自就击败了他,你真的勇敢极了。"

松鸦羽放松了下来。她没有看见其他猫。但有些事她必须知道。

"在我失去意识的时候,蜜蕨来找了我。"松鸦羽说。

他立即感觉到罂粟霜的情绪出现一阵剧烈的起伏:希望与恐惧交织在一起。

"她……她和你说话了吗?"罂粟霜紧张地问。

松鸦羽点点头说:"她告诉我,她很高兴你和莓鼻能在一起。她还说,她会一直守护着你们的孩子。"

"真的吗?"罂粟霜的语气柔和成了咕噜声,"噢,我太高兴了!"

"嗯,她告诉我说,莓鼻是真的爱你。"松鸦羽补充道。

罂粟霜的咕噜声消失了。"我希望我可以相信……"她叹息道,"但我不明白蜜蕨是怎么知道的。"

松鸦羽强忍着才没发出恼火的嘶嘶声。"她是星族猫。她

知晓很多你不了解的事。"他阻止自己再补上一句鼠脑子。

"我觉得我们最好返回营地，"罂粟霜说，"我来帮你，松鸦羽。"

"我没事的，谢谢。"

但是等松鸦羽费力地爬上盘旋小道后，才发觉自己的身体一侧在阵阵作痛。他的腿脚虚弱得如新生的幼崽。当他们抵达那一排灌木丛时，他不得不靠在罂粟霜的肩上了。

他们歪歪斜斜地慢慢下到通往森林的小路上，一路不时停下歇息。尽管他又疼又累，但松鸦羽的大脑仍在飞速思考着，他开始意识到风皮跟踪罂粟霜到月亮池这件事实在是太奇怪了。

为什么？罂粟霜并没有进入他们风族的领地。即便她进入了，正确的做法也该是将她驱逐出去。为什么风皮威胁说要杀掉她？风皮并没有和罂粟霜结过怨，她又不是半族猫，与叶池和松鼠飞所撒的谎也毫无关系。

松鸦羽叹了口气。有太多他理解不了的事，但是他必须尽快查明真相。那只他没认出来的猫的出现也深深地困扰着他。

"你还好吗？需要再休息休息吗？"罂粟霜问道。

"不，我还能走。"

皮毛上的暖意让松鸦羽知道太阳已经升起了，尽管有一阵潮湿的风吹拂过荒原，带来了点滴的雨水。空气很闷，他皮毛一阵刺痒。暴风雨就要降临了。他们抵达风族边界的时候，松

第四学徒

鸦羽不住嗅闻空气探寻风皮的气味,以防风皮埋伏在他们返程的路上。但他只闻到了风族的气味标记:强烈而新鲜,似乎有一支巡逻队不久前刚经过。

罂粟霜跳了一下,打断了他的思路。

"怎么了?"松鸦羽大吼道,颈毛竖立。

"抱歉,没事。"母猫罂粟霜回答,"我看见树林上空闪过一道闪电,吓了一跳,没什么别的事。"

松鸦羽努力使自己的皮毛再次平顺下来。你是只胆小如鼠的幼崽吗?他斥责自己,你接下来是不是还想被落叶吓跑啊!

然而,威胁是真实存在的,尽管它现在已经不再如影随形地粘在他的脚跟。一想到黑森林的猫可能正盯着他,松鸦羽的毛就竖立了起来。黑森林——无星之地——不被星族所接纳的猫的灵魂将永世在那里独行……

那只陌生的猫是来自黑森林吗?但他既不是虎星也不是鹰霜。而且,黄牙到底在暗示我什么?她是想提醒我,黑森林与星族之间将爆发一场战争吗?如果真是那样,我们的族群会被卷入吗?

松鸦羽长叹一声,说道:"我需要休息一会儿。"他在小溪边的草丛中趴了下来。他现在伤痕累累,疲惫不堪,完全无法想象自己的脚掌中竟然掌握着群星的力量。

狮焰和鸽爪在哪儿?松鸦羽问自己,我希望他们能平安无事,并且已经踏上回家的归途。

猫武士

松鸦羽和罂粟霜蹒跚着回到营地时,日高时分已经过去了很久。他们刚走出荆棘通道,松鸦羽就听见有脚步声从育婴室方向传来。莓鼻的气息尖锐而焦虑,强烈地萦绕在他的周围。

"你跑到哪儿去了?"莓鼻质问道,松鸦羽听见莓鼻在舔罂粟霜的耳朵时发出的喘息声,"我可吓坏了!"

罂粟霜发出迷惑的咕噜声:"没关系,我现在已经回来了。"

莓鼻靠近罂粟霜。"你不能也离我而去,我承受不起。"他喃喃地说。

"别担心。"罂粟霜的声音有点儿发颤,"我哪儿也不会去了。"

"对。你现在该回育婴室了。"莓鼻轻轻推了推罂粟霜,"我给你拿些猎物来,然后你就好好休息。"

松鸦羽站在原地,听着他们的脚步声渐渐远去。黛西和香薇云从育婴室里走出来迎接罂粟霜,莓鼻带着她进入室内,嘴里仍在轻声责备着。

莓鼻明明是个十足的尾中刺,却偏偏能让两只心思如此细腻的母猫跟着他的屁股转,这可真是稀奇。松鸦羽边想边摇了摇头。

他转过身,一瘸一拐地穿过空地回到了自己的巢穴。但当他躺在自己的窝里时,他知道自己肯定睡不着。他的心同头顶

第四学徒

上沙沙作响的枝条一般忐忑。暴风雨就要来了,而且不仅仅是下雨打雷而已。黑森林的力量也在崛起……

他辗转反侧,怎么躺都不舒服,怎么也放不下心中的担心,最终,松鸦羽决定去湖区找他的棍子。说不定岩石知道些有关大战的事。

走出巢穴后,松鸦羽碰上了炭心,她正穿过空地去往荆棘通道。

"谢谢你带罂粟霜回来,"她用鼻尖碰了碰松鸦羽的耳朵,说道,"我们都很担心。"

"你客气了。"松鸦羽嘟哝了一句,只想走开。

但他刚准备离开,炭心却拦住了他。"你还好吗?"她的语气渐渐焦急起来。"你看起来……有些沮丧。而且——噢!"她喘着气,"你的身侧有道严重的抓伤。"

"没事的。"松鸦羽咕哝道。

"胡说八道!"炭心说,"你是巫医,你很清楚这不可能没事。回来,你从不会允许任何未经治疗的猫离开营地。"

炭心不顾松鸦羽的反对,将他赶回了巢穴,然后一头扎进了储存草药的岩缝。片刻之后,她叼着一束山萝卜叶回来了。"这能防止感染。"说罢,她开始咀嚼山萝卜叶。

药糊制作完成后,炭心自信熟练地将其涂抹到松鸦羽的身侧。阵痛减弱了,松鸦羽长长地舒了口气。

炭心没有疑心过为什么自己在巫医巢穴里竟然这般如鱼得

水吗？她十分清楚每一种草药怎么用，也知道它们各自的药效。是时候告诉炭心，她曾是炭毛了吗？

另一阵预感也让松鸦羽浮想联翩：如果一场能将族群诞生以来的每一位武士都卷入其中的大战终将爆发，那我们将需要每一位能帮得上忙的巫医。

炭心做完这一切后，才满意地允许松鸦羽再次外出，他的皮毛上粘满了炭心制作的药糊。松鸦羽头顶上的枝条沙沙作响，狂风在树木间呼啸，大滴冰冷的雨水从枝条上噼里啪啦地落下，飞溅在他的皮毛上。

"开始下雨了！"林间传来狐跃的声音。不一会儿，一支巡逻队赶上了松鸦羽，是松鼠飞、玫瑰瓣和冰云。

"嘿，松鸦羽！"狐跃打着招呼，"这很棒，不是吗？如果雨一直下，我们就不必再出去取水了。"

松鼠飞发出一声恼怒的嘶嘶声："狐跃，瞧瞧你干的好事！你把苔藓掉地上了，这下它们全弄脏了。别那么兴奋，专心点儿。"

"对不起。"狐跃说道，尽管语气中仍透着不服气，"到了水边我会洗干净的。"

松鸦羽和巡逻队一直走到湖边才分开。松鸦羽转身朝他埋藏棍子的地点走去，将棍子从老灌木树根底下拔出。然后，他将棍子放在湖岸的阴影处，坐在旁边，脚掌抚摸着棍子上的刮痕。

第四学徒

远古猫的声音传来，模糊而遥远。

"岩石……"松鸦羽喃喃道，"你昨晚在月亮池吗？你知道黑森林发生了什么事吗？"

"是的，我知道。"一个声音在松鸦羽耳边轻轻说道，一阵战栗从他的耳朵传至尾尖，"但我无法阻止——即便我能阻止，我也不会这样做。这是一场注定会爆发的风暴，松鸦羽。"

松鸦羽震惊地竖起耳朵："为什么？"

"族群中充斥着太多谎言，"岩石回答道，"造成了太多的伤痛。猫儿们将发起复仇，沉积的旧怨将得到解决。"

松鸦羽循声扭头，看见这只远古猫模糊的身影。他的身子光秃秃的，没有毛，一双盲眼向外突出着。

"你知道叶池和鸦羽的事吗？"松鸦羽问道。

岩石的叹息引得松鸦羽胡须直抖："没错，我知道。"

松鸦羽一跃而起，说道："那你为什么不告诉我？难道你不知道我们经受了多少痛苦吗？"

"那时还不是你该知道的时候，松鸦羽。"远古猫的声音非常平静，不带一丝感情，"你必须以一只雷族猫的身份被族群抚养长大，然后被你的亲生母亲培养成巫医。这就是你的命运，松鸦羽。"

"我不想要这样的命运！"松鸦羽怒气冲冲地说。

"你的命运早已被书写，没有留下任何允许你一出生就暴

猫武士

露混血身份的余地。"岩石接着说，似乎松鸦羽根本就没说过话，"你的母亲同时违背了巫医守则与武士守则，但你绝不能因此被族群排斥。"

松鸦羽盯着岩石，简直难以相信他所听到的一切。"所以你骗了我，所有猫都在骗我，就为了实现那个预言？"松鸦羽怒火中烧，他一生中从未这般愤怒过。他将爪子深深插入土地中，以免控制不住自己抠出岩石的眼睛："你真觉得这值得吗？你说啊？我还以为你是我的朋友！"

岩石缓缓地摇摇头，说道："我不是任何猫的朋友。我所知道的东西太多了，任何友谊都承受不住它们的重量。你应该庆幸自己永远都不必背负这份知道得太多的重担。我受到了诅咒，不死不灭，能通晓过去和未来，却无力改变。"

岩石的身体轮廓开始消散。等他消失不见后，松鸦羽的愤怒彻底爆发了。他摸索着地面，直至找到一块尖石。接着，他一把抓起棍子，将它平放在尖石上，用一只脚掌猛地砸向棍子的一端。他听见棍子折断的声音，碎片刺入了他的脚掌。岩石和远古部落也和其他猫一样背叛了他。这世上难道就没有猫能说出真话吗？

就在此刻，头顶上方的一道霹雳，划破了天空，雨滴瀑布般洒落到湖床上。松鸦羽蹲伏在湖岸边，用脚掌捂住耳朵，张开嘴发出无声的痛哭。

… 第四学徒 …

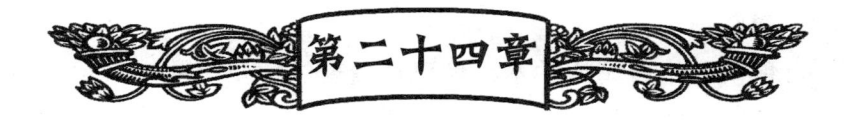

第二十四章

鸽爪将爪子深深地插入树枝，随着洪水顺流而下。众猫惊恐的叫声萦绕在她耳畔，但她除了旋转的树梢以及黑压压的渐渐升高的洪水，什么也看不见。她的皮毛湿透了，浑身冷得直打哆嗦。她从没像现在这么害怕过。

"坚持住！"狮焰的声音盖过了暴风雨的嘈杂声。

"你在哪儿？"鸽爪哀号着，但没有得到回应。

又一股水浪朝她袭来，她的口鼻中灌满了水。她仍努力紧紧抱住树枝，尽力将头浮出水面，拼命呼吸时被呛得不停地咳嗽。忽然，鸽爪发现她的眼前闪过刺眼的黄光，于是意识到自己正经过两脚兽地盘的巢穴。但愿宠物猫都平安回家了。她意识模糊地想着。

一团黑影在她的面前若隐若现，那是一棵悬于头顶上方的树的枝条垂落下来，拖曳在水浪之中。鸽爪拼命地划着水，想要避免撞上去，但洪水将她直直冲向枝条的正中间。当她经过时，这些树枝刮擦着她的皮毛，几乎将她从抱着的树枝上扫落下去。

鸽爪拼死抓住手里的树枝，感觉爪子都快被撕裂了。突然，她被冲进了一片开阔的水域。一团在水流中呈黑色的虎斑皮毛急速地掠过鸽爪，发出一声哀号。

虎心！

鸽爪眨出眼睛里的水，惊恐地看着这位年轻的影族武士消失在水面之下。

星族保佑，不！

鸽爪深吸了一口气，跃下树枝，然后一头扎进水流，朝虎心追去。她努力回想着涟尾和花瓣毛在水坝后的水潭里游泳的画面，试图模仿他们划水的动作，但这十分艰难。她浸湿的皮毛沉甸甸的，腿也因精疲力竭而酸痛不已。她不停地撞上浮枝，被浮枝推入水下。待她再度浮出水面时，浪花又溅入她的眼中。

就在鸽爪几乎放弃了最后一丝希望，以为再也找不到自己的朋友的时候，她瞥见虎心就在距她不足一尾的地方冒出了头，然后几乎立刻就又消失了。她迅速游向虎心，一个猛子扎入水中。

乌黑的水面上泛着时隐时现的月光。水面之下，鸽爪感觉自己简直像松鸦羽一样，看不见任何东西，她只得施展自己的感知力定位虎心，在浑浊的水中游过去，终于碰到了虎心的皮毛。

他不动了！难道我还是来得太迟了吗？

第四学徒

鸽爪一口叼住虎心的皮毛，拼命向上游去。当她将头探出水面时，一根树枝漂浮到她身边，她用前腿抱住树枝。虎心的重量差点儿将鸽爪再度拖入水下，但鸽爪没有松口。当看见花瓣毛正奋力游向自己时，她心头感到一阵宽慰。

"涟尾不会白死的，"河族猫咬紧牙关嘶嘶道，"星族不会再从我们之中带走任何武士。"

她叼住虎心的后颈。没了虎心的体重的拖累，鸽爪这才能够探出更多身子浮在水面上。她看见一块木板顺着水流朝他们旋转着漂来。鸽爪在水中奋力挣扎着，努力抓住木板并将它推向花瓣毛。

两只母猫合力将虎心拽上了木板，并蜷伏到他的身旁。水浪推动着他们，穿过两脚兽地盘边缘处的一片绿地，进入了前方的树林。

鸽爪意识到现在她的视野变得清晰了许多。随着黎明的第一缕曙光出现，阴雨沉沉的天空渐渐泛出了鱼肚白。此时的水面平静了很多，虽然水仍然溢出了两岸，但是最可怕的第一波浪潮已经过去了。鸽爪环顾四望，看见枝条零乱地散在水面各处，众猫的脑袋在水中时起时伏。

"太好了！"鸽爪喘着气说道，用尾巴拍拍花瓣毛的肩膀，"蟾足在那儿！还有狮焰！还有白尾和莎草须，她俩抱着同一根树枝。"

"感谢星族，"花瓣毛呼喊，"他们都安全了！"

虎心的重量差点儿将鸽爪再度拖入水下,但鸽爪没有松口。当看见花瓣毛正奋力游向自己时,她心头感到一阵宽慰。

涟尾不会白死的,星族不会再从我们之中带走任何武士。

感谢星族,他们都安全了!

太好了!蟾足在那儿!还有狮焰!还有白尾和莎草须,她俩抱着同一根树枝。

两只母猫合力将虎心拽上了木板,看到其他几只猫的脑袋在水中起伏。

终于,水流变得足够平缓,几只猫离开了攀附的树枝,蹚过浅滩,来到坚实的地面上。所有的七只猫聚在一起,气喘吁吁地观望着洪水退回小溪的两岸之间。

猫武士

花瓣毛说话时，木板上的虎心开始剧烈挣扎，口中吐出水来。木板倾斜成了危险的角度，溪水涌上来，淹没了他们。

"别乱动，"鸽爪对虎心说，"你很安全。而且，我们很快就到家了。"

终于，水流变得足够平缓，几只猫离开了攀附的树枝，蹚过浅滩，来到坚实的地面上。所有的七只猫聚在一起，气喘吁吁地观望着洪水逐渐退回小溪的两岸之间。

大雨仍在倾泻不止，但鸽爪已经不怎么在意了。她的皮毛从来没有这么湿过，她吞下了那么多的水，再也想象不出干渴是什么滋味了。鸽爪深吸了一口气，倾听着溪水汩汩流淌，汇集成河，哗啦哗啦地溅着水花从林间淌过，流经影族领地，最终涌入湖泊，漫过湖底的干泥地和石头，填满每一道裂缝和坑洼，像银色的细枝一样滋润每一寸焦干的地面。

我们办到了，鸽爪心想，我们把水带回了湖泊。

虎心四肢摊开趴在地上，花瓣毛揉搓了几下虎心的背部，他咳出了几口水。

"他没事吧？"鸽爪焦急地询问。

"他没事的，"花瓣毛安慰她，"当河族的幼崽在学会游泳前跌入湖中呛了水时，我们就会这样给他们拍背。这招儿很管用的。"

虎心又咳出些水来，然后扭过头，困倦地抬眼看着鸽爪，沙哑地说："谢谢。"

第四学徒

等虎心恢复得能颤颤悠悠地站起来时,远征队的队员们都围聚在一起,低下头站成一圈。

"星族,谢谢。"白尾说,"是你们帮助我们摧毁水坝,也是你们保佑我们逃离洪水。我们请求你们授予再也无法回家的涟尾应有的荣耀。"

鸽爪抬起头,盯着狮焰的眼睛。她不知道狮焰是否也在想着同样的事。

星族没有拯救我们。拯救我们的是我们自己。

第二十五章

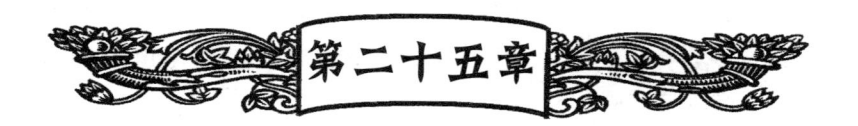

当众猫沿着溪岸往回穿过树林时,天色变得更亮了。洪水退去后,树枝散落得到处都是,他们不得不从树枝的上方翻过,要么就是从底下钻过去。走到最后,鸽爪感觉自己真的是一步也迈不动了。

真希望此时我已经回到了窝里。我能睡上一整个月!

雨势渐弱,虽然还没有完全停止,但一片片蓝色的天空已经从被风撕碎的乌云背后露了出来。在树木的浓荫下,猫儿们的皮毛逐渐被吹干了,结成凌乱的块状。

"等我回去后,我一定要像这辈子从没理过皮毛一样好好地梳洗一番。"白尾喃喃道,"我的皮毛从来没有这么邋遢过。"

突然,蟾足停下脚步,仰起头张开嘴,尝了尝空气,宣布道:"我能嗅到影族的气味标记了!"

听到这个消息,鸽爪感觉力气似乎又重回自己脚掌下,大家都加快了速度,没多久就越过了影族边界。

"我从未想过,有朝一日走在影族领地上我会如此的高

第四学徒

兴。"狮焰对鸽爪说。

鸽爪点点头。这场征途永远改变了我们看待别族的态度。

几个心跳之后,鸽爪察觉到有影族猫靠近的气息。很快,影族猫就出现在树林间。这是一支由褐皮带领的巡逻队,带着她的学徒八哥爪,以及武士枭掌和红柳。

"蟾足!虎心!"褐皮惊叫一声,在雨中蹦跳着跑上前来。她与蟾足碰了碰鼻,又用口鼻蹭了蹭虎心的皮毛,低声说:"你平安无事就好!"

见此情景,鸽爪不禁打了个寒战。她不敢想象,要是褐皮的儿子虎心没能归来,会面时将会怎样。

"你们真的太棒了!"褐皮后退了两步看了看其他猫,接着说,"你们把湖水带回来了!八哥爪,你赶快跑回去把消息告诉黑星。"

她的学徒八哥爪立刻冲进树林,在松针上轻快地跑过,一路兴奋地摇晃尾巴。

"来吧,"褐皮催促道,"你们应该先到我们的营地坐坐,给大家讲讲你们的经历。"

鸽爪和狮焰相互看了一眼。她想回到石头山谷中的家里,但同时又不愿这么快就与队友说再见。

和莎草须窃窃私语了一个心跳的时间后,白尾点头说道:"我们很荣幸能同你一起去拜访。"

狮焰也表示赞同。花瓣毛似乎显得不太情愿,但还是随大

猫武士

伙儿一起，在褐皮及其队友的护送下穿过树林。

鸽爪远远地就听见从营地传来的兴奋的呼喊声。她从树木间望过去，看见黑星站在斜坡上的一排灌木前，他的两旁站满了影族武士。越来越多的猫从灌木丛中涌了出来。

"欢迎来到我们的营地！"黑星喊道，挥动着尾巴向他们打招呼，"大家先在这儿休息一会儿，再吃点儿猎物吧。"

"你究竟是谁啊，到底给黑星灌了什么药才让他变得这么好客？"他们爬上斜坡时，狮焰在鸽爪耳边嘀咕道。

虎心的同窝手足焰尾和曙皮冲过来和虎心碰碰鼻子。

"我刚去了湖边！"曙皮兴奋地大声说道，"湖水又流回来了。"

"溪水还需要些时间才能填满大湖，"焰尾补充道，用口鼻蹭了蹭虎心的肩膀，"但族群得救了。你拯救了族群！"

"是我们大家一起办到的。"虎心大声说。

受到如此热烈的欢迎，鸽爪感到很意外，尤其影族还曾是那么神秘、那么多疑的一群猫。此外，她也觉得自己当不起这么多的赞誉。我们失去了涟尾，还差点儿就没能摧毁水坝。而且我们并不是完全靠自己完成这一切的——我们向宠物猫和独行猫寻求了援助。

"请大家进到营地里来。"黑星走上前来，对远征队再次发出邀请。

花瓣毛点点头："黑星，谢谢你，但我就不去了。我的族

第四学徒

猫牺牲了，必须得赶回河族告知他们涟尾是如何去世的。"

"我们和你一起去。"狮焰立即提议，白尾和莎草须也低声赞同。

花瓣毛高昂着头："谢谢你们，但还是我独自去吧。"没等大家回应，她就依次朝黑星和其他队友点了点头，转身走开了。鸽爪目送她消失在树林中。

"我们也该走了。"狮焰对黑星说，"白尾，你和莎草须跟我们一起走吗？"

"是的，我们一起吧。"白尾回答道，"黑星，谢谢你邀请我们去你们营地，但我们该回自己族群了。"

当转身对蟾足和虎心道别时，一阵惋惜爬上了鸽爪的心头。在返回自己的族猫之中后，他们仿佛突然变了一副脸孔。他们身上的影族气息变得刺鼻起来，不再让她感到熟悉，他们的表情也更难以捉摸了。他们现在更……更具影族的气质了。当我们同行时，我们曾像一个族群一样。

蟾足站在曙皮旁边，对狮焰他们郑重地点点头，说道："很荣幸与你们同行。更值得荣幸的是，我们完成了目标。"

在鸽爪听来，这话就像是族长在森林大会上的正式报告。鸽爪不止一次想知道蟾足的真实感受，想知道蟾足的忠诚是否曾超越本族，延伸到同行的其他猫的身上。

虎心瞥了一眼自己的族猫，然后跳到鸽爪身边，用口鼻蹭

了蹭她的口鼻，低声说："我会想念你的。在森林大会上还能见到你，对吗？"

鸽爪刚回复了一句："是的，我也会想念你的。"蟾足就猛地扭头召唤年轻的武士回来。虎心跳回到他的族猫身边。

"记得继续练习我演示给你的格斗技巧，"莎草须提醒虎心，"下次森林大会上我会打败你的。"

雷、风两族猫转身离去时，虎心挥动着尾巴做了最后的道别。返程途中，狮焰带头穿过湿漉漉的松树林向小溪走去，他们无声地行走在影族领地那一面的溪岸上，来到了湖边。

鸽爪多少有些期待看到湖水满溢的样子，如同她梦里见到的那样，但是水面还离岸边很远。溪水哗啦啦地飞溅到河床干燥的石子上。他们蹚过水流，沿着雷族领地的边界前行。鸽爪心想：从今以后，我们几个估计再也不会介意浸湿自己的脚掌了。

很快，他们就抵达了她和狮焰需要转头进入森林前往石头山谷的地方。于是，他们和风族猫道了别。

这次行动真的结束了，鸽爪悲伤地想，我们不再是一支远征队了。只是几只来自不同族群的猫而已。

"再见。"白尾道别道，她的眼中充满了遗憾，似乎也因大家的征途走到了尽头而感伤，"愿星族照亮你们的道路。"

"你们也是。"狮焰回答道。

狮焰和鸽爪紧挨着站了几个心跳的时间，目送着两只风族

第四学徒

猫疲倦地沿着湖泊的边缘远去。然后,这两只雷族猫爬上岸,走进湿漉漉的树林。还没走几步,鸽爪就听见身后传来一声叫喊,接着看到沙风从湖床那边跑了过来,身后跟着狐跃、冰云和蟾步。四只猫嘴里都叼着浸湿的苔藓。

"看,是狮焰和鸽爪!"狐跃放下苔藓大喊着,加速超过沙风,第一个跑到自己的族猫跟前,"你们回来了!你们带回了水!"

冰云跟着同窝手足跑上前来。"发生什么了?"她嘴里含着苔藓咕哝道,"你们找到了那些动物吗?"

"它们可怕吗?"蟾步挤到他们身边问道,两眼放光。

"给他们点儿空间。"沙风说道,"等他们回到山谷,有的是时间听他们讲故事。狐跃,你赶紧先回去告诉火星,狮焰他们回来了。"

狐跃飞快地穿过树林,愉悦地摇晃着尾巴。狮焰和鸽爪在取水队伍的护送下慢慢地走着。当看到横在山谷入口的荆棘屏障时,众猫从荆棘通道蜂拥而出。真像是冲垮水坝的洪水。鸽爪心想。荆棘爪、黄蜂爪和梅花爪蹦蹦跳跳,兴奋地嬉笑打闹。年长一些的武士缓步跟在后面,竖起尾巴,目光炯炯。怀了幼崽的罂粟霜也在香薇云和黛西的护送下出现了。就连长老们也来了,鼠毛的尾巴搭在长尾的肩膀上为他领路,波弟步履蹒跚地走在后面。

火星挤过荆棘通道时,众猫退到两侧为他让路。雷族族长

走上前，站到狮焰和鸽爪面前，然后用尾尖轻触他们俩的肩膀。

火星绿色的眼睛里闪烁着自豪，他大声说道："恭喜你们。你们拯救了所有族群猫的生命。"

火星用尾巴示意，邀请狮焰和鸽爪走在他前面进入营地。其他族猫如潮水般跟在后面。云尾从猎物堆里拖出一只巨大的兔子，放在狮焰脚前。

"来，吃了它。"云尾说，"你们俩肯定饿坏了。"

"待会儿吃吧，谢谢。"狮焰朝白毛武士点点头，"我们得先向火星做汇报。"

但是越来越多的猫挤到他俩跟前，他俩根本动弹不得。

"是什么堵塞了小溪？"

"真的有棕色动物吗？"

"两脚兽给你们带来麻烦了吗？"

鸽爪尝试假装没有听见这些激动的问题，她紧张地踮起脚掌，从围着她的猫群头上往外看。

她在哪儿？

最终，她看到藤爪在猫群后面走来走去。藤爪羞怯地瞥了一眼姐妹，然后又低头盯着自己的脚掌。鸽爪从众猫之间挤出，来到姐妹身边。

"藤爪！"鸽爪说道，"我很想念你！"

藤爪满眼忧伤地抬头看着鸽爪，坦言道："我还以为你把

第四学徒

我给忘了呢!"

"别鼠脑子了,"鸽爪亲热地低声说,"我们是最好的朋友,不是吗?我一直都想你!"好吧,至少大多数时候是。

"喂,鸽爪!"

听到老师的声音,鸽爪马上转回身。狮焰和火星、黑莓掌正站在落石堆底部。

"我们需要做汇报,"狮焰喊道,"火星希望我们告诉整个族群都发生了些什么。"

"来了。"鸽爪回答道。

她朝狮焰走去时,发觉狮焰的目光转移到了自己的身后。"松鸦羽。"狮焰点点头打着招呼。

鸽爪一回头,看见松鸦羽从巫医巢穴方向走了过来。她差点儿就发出惊叫:这位巫医看起来比她和狮焰离开营地时老了好几个季节。松鸦羽的眼中透着忧虑,身体憔悴得如同长老一般,身子一侧多了一道新的伤痕。他每迈出一步都非常缓慢,似乎他不确定四肢能否支撑得住自己的身子。

"欢迎回来。"松鸦羽气喘吁吁地说。

"松鸦羽,谢谢。"鸽爪没法儿将视线从松鸦羽身上移开。在他们离开后,究竟发生了什么,让他变成了这般模样?

鸽爪扭头看向狮焰,看到他的眼中也流露出同样的震惊。鸽爪跟着松鸦羽朝族长和族猫们走去,并匆匆扭头瞥了一眼藤爪。

"我很快就回来。"鸽爪保证道。

听完狮焰和鸽爪的汇报,火星说道:"涟尾的牺牲真是太不幸了。在找回水源这件事上,我们同为一族。我们失去了一位勇敢的武士。"

整个族群垂首默哀。

蛛足第一个打破了沉默:"你是说,你们真的请宠物猫帮忙了?"

"而且你们和那些……叫什么来着?河狸?你们和河狸打了一架?"尘毛说道,"你们得教教我们应对河狸的战斗技巧,以防它们来到这里。"

"它们最好不要来,否则我会让它们好好反思一番的。"波弟嘟哝着。

火星竖起尾巴示意大家安静。"今天就到这儿吧。"他说道,"日后会有很多时间可以和狮焰、鸽爪聊。先让他们吃点儿东西休息一会儿。"

狮焰回到猎物堆前,和松鸦羽以及另外几位武士一起分食云尾的兔子。尽管鸽爪已经想不起来上一次进食是什么时候了,却累得什么也不想吃。她踉踉跄跄地穿过空地,挤过蕨丛,进入学徒巢穴。

荆棘爪跟着她进来了。"看!"她用尾巴指了指鸽爪的窝,自豪地说,"我们特意为你垫得很舒适。"

第四学徒

鸽爪看见她的窝里铺满了柔软的灰色羽毛。"谢谢。"她咕噜着说道，被这几位年纪稍长一些的学徒的友情所感动，"看起来棒极了。一定花了你们不少时间。"

"这是你应得的！"黄蜂爪补充道，把头从巢穴口探了进来。

"没错，你是英雄！"梅花爪也把头从黄蜂爪边上探进来，开心地大声说，"所有族群永远都不会忘记你的功绩。"

三位学徒离开后，鸽爪独自安顿下来准备休息。再次蜷缩在自己的窝上，鸽爪感觉有些奇怪。既然我回来了，我就不过是位普通的学徒，不是吗？难道我不应该出去巡逻，或是做点儿别的什么吗？

鸽爪的窝从未如此温暖舒适，但她却在羽毛上辗转反侧，不能入睡。

我是怎么了？我累得皮毛都快掉了！

这时，一阵沙沙声传来，她睁开眼，看见藤爪从蕨丛中探出脑袋。

"我还以为你睡着了。"藤爪说。

"我睡不着。"鸽爪坦言道，"感觉皮毛里有蚂蚁似的。"

"想要出去走走吗？"

或许她需要再做点儿什么，让自己更累一些才能睡得着。于是，鸽爪爬出窝，跟随姐妹穿过荆棘通道，走进森林。散散

步总比带着满脑子的胡思乱想强行入睡要好，她的脚掌不自觉地走向湖泊和她释放出来的湖水。太阳已经落下去了，暮色笼罩着整个森林。雨停了，风也消失了，空气湿润清新，缓缓拂过她的皮毛。脚掌下草地的触感已经变得鲜嫩而且生机勃勃了起来。

干旱结束了。族群活了下来！鸽爪稍做停留，惊讶地眨眨眼。我做到了，如果不是我的感知，族群仍将在干渴中苟延残喘。一阵骄傲将鸽爪淹没，就像被释放的水流涌入湖泊一样强烈。如果我能使用超力量救助我的族群，那么，拥有那些力量也不是那么糟。

抵达湖泊边，鸽爪和藤爪跳下岸，站在泥地的边缘，遥望着远处泛起涟漪的水面。

"是我的幻觉吗？水面是不是更高了一些？"鸽爪低声说。

"我觉得的确水面升高了。"藤爪回答道，兴奋地小跳了一下，"我等不及想看见湖水涨高到这儿，溢满的样子了。"

鸽爪朝前走了一步，又停了下来，被一个尖锐的东西扎到了掌垫。"噢！我踩到了什么。"向下一看，鸽爪瞧见两截布满爪痕的棍子，断截面参差不齐。她气恼地一甩尾巴，推开了残枝，检查掌垫。

"你没事吧？"藤爪问道。

"没事。"鸽爪用舌头舔了舔掌垫，"皮都没破。"

第四学徒

她再次靠近姐妹,她们的皮毛相互摩擦着。藤爪的尾巴盘绕着鸽爪的尾巴,发出轻轻的咕噜咕噜声:"鸽爪,真高兴你能回来。"

"我也是。"鸽爪将口鼻埋入姐妹柔软的皮毛中。"我再也不会丢下你了。"她保证道。

第二十六章

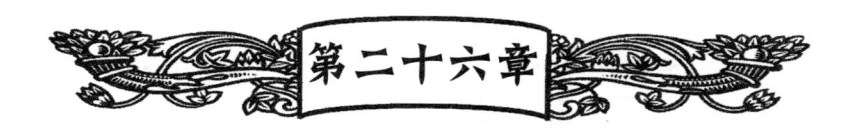

"出什么事了?"莓鼻将头从育婴室门口探了进来,"为什么幼崽还没生出来?"

松鸦羽将脚掌轻轻放在罂粟霜的肚子上,然后恼火地叹了口气。"因为还没到他们该出来的时候,莓鼻。"他说道,努力使语气保持平静,"你不必担心。"

松鸦羽能感觉到罂粟霜的肚子一阵阵地绷紧,像水波一样剧烈起伏,那是幼崽即将出生的征兆。这只年轻的母猫侧躺在育婴室柔软的苔藓上。黛西蹲在她的头部旁边,舔着她的耳朵,香薇云则伸出脚掌轻抚着她的皮毛,让她平静下来。

"是的,莓鼻,你为什么不去捉只鼩鼱或别的什么来呢?"黛西提议道,"我们这里一切顺利。"

"那为什么花了这么长时间?"莓鼻问道。

松鸦羽翻了个白眼。黛西第一次把莓鼻唤来育婴室时,莓鼻就坚持要陪着伴侣。但他真是够讨厌的,碍手碍脚不说,还不住质疑巫医的一举一动。于是,松鸦羽就将他打发到外面去。但他仍不停地走来走去,每过几个心跳就探进脑袋问一些

第四学徒

蠢问题，这让松鸦羽很是恼火。

瞧他这样子，任何猫都会以为罂粟霜是自古以来第一只生幼崽的猫后！

莓鼻的脑袋缩了回去，但松鸦羽听见他又开始紧张地走来走去。育婴室外，暮色笼罩着石头山谷，微风拂动枝头，空气中弥漫着落叶的气味。两个晚上前，松鸦羽前往月亮池跟其他巫医见了面。他本想打听出更多有关黄牙的警示的消息，但其他巫医都没有谈及星族的信息或关于黑森林的梦。后来，当松鸦羽在湖边安顿下来睡觉时，他发觉自己步入了族群祖先阳光普照的领地，但并没有任何泛着星光的武士回应他的呼唤。

罂粟霜疼得哼了一声，让松鸦羽不再瞎想，又一阵有力的阵痛袭过她的腹部。

"分娩很快就会开始的。"松鸦羽保证道。

黛西停下对罂粟霜的舔舐，取了一团浸湿的苔藓给罂粟霜喝水。随后，罂粟霜放松下来，长长地叹了口气，嘟囔道："没有哪只猫告诉过我生幼崽会如此艰难。"

"发生什么了？我听见有动静！生出来了吗？"又是莓鼻，他将头和肩膀都探进了育婴室。

"莓鼻，你把光线全都挡住了，"香薇云温柔地说道，"你在这儿真的帮不上什么忙。"

"你知道的，这可是我的孩子。"莓鼻反对道。

"没错，但怀着他们的是我！"罂粟霜大声说，"莓鼻，

说真的，我很好。"

就在此时，松鸦羽听见哥哥在育婴室外大喊道："有什么我能帮上忙的吗？"

"是的，"松鸦羽大声回答，"让莓鼻离我远点儿！"

莓鼻生气地哼了一声，退了出去。松鸦羽听见狮焰正对莓鼻轻声说着什么。育婴室外又传来了脚步声，但这次是两只猫的脚步声，稍稍远离了育婴室一些。

"好了，"松鸦羽说，"现在我们可以继续了。"

罂粟霜努力使着劲，嘴里发出哼哼声。她在阵痛中喘着气说："我感觉他们根本不想被生出来。"

"就快了，"松鸦羽平静地告诉她，"第一只幼崽是个大家伙，所以要用更多的时间。但他马上就要出来了。"

母猫大口呼吸着，松鸦羽感觉到她的腹部一阵抽搐，接着，一只幼崽滑落到苔藓上。

"噢，看！"香薇云高兴地惊呼道，"罂粟霜，是一只公猫——长得好看极了。"

罂粟霜哼了一声表明她已经听见了，此时阵痛再次袭来。松鸦羽小心地摸着罂粟霜的腹部，对她说："就剩这一只了。"

罂粟霜开始累了，松鸦羽心想，加把劲儿，幼崽，快点儿。你的母亲需要休息。

黛西又给罂粟霜喝了点儿水，香薇云则伏在罂粟霜身边，

第四学徒

低声鼓励她。但是当第二只幼崽——一只小母猫,生出来滑落到哥哥身边时,罂粟霜已经意识模糊了。

"噢,他们真是太好看了!"黛西低声说,"罂粟霜,看,他们多可爱啊!"黛西和香薇云低下头舔舐两只幼崽,将他们唤醒。

罂粟霜疲惫不堪地低声应答着,将两只幼崽揽到自己怀里。幼崽们开始吃奶后,松鸦羽听见他们细嫩的尖叫声渐渐消停了下来。

"干得漂亮,"松鸦羽满意地说,"来,罂粟霜,吃了这些琉璃苣叶子,它们能帮着下奶。"

聆听着这位新晋妈妈进食草药时,松鸦羽突然感到育婴室变得更拥挤了。他说道:"好了,莓鼻,你可以过来看你的孩子了。"

他转过身,原以为能嗅到莓鼻的气味,但他突然发现自己能看见了,眼前育婴室的枝条与黑莓的藤蔓交织在一起,挡住了入风口。

我是在做梦吗?

这里没有莓鼻的踪影,却有另外三只猫站在育婴室的墙边。当看清虎星和鹰霜那肌肉发达的虎斑色身影时,松鸦羽恐惧得浑身上下的每一根毛都僵硬地竖立起来。那两双琥珀色和冰蓝色的眼睛幽幽地闪着光。第三只猫是只体形高大的棕毛公猫,有着弯弯的尾巴。松鸦羽以前从没有见过他,但从他的气

味中,松鸦羽很快便辨认了出来,这就是他在月亮池跟风皮战斗时,帮助风族猫攻击自己的那只猫。

三只灵魂猫盯着两只新生的幼崽,就像看着猎物一般。

当狮焰将头探进巢穴时,松鸦羽仍震惊得无法动弹。狮焰问道:"莓鼻能进来了吗?"

然后,狮焰眯起眼睛,将头转向来自黑森林的三只猫,嘶嘶道:"你们休想染指这两只幼崽!"

松鸦羽的心怦怦直跳,他问道:"你能看见他们?"

狮焰点点头:"是的,我能看见。"说罢,他低吼一声,露出尖牙。

"狮焰,看在星族的分上,你在干什么呢?"黛西面露困惑,"快去把莓鼻找来。"

随着母猫的声音响起,三只灵魂猫消失了,松鸦羽的眼前又陷入一片黑暗。他蜷缩下来,浑身颤抖,强迫自己回到幼崽身边。狮焰则将脑袋缩了回去。幼崽们健康的吮吸声让松鸦羽平静了下来,他努力让自己振作起来,这时,莓鼻走进了育婴室。

年轻的武士兴奋得不停颤抖。"噢,哇!一儿一女!"他惊叫道。说着,他弯腰靠近罂粟霜,舔着她的脸颊。"你是如此的聪慧,如此的美丽,"他念叨了一遍又一遍,"我们的孩子会成为族群中最优秀的猫!"

松鸦羽一边听着莓鼻说话,一边察觉到蜜蕨的气息环绕在

第四学徒

他的身旁。他的耳边传来了一声模糊的低语：

谢谢你。

松鸦羽的头依然晕晕乎乎的，他来到空地中。狮焰正等着他。"你知道第三只猫是谁吗？"他的哥哥问道。

松鸦羽摇摇头，说道："我不知道他的名字，但我之前见过他。我在月亮池和风皮打斗时，就是他袭击了我。"

"什么？"狮焰听上去吓了一跳，他用爪子使劲刨着空地上的泥土。

松鸦羽向狮焰简述了他跟随罂粟霜到月亮池时发生的事情。最后，他说道："风皮似乎想向雷族的所有猫复仇。就因为叶池和鸦羽当年的行为。"

"在某种程度上……我能理解他。"狮焰说道，"但这只猫又是哪儿来的呢？"

"黄牙托梦告诉了我，"松鸦羽告诉哥哥，"她似乎认识这只猫——他来自黑森林，就像虎星和鹰霜一样——但她没告诉我这只猫的名字。"松鸦羽沮丧地叹了口气："我不明白，为什么黑森林的猫会突然出现在族群之中。他们当真想掀起新的纷争吗？"

然而，岩石正是这样告诉我的。松鸦羽突然回想起来，他说过，沉积的旧怨将得到解决。他所预言的就是这个吗？

"松鸦羽，我还有件事要告诉你。"狮焰领着弟弟穿过荆棘屏障，走进森林，在一棵橡树下停了下来，与松鸦羽面对面

站在苔藓地上。他们头顶上的枝条在微风的吹拂下发出平静的嘎吱声。

"是时候向你坦白了。"狮焰开口说道。

听着听着，松鸦羽惊恐地张大了嘴。狮焰告诉他，一心想要复仇的虎星曾在夜里探访过他，并指导他战斗，传授他比族猫更强有力的战斗技巧。但虎星这么做，不是为了族群，而是为了满足他自己对权力的渴望。

等狮焰说完，松鸦羽沙哑着问："为什么你不早告诉我？"

"因为我觉得这是我自己的命运。"狮焰回答道，"虎星告诉我说，他是我的至亲。但其实他自始至终都知道他与我没有血缘关系。所以，他撒谎了，他想用谎言把我骗到他那边去，成为他们的武士，并与各族群开战。"

松鸦羽低声说："星族与黑森林之间的战斗即将来临，每一位武士都将被征召去参战。"寒意令松鸦羽浑身上下的每一根毛都竖了起来，"这三只猫今夜前来，是盼着万一罂粟霜的一只幼崽死去，就把他带回黑森林吗？"

"他们不需要死去的幼崽，"狮焰说道，"他们能探访生者，就像他们那时找到我一般。"他犹豫着说道："我……我认为，他们已经训练了虎心。在与河狸的战斗中，我看见虎心使用了虎星教过我的格斗技巧。"

松鸦羽的思绪回到了月亮池，当暗影武士也参与到战斗中

第四学徒

时，风皮似乎毫不惊讶。"他们也招募了风皮。"松鸦羽突然明白了过来，"他们教唆他仇视我们，燃起他复仇的渴望。但是他们是怎么做的呢？在以前，武士祖先从来都不能接触生者的世界。"

"但他们已经这样做了。"狮焰的声音十分严肃，"当我在梦中接受虎星的训练时，一觉醒来我的身上会出现真正的伤痕。"松鸦羽感觉到哥哥将尾尖搭在自己肩上。

狮焰低吼道："他们逾越了界限。一旦战斗来临，那将是一场真实的腥风血雨。"

精彩内容抢先看

下集预告

鸽爪和同伴寻回水流后,十分怀念之前和其他几个族群的猫远征时的岁月。

一次参加巡逻时,鸽爪无意间感觉到了曾一起参加远征的风族猫莎草须被狗咬伤。于是,鸽爪夜里和藤爪溜出雷族营地前往风族探望。但风族包括莎草须在内的武士却对她的不请自来充满了敌意。最终,鸽爪和姐妹藤爪被风族武士押送回雷族营地,她的特殊力量终于暴露在了族长火星面前。

火星希望包括鸽爪在内的"三力量"能够保护雷族,所以经常与鸽爪、狮焰和松鸦羽交谈。看到鸽爪如此受族长器重,藤爪心生嫉妒,与鸽爪的关系降至冰点。

与此同时,黑森林的势力正在悄悄崛起。黑森林通过梦境,招募四大族群的武士,企图对抗四大族群和星族,藤爪也被招募进了黑森林。

连日的暴雨导致一棵粗大的山毛榉树倒入石头山谷,刚刚通过武士测试的荆棘爪不幸被大树砸中,后半身残疾。然而,雷族的麻烦还没有结束,藤爪希望自己能像姐妹一样受到族长的重视,听信黑森林的虎星的谎言,向火星谎称星族托梦,引发了雷族和影族的战争。战斗中,影族副族长黄毛死去,火星也丢掉了一条性命。

猫武士 蟾足

猫武士 鸽爪

猫武士 黑莓掌

猫武士 莎草须

猫武士 狮焰

猫武士 松鸦羽